轻风拂过泮池

——上海大学中文系本科生作品精选

主编 许道军

上海大学出版社

·上海·

图书在版编目(CIP)数据

轻风拂过泮池：上海大学中文系本科生作品精选 / 许道军主编. —上海：上海大学出版社, 2023.5
ISBN 978-7-5671-4691-4

Ⅰ.①轻… Ⅱ.①许… Ⅲ.①中国文学－当代文学－作品综合集 Ⅳ.①I217.1

中国国家版本馆 CIP 数据核字(2023)第 065144 号

策划/编辑　江振新
封面设计　倪天辰
技术编辑　金　鑫　钱宇坤

轻风拂过泮池
——上海大学中文系本科生作品精选
主编　许道军
上海大学出版社出版发行
(上海市上大路 99 号　邮政编码 200444)
(https://www.shupress.cn　发行热线 021-66135112)
出版人　戴骏豪

*

南京展望文化发展有限公司排版
江苏凤凰数码印务有限公司印刷　各地新华书店经销
开本 890mm×1240mm　1/32　印张 10.5　字数 245 千字
2023 年 5 月第 1 版　2023 年 5 月第 1 次印刷
ISBN 978-7-5671-4691-4/I·678　定价 65.00 元

版权所有　侵权必究
如发现本书有印装质量问题请与印刷厂质量科联系
联系电话: 025-57718474

初春的朝气和希望（代序）

谭旭东

许道军教授主编的上大中文系本科生作品集，嘱我写一个序言。本来不敢写的，但他说，这本作品集还要走走市场，借你的影响力给孩子们加持一下，让更多的人看到，你写效果会好一点。这句话实在对我是抬爱。这些年我教学之余，写了不少作品，倒是出了100部作品集了，有些还卖得挺好的，颇有些市场效应，因此编辑也乐意编辑出版。但书出得多，和是否是名家没有直接的联系。

但我们上大中文系名家云集，退休的吴欢章、董乃斌等都是文学界大名家。目前在职的王晓明和蔡翔是20世纪80年代就出名的当代文学批评家和人文学者。还有葛红兵、曾军、钱文亮等文艺理论家和批评家，且曹谦、许道军、罗小茗、朱羽、汪雨萌、谢尚发、唐小林等都在文艺学理论界和当代文学研究界非常活跃。其中，葛红兵还出版了多部长篇小说和系列科幻小说，许道军也创作了不少诗歌、散文，在国内有影响的刊物发表。吕永林的自然写作和家庭写作工坊很受关注，已自成一格。肖水（黄潇）在诗歌界很有名气，是目前国内很活跃的青年诗人。其他的学者有的很会写旧体诗、散文随笔等，如杨逢彬、饶龙隼、陈晓兰、姚蓉、李翰、王培军、郑幸和朱洪举等，可以说，上大中文系是一个既出理论又出创作的团队，不愧是一支一流学科、一流专业的队伍。

和其他大学的中文系一样，上大中文系一直出作家、诗人，以往的教师中也曾出现过一批有影响的作家和诗人，如曾担任写作教研室主任的戴厚英，还有朦胧诗人张烨，都是上大学子熟悉的。上大中文系和其他院系也培养了大批作家和诗人。钱伟长校长在位时，就重视大学生人文素养的培养，亲自关注中文专业的建设，在他的关心下，创意写作学科得以建立并成为国内成熟的学科和人才培育体系，不但在本科生课程里有创意写作必修课和系列选修课，还有创意写作硕士和博士培养的课程体系。因此，无论是针对本科生，还是面向研究生，大家都形成了一个共识：语言文字的运用能力，尤其是写作能力特别重要。中文系即便不直接培养作家、诗人，也有促进学生文学成长的条件。

近三四年上大中文系的文学氛围似乎异常浓郁，每个学科的学术会议和文学论坛、讲座很多，写作类课程选课学生多，多位老师鼓励和扶持学生创作，我所熟悉的情况是：吕永林老师常年操办创意写作夏令营，吸引了很多学生参与文学写作，他还指导学生进行田野调查和实地采访，写出了系列非虚构作品，在澎湃新闻开设了专栏，定期推出上大学生的作品，形成了较大影响。汪雨萌老师在《青春》《钟山》等杂志主持创意写作专栏，推荐了多位学生的作品发表，其中，《钟山》杂志还专题介绍了上大中文创意写作学科和学生的创作情况。此外，汪雨萌老师还举办本科生读书会，把十多位学生的读书短评推荐给《文艺报》专版发表。谢尚发老师推荐学生的作品刊于《胶东文学》等杂志，肖水老师则推荐学生的诗作刊于《北京文学》和《诗林》等刊物，还给学生的作品写推荐短评。他们可谓尽伯乐之心而不遗余力。我本人也推荐了本科生的《儿童文学写作》课程的学生作业在《东方少年》《中国校园文学》多家报刊发表,计有40多篇儿歌、儿童散文诗、散文、童话;还在《少年儿童故事报》开设了民间故事专栏,推荐了12篇学生的作品。

这本集子,就是上大中文本科生近三四年的部分作品的辑录,涉及了非虚构、散文、诗歌、儿歌、童话、民间故事、非遗口述史等多个文体或类别。其中,诗歌、散文质量相对高一些,而非虚构、非遗口述史和民间故事则别开生面,展示了学生对社会现实和历史文化的关注。

特别值得一提的是张天悦的《傅女士》,这篇小说原刊于《青春》,还被《小小说选刊》转载,它讲述了傅女士纠缠于上了大学的大女儿和幼小的儿子之间,被日常生活困扰的境况,展示了普通人日常生活的琐碎和庸常。语言冷静,叙事角度小,但直击现实人生,颇有一些力量。朱立的《睿子》原刊于《青春》,讲述的是儿时伙伴的故事,然而睿子这个小学的好友,经历过初中、高中的生活后,渐渐与"我"成了陌生人,这里就不只是一种自省,同时也包含了对成长的思考,对日常生活对每个人人生不同成长阶段介入的思考。顾斯诚的《地球》和李玠玥《祝你生日快乐》是两篇令人眼前一亮的科幻小说,前者是一个具有审美惊奇感的异度空间叙事;后者则以机器人的友谊来揭示人类的冷漠。邹应菊的《父亲们的夜》和《春待》既是两个乡村题材的短篇,也是散文化小说,但文字舒服从容,温暖如棉。在散文作品里,蔡思若的《猫痴》和沈逸辰的《妹妹》也很有力度,前者描绘了一个有爱心、热衷于喂养流浪猫的李奶奶;后者描绘了一个患了痴呆病或抑郁症的"妹妹"的形象,两者都来自身边的经验,但观察的角度和描绘的细致度,令人心灵颤动。而聂晓雨的《周寄》、李昔潞的《逛书店记》和徐嘉的《记忆,穿越死亡和时空》《当时只道是寻常》《路口的温暖》等等,都朴质无华,清新恬淡,值得一品。

特别要肯定的是赵烨、邹应菊、严语、张龙宇、朱思锐、曹希文、丘国伦等的非虚构作品，它们均得益于吕永林老师的指导，都发表于"澎湃·镜相"栏目里，多以目击者身份，观察社会生活，书写多面人生，提出尖锐的问题，引起了社会广泛关注。而徐小冰、罗摩、多好、李骏飞等四位的诗也显示出了令人惊喜的才华。徐小冰在《星星诗刊》《诗潮》和《中国校园文学》等多家报刊发表了诗歌，已是国内小有名气的校园诗人。这本选集收录了她9首诗，我认为都是新意象主义之作，意象不再那么古典和规矩，富于弹性却不骄纵，思想闪烁中带着青春生命的锐气。罗摩和多好的诗，有一种五光十色的色调，于诗行间跳动着的文字反映出作者紧张而又充满希冀的心境。李骏飞的诗有一种难得的冷静之美，蕴含着一颗对生活和事物虔诚的心灵。此外，汤昊天的童话也值得肯定，童心和幻想互相交织，便构成了一种童话艺术之美。

　　总而言之，《轻风拂过泮池》是值得收藏的，它一定程度上展示了上大中文系本科生近几年创作的状况，也反映了上大中文系专业教育的水平。学生的创作无疑都有些许稚嫩之气，但正是这种稚嫩方显示出初春的朝气和希望。当然，选编这个作品也是很费时间和精力的，许道军、吕永林和汪雨萌等几位老师在寒冬来临之际带着张杏莲、程倚飞、邓冰冰等几位学生利用课余时间组稿选稿，实在是辛苦。

　　最后，祝福上大中文系的学子，也祝福上大中文，愿新年更添佳作，别开境界。

2023年1月

目录

一 非虚构

澎湃·镜相

旧地上海｜街铺故事：年轻的"裂缝"，还会继续生长下去吗？／赵烨　　5

旧地上海｜时间裂隙中的嘉定西大街（上）／邹应菊　叶静雯　吴薇　孙舒婷　　13

旧地上海｜时间裂隙中的嘉定西大街（下）／邹应菊　叶静雯　吴薇　孙舒婷　　22

旧地上海｜街铺故事：成为"优秀的普通人"，也是一件了不起的事／严语　姚文嘉　袁嘉璐　　35

"00后"在忧虑什么？从抑郁症中走出的我，想聊聊这件小事／汤昊天　　48

复读日记：退学重考后，我重新拥有了选择人生的自由／曹希文　　55

41岁那年，爸爸突然决定去做一个木工／邱国伦　　62

一个家族的半世纪：漂流在六个城市，"在哪里过哪里就是

家"/张龙宇 68

一个从普通村庄走出来的年轻人，想用摄影养活自己/孙舒婷 79

她是"离经叛道"的妹妹，是我从未了解的家人/朱思锐 89

考上大学之后，我们几个农家子弟要走的路/李东阳 97

附　未收录作品存目 110

二　小说

傅女士/张天悦 113

地球/顾斯诚 116

祝你生日快乐/李玢玥 120

周寄/聂晓雨 129

父亲们的夜/邹应菊 137

春待/邹应菊 144

附　未收录作品存目 150

三　散文

睿子/朱立 153

猫痴/蔡思若 157

妹妹/沈逸辰 161

逛书店记/李昔潞 164

记忆，穿越死亡和时空/徐嘉 167

当时只道是寻常/徐嘉 170

路口的温暖/徐嘉 173

也悠然，你我共栖南山/徐嘉 176

| 附 未收录作品存目 | 182 |

四 诗歌·儿歌

徐小冰的诗	187
以春天为戒	187
护飞行动，或鸟的象形	188
春天主义	188
成虫记	190
池中物	191
一碗冬	192
与城书	192
树	193
生日歌——致J	194
浪尖之哭	195
罗摩的诗	197
极乐迪斯科剪影	197
多好的诗	198
Her	198
无名者	199
李骏飞的诗	202
治小鲜	202
黄昏的几何学	202
入夜而返	203
敬礼者	204
观鸟记	205

黎雨萱的诗	206
含羞草	206
李昔潞的诗	207
小树苗	207
罗佳宁的诗	208
小羊	208
刘庄婉婷的诗	209
小麻雀	209
张杏莲的诗	210
小锦鲤	210
旦增索朗的诗	211
小藏獒	211
附　未收录作品存目	212

五　童话·民间故事

星星的王子/汤昊天	215
阿罗找布谷鸟/张杏莲	218
猫、狗和松鼠/汤昊天	226
智慧果/张杏莲	235

六　剧本

《阴山迷雾》剧本梗概/景庆宜	245
附　未收录作品存目	255

七 非遗口述史

永不落幕的记忆:王家沙本帮点心/蔡逸敏　　259
雅韵戚毕,流芳百年/袁嘉璐　郭心薇　费逸滢　269
潜心制泥,静待花开/钱怡　　281
附　未收录作品存目　　297

八 书评

《余事勿取》:移民时代与时代遗民/丁思璐　温婉沁　彭秋豪
　　303
人生是一场漫长的"北上"旅途/叶紫欣　朱思锐　唐倩薇
　郑沁辰　汪佳源　臧雨晴　　309
且逢且尽莎翁酒/陈昕　　316
附　未收录作品存目　　319

后记/许道军　　320

一

非虚构

澎湃·镜相[1]

---

[1] 本版块内容系澎湃镜相栏目与上海大学创意写作中心合作的非虚构特稿。

旧地上海 ｜ 街铺故事：年轻的"裂缝"，还会继续生长下去吗？

赵 烨

【编者按】

2022年春天，上海因疫情按下了暂停键。在过去两个多月的日子里，我们重新凝视这座城市，回想曾经置身其中的路，未曾发觉曾经平常的感受竟如此珍贵。经历了隔离的日子，我们终于重新行走在这片土地上。周遭一切恍惚得不真实，熟悉又陌生。也许，我们未曾真正认识过这座城市。

"旧地上海"是澎湃镜相与复旦大学、上海大学两所高校的中文系同学联合开展的城市写作计划，旨在深入探索上海小众的角落，理解在这座城市边缘的普通人生活。

鸡公煲的贺老板并不是一个健谈的人——跟"重庆鸡公煲"这个门面一样，倘若你抱有任何一种期待去挖掘一些平凡背后"非凡的东西"，最后难免会陷入一阵无声的尴尬里去。

"我今年五十三岁。我的老家在安徽安庆。我们老家种种地的，没有什么生意做，那时候家里困难，我们还是来得晚。我家有个兄弟亲戚，他们来很早，零三零四年就来了。我们那时候也没出路，没人带，最后也慢慢地跟了一个堂兄来到上海，那时候来主要是'跑业务'。"

我们落座在鸡公煲的店里,这个时候人不多——除了我们和老板对望以外,还有一位常驻的服务员在我们身边进进出出,盘着今晚营业即将要上桌的伙食。这是一家周正的饭店,上下两层;一楼的位子都是四人座的,半开放式的厨房正对着柜台,绿油油的假植挂满了四壁,四张写实的广告图嵌在其间,其上影印着的当然是招牌的菜品——"重庆鸡公煲,主料:上等生公鸡、高汤;特色配料:精选红辣椒、青椒、大蒜、洋葱",在每张图片右下角的位置,则标志着"上海百味香餐饮"加盟公司的字样。一条狭长的木质楼梯颤颤巍巍地迈向二楼,那里的酒食环境远要比楼下幽谧得多,葱茏的假植从墙壁甚至爬满了房顶,把原本就微薄的室内光线都吃得都聊胜于无,只有一小束室外的太阳光还愿意现身,戚戚的像碗昨夜剩下的冷汤的汤底,无意间被局促地泼在地板上,一股咸腻的腥味便逸了出来,并一点一点地、悄无声音地盖过了一整厝的桌椅和其他的摆设,也盖住了我们的一言两言、断断续续的交谈声。

贺老板说,他着手经营这家店,至今已经有整整十四年了。

"这个店我是在零八年接手的,从那时候到现在,我就没换过地方。开这个店当初也是一个机会——当时有一个老乡,店是他的;后来他去搞大事情了,也就把店面盘缠给我了。在这之前,零五年那时候我在这边跑很多业务,跑着跑着实在是太累了,我就想既然能够有这么一个开店的机会,就试一下。当然,我也不是完全没有经验的,我那跑路的老乡在把店盘给我之前,我也在店里帮他烧过一些菜,也算是有点经验。"

"直到零八年,我把店从老乡手里盘过来的时候,我投了几万块钱,加盟了现在这家连锁公司,跟他们学了专业的烧菜技术,才算是(在做鸡公煲方面)正式上道了。而且,烧鸡公煲需要特制的酱料，这都是从公司那里买过来的，自己根本配不了。"

"那么从您开店到现在，在这十四年的时间里，您觉得聚丰园路这附近，有没有什么印象深刻的变化呢？"我礼貌地咽了口凉白开，问道。

"变化，"他警惕地抬了一眼，似乎对这个词有着一种我所未知的敌意，本来凝重的眉目一锁，嗓音也越加含混而又低沉了下去：

"零五年沃尔玛开张的时候，这里拉了很多横幅。但那时候沃尔玛不叫沃尔玛，叫'好又多'——我喜欢它一开始的这个名字，到了一零还是——年的时候，被沃尔玛收购后才更名的。在这一年，我们现在这个宏基广场也才刚刚落工完成；除此以外，这一带好多房子都没有盖起来，当时我记得只有新世纪大学生村和祁连一村、二村、三村这几个老小区。到了零七年，学林苑、当代高邸才造起来，有些住在锦秋路的居民买房搬进学林苑，也有拆迁户获得分房搬迁到了这里。东边西边，一年一个变化，居民也是在那两年里候开始变多的，不过到现在，其中大多数都换了好几批了。"

"那就在您说的零五年到零八年的这段时间里，聚丰园路大概是怎样一副生态面貌呢？"

"那可是，很多很多草，还有田，就现在新造的这一排住宅往前走几步，一切都像是还没开苞的样子；然后零八年来这里的时候，路边啊，还有这座鸿基美食广场啊，所有都挺破烂的样子……光就我们这一排店，附近的店家在一开始那段时间里开开关关尤其频繁——譬如这左起第二间门店，最早是叫'锦观楼'，后来更名为'小辣椒'，最后又变为一开始的名字……右边起手第一家，最早的时候是一家网吧，而变成现在的酒吧 Perrys 也是早几年的事了……"

说到这里，老板侧过身和我一齐默契地瞥了眼门外的 Perrys

酒吧——它与鸡公煲的门店毗邻,正正好位处于我们视线的斜对角——只见不远处那两扇翻转门像是被链条狠狠地锁着,就在这时我才突然注意到酒吧门口一张酒红色沙发上,垒着四五个透明的玻璃酒瓶——它们为什么会这么潦草而又唐突地出现在一个冬天的午后?是不是在任何一所大学的寝室区域旁边都有一座叫"Perrys"的酒吧?是不是在每一座"Perrys"酒吧的门口都会有几个孤零零的玻璃瓶躺在一张酒红色的沙发上?忽而,视线折断了——服务员利落地搬了一箱啤酒窜到贺老板身边,她用地道的安徽话和老板对起了食材的账目;与此同时,空间似乎发生了松动和折叠,楼上那股咸腻的腥味狡狯地流入我们之间、流到了他们彼此的交流中,并漫过我手中的那杯白开水、漫过门外时间的流逝,却在某一个精准的时刻,像陷入在地缝中一般消失。

"那在这条路上,您在开店整整十四年的过程中,有没有遇到过什么大的……困难呢?"我定下神,等到服务员走开后接着问道。

"困难啊,肯定有困难的。"他抬手机看了一眼时间,转而用右手的虎口,从人中抹到了下巴。有那么一瞬间我回忆起了自己的爷爷——他几近跟他同岁,小时候一家人在饭桌上吃饭,他总是最后一个上桌,也是最后一个下桌,偶然间,我瞥见他在桌边用吃饭的右手的虎口抹了一下自己的下巴。

"我因为是零八年来的,那一年以后情况好一些。而最近这两年因为打黑除恶厉害了,地头蛇就不敢出来了。这两年管得严、管得紧,在一七年开始,好像小摊子也被全部赶走了。以前我碰到过很多吃霸王餐的,不过呢现在慢慢没了。"

他说到这里僵硬地摇了下头,原先跟服务员说话时扬起的左手,又粘起手机拨弄了起来。在亮起的手机屏幕上,我赧然地望见一粒粒硕大的文字,像淙淙暗流中的嵘岩,从那一小块电子屏幕上凸起，他吃力地读着它们，就像是现在一样，他在吃力地读着一段随着年岁长成而几近忘却，或者是一直未曾在意过的灰白色记忆，他是在吃力地读着它们、读给我们听；倘若不是我们要求他刻意将这一本封存着聚丰园路的记忆的书掀开，他似乎永远都不会意料到这份资料的存在。但无论他读得有多慢，门外斜阳依旧冷照——还远未及晚餐高峰的时间。

"在一一年、一二年的时候，我店里甚至还遭过窃。那时候是没有手机扫码支付技术的，店里流通的都是现金。那天我晚上回家了，第二天回店里看到抽屉里放的钱、柜台上的酒水都被偷走了，白酒、啤酒、饮料都没了。那时候店里还没监控，这几年才装上探头，情况也由此都好多了。近几年，电瓶车我停在外面，不锁，装了警报器，也没人偷了。"

"说起最近的话，那疫情也应该是一个不可能忽略的困难因素吧。"

"疫情期间，我们受到了比较大的影响。"他顿了下，才缓缓说了下去，这期间倏地被抹去的沉寂，就恰如一条悬摆在清池中的游鱼，"很多店关掉了，有的人都关门跑了，甚至很多大店都关门了。有人回老家了，有人也许继续在上海找别的工作，我们也没法了解到他们各自的去处了。不论疫情缓和与否，我们还是不平稳。都是做小家生意的，我们没有外部帮助，没有政府补贴、宣传，地租反而还涨了一点……不过，好在我和房东十几年的老关系，涨得不多。外卖的开通对我们本身的帮助也不大，盈利太少，每天有是有一点，但我们还是主打堂吃。我都不想做那个外卖生意，我们毕竟跟火锅差不多，只有堂吃的味道才好一点。我们家店可不像是黄焖鸡米饭那种，他们还不像我们有正宗的加盟店、有正宗的大公司，我觉得那不行。"

"你要问遗憾的话,那肯定有!谁对这疫情不感到遗憾呢?但若真的计较起遗憾来的话,那我来上海这快二十年的时间,那还得说到什么时候呢?不过最大的遗憾还是,买房子迟了的那一步。零七年的四月到八月,我记得聚丰园路就光两室一厅的房子,涨了有十万块。一四年,买一套五十八平商住两用房七十万,到了一六年,房价就翻了有一倍吧……"

言至此,他似乎已然疲惫了,说话的双唇宛如在抿一根似有似无的线,好在一声凌厉的电话声刺破了我们之间嘈杂的寂静,他飞快地在唇前竖了一下右手的食指,然后欠过身去,几乎是背对着店内的柜台,用浑圆的安徽话替代拗口的普通话,和铃声那头的人攀谈了起来;而与此同时,我却遁入到一阵更加巨大的惶然之中——在这条聚丰园路上,所有人和物,都沿着类似的命理轨道蹒跚前进,从东边的新世纪大学生村到西边的沃尔玛,两点一线,城市规划的手术刀在这片土地上开了一道口子,等到时间把血水一般的混凝土和尘嚣舔净,这里光秃秃地就只留下一条伤疤状的裂缝。"他喜欢这里吗?"我这样问自己,"或者说,他属于这个地方吗?他属于这里的人们吗?"这条裂缝、与他复述的一切,两者之间似乎永远隔了不止一家"重庆鸡公煲"店面大小的阴影。"他从没有介入过这条裂缝里面的世界。"一个声音陡然间在我的笔记本上冒出来,我惊赫住了,在来不及对这个妄下的断言感到抱歉之际,一帧轻飘飘的画面却先于歉意一步,倏地从我脑海的天花板上脱落:

那是在凌晨三点见证过的聚丰园路,鸿基广场二楼的Perrys酒吧刚刚停止营业,三三两两的人群搭伴迈出广场、走上街头;这时候有一个烂醉的大男孩抱着新世纪大学生村门口的路桩子失声痛哭,他的朋友们闷闷不乐地围绕着他,算计着怎么把他驮回到寝室的床上;未料他却一个人站起来径直朝大学生村里走去,被醉意浸透的大脑奇迹般灵活地控制着他的双腿；一路上他摇摇欲坠，带着一股难掩的脆弱和疯狂，一头扎进了寝室楼深远处暗淡的姜黄色的世界。他的朋友们就站在原地，什么也没说、什么也没做，就这样望着他一步一步离去。在那一刻世界仿佛被按下了静音键。

我想问的是，贺老板，或者聚丰园路，你们曾目睹过多少个这样、跌宕起伏的夜晚？而这些跌宕起伏的夜晚，又曾多少次地陷入裂缝中消失不见了呢？会有人强迫我们去读它们吗？

"一粒麦子落在地里如若不死，仍旧是一粒；若是死了，就会结出许多子粒来。"那些随着社会法制的完善而逐渐"消失"的人，都是滴落在缝里并已经死去的"麦子"。他们慢慢长成了一棵棵现在这条百十米沸反盈天的街道边上的苦壮的树，并对像我这样后来的发问者，一一神秘地在唇前竖起了食指。他们给予了这条裂缝"生长"所需要的丰腴养料，提供了撑开裂缝内部所必备的结构张力；但同时，在城市规划的"开刀手术"之后，他们也捣毁了这片土地自我愈合的能力；但是，假如有一天，等到埋在脚底下的神经组织完全坏死、这条裂缝被一股更巨大的未知力量所吞并，并甘心地让后来的人们从这块重新结痂的"新肉"之上，渐渐开启本就该有的"健康"而又"平凡"的快乐生活——就像现在这样。

上海横亘着多少这样的裂缝呢？当我们一旦选择了这座城市，从那一刻开始，我们的生活就被一连串根本无法追究的机警却又平实的回答所组成：他选择在聚丰园路开一家火锅店，不过是为了证明自己是美好生活的信徒；在聚丰园路驻足整整十四年，不过是为了证明这"美好"背后确实是存在可以被持续消费的价值。他跟他们全都一样，他们跟他们没有任何区别；而我跟他们也没有任何区别。我们落在这道裂缝里，我们死亡，我们成为一棵一棵的树，我们对每一个后来居上者竖起食指在唇前——如果突然有一天,一个人跑到我面前,我们四目相对,然后他问我:"你生活在的这座城市,这么十几年的光阴里,有没有什么印象深刻的变化?"我能做什么?——我也许也会下意识地用右手的虎口抹一下自己的下巴,告诉他:"变化,有很多变化,首先就是……"

就是这样,语词如常年盘踞着的那股咸腻腥味一般,在某年某月、某时某刻,不经意地从裂缝中消失。

采访快接近尾声的时候,我们问他,"您对您最近的生活状态满意吗?"

他放下手机,说:"还行。"

我们又问:"有没有对未来的计划或者希望之类的?"

他说:"我希望,生意可以好一点。其他的话,也没什么计划的地方了。我儿子也已经在合肥当上公务员了,我现在能做一年是一年,是吧?"

我梗住了,喉头一股难以言喻的悲伤。聚丰园路——这条年轻的裂缝,真的还会继续"生长"下去吗?——或者说,它真的会因为停止生长而"消亡"吗?

"老板,刚刚辛苦您了。给我们来一份小份鸡公煲。不要辣。"看着店里三三两两的来客,这才发觉我们其实已经在一家餐馆里落座了大半个下午的时间了。

他在我面前第一次笑了,就一下。

作者:赵烨,2019级汉语言文学专业本科生。
发表时间:2022年6月21日

旧地上海 | 时间裂隙中的嘉定西大街（上）

邹应菊　叶静雯　吴　薇　孙舒婷

序　言

　　基于古代州府的格局，许多城市都保留着一条名为"西大街"的老街，沉淀着独属于这片土地的历史与烟火。也就是这个原因，上海的嘉定西大街，常被言为嘉定之根。

　　嘉定西大街始建于南北朝梁天监年间，早于嘉定定县，距今已有一千五百年的历史。临着被称为嘉定母亲河的练祁河，它在明清期间便是嘉定最繁华的商业街，也逐渐形成了庞大的官僚住宅群，保留着许多的名人故居（如顾维钧老宅"厚德堂"、吴蕴初旧居、陶氏住宅等）。现在留存的西大街，东起西门吊桥，西至侯黄桥，弹石路面，长约900米，是至今为止嘉定镇内保存最为完整的老街巷之一。

　　2015年，嘉定区住房保障和房屋管理局发布了关于嘉定西门旧城区（俗称西大街）改建地块房屋征收工作的相关公告，宣告了西大街征收工作的展开。2017年春节前，嘉定西门地块旧城区改建一期房屋征收首轮签约结束，2017年2月20日西大街签约居民集中办理房屋移交手续结束，九成的居民带着全部家当离开了西大街。

　　我们在2021年的冬天，来到西大街。刚一走上弹硌路，老街的气息便扑面而来，带着朽化的潮湿与年月的庞厚。沿路都是紧闭的门窗，处处都是喷漆写就的"已征收"字样。曾经住满了人的老屋里，已经爬满绿色的藤蔓，破洞的屋顶透下光亮。凌乱的电线与修剪光秃的枝干，缠绕在西大街的上空。街巷犹在，旧屋不改，这里仍是人们离去时的样子。

曾经的西大街极其热闹，而根据嘉定区"十二五"规划，西大街之后也将建设成"以名人文化和民俗体验为特色，集商业、休闲、创意为一体的鲜活生动的历史街区"。动迁至今的西大街，如同落入了时间的裂隙——此前此后皆是人潮拥挤，唯在此时落入沉寂。伴随着空间的裂变，它成为一些人永远怀念的故土，也是一些人临时歇脚的雨亭。在等待重建的街巷里，仍然持续着少数人恒常的生活。其中细微的光亮与声响，记忆与回望，喜与悲，暖与冷，在曾经热闹时不曾引人注意，却分外显现于此刻寂静。这寂静表层下，坑洼石子上，所正发生着的，即是西大街的断代史。

上海最长的弹硌路

弹硌路是上海话。硌路，就是街道，重点在于"弹"字。弹硌路由花岗石块铺成，但石块打磨得并不平整，只是大体上加工成上大下小的方锥形石块。不仅石面不够平整，石块之间还留有很大的缝隙，人骑车从路面经过时就会不由地弹跳，还会硌屁股，由此有了"弹硌"路之名。

弹硌路有很强的渗透性，便于排水，适合上海梅雨季的天气。20世纪50年代末，上海随处可见弹硌路，可谓进入弹硌路的全盛时期。据统计，当时上海约有4 000条弹硌路，全长达800多公里。随着城市发展，弹硌路逐渐被水泥路、柏油路取代。到90年代，上海弹硌路已基本淡出公众视野。

目前，嘉定现存的弹硌路已经屈指可数：西大街、南大街、北大街、东大街、南翔老街……有的地方为了营造老上海特色，也会铺设上一段弹硌路，不过路面整整齐齐，到底少了"弹"的神韵。而嘉定西大街于民国 11 年铺弹石路面，民国 25 年、36 年修。西大街现存总长 900 多米的原生态弹硌路，便是上海仅存的几条"弹硌路"中最长的一条。

在与西大街相关的记录中，人们总是反复地说起这条路，继而说起这条路上的热闹往事。在诸多关于西大街的重建计划中，弹硌路也是重点被保留的一项。就是这么一条往来颠簸的石子路，承载着西大街的旧时记忆与繁华愿景，如同被具象化的时间，铺陈在上海的西北角。

如今清晨西大街，附近上班的居民骑着自行车，外出买菜的老人驾着三轮车，巡逻的安保人员驶着电瓶车，依旧是从这石子间的缝隙中"乒乒乓乓"地过去。这难得而短暂的一阵热闹，如同在裂隙谷底的湖水表面，冒起一串透明气泡。轻微的炸裂，在几近凝固的西大街里，推出细小的波纹。

茶与影：西大街的熟客

他们熟知这里的繁华热闹，拥有关于这里的深厚记忆，即便在它短暂破败的间隙中，也一再徘徊在弹硌路上。

西大街 202 号，一扇天蓝色微微掉漆的铁门敞开着，与周围因为无人居住而紧闭的门窗格格不入。61 岁的吴纯港与好友围坐在圆桌旁，桌上摆着一套青瓷茶具，两杯淡黄的茶水袅袅地冒着热气，混合着口鼻中吐出的烟雾，一起升腾在这间不足十平方米的房间内。

吴纯港是西大街改造的动迁户之一，在 2015 年一期地块房屋征收开始后就火速上交了房子，如今居住在离西大街不远的塔城小区。六七年过去了，吴纯港换了工作，换了居所，但是还是会时不时地来到西大街找昔日好友说说话、聊聊天，一坐就是一个下午。

他是清代外交官吴宗濂的后人，从小和爷爷奶奶居住在西大街 194 号，那是吴宗濂的故居，叫"崇德堂"。吴纯港在这里度过了他的童年，10 岁之前，他经常在西大街长长的弹硌路上和小伙伴追逐打闹，疯够了就跑回家。奶奶揪着他的耳朵，为他拍净裤腿和膝盖上沾染的灰尘。吴纯港因为贪玩，小学时成绩并不好。父母不在身边，爷爷奶奶年迈，经常不能照应得了他。

当年，他高考差两分没考上大学，对他打击很大，甚至一度想要轻生。"年轻人嘛，总有一股气憋在心里，你讲对吧？我又是争强好胜的性子，不甘心落在别人后头。刚参加工作的时候我还坚持半工半读，白天找了份机械工的工作，主要是在码头为国营企业开吊机，晚上就去读夜校。"因为他勤恳钻研，开吊机的技术越来越娴熟，名气渐渐大了起来，甚至被 60 多岁的老先生称为"师傅"。

"我那时候名气大得很，很多刚开张的私人码头都会找我，让我在正式运营之前先挥两下吊机，就像是现在新店开业的剪彩。"因为吴纯港同时做两份工作，拿了两份工资，这在当时是不被允许的，所以被人举报了。年轻气盛的他不肯写检查，愤然辞职，辞职后在温州人开的码头上做材料部经理。任劳任怨、能力出色的他让领导有了一丝危机感，处处被领导挑刺，他又一次离职了。

那时候吴纯港每天在繁忙的工作结束之后还会自学打字和做表格，为的就是更有效率地完成工作。他在岗位上多次被评为先进和模范，但是他始终想不通，为何自己如此努力还是一次又一次地被迫离开岗位。

1999年,吴纯港回到西大街开起了杂货店,取了自己名字中的"纯"字,命名为"纯正杂货店",还打了一个招牌挂在门头。

"纯正,就是希望我自己行得正站得直,不卖假货不坑人,本本分分地做生意。"他的手在桌上拍了拍,"那时候的西大街房子很破旧,有钱人都搬出去了。这儿就像个贫民窟一样,但是过日子,油盐酱醋这些总少不了的呀。我在这里开杂货店,卖一卖生活用品,也算是服务街坊邻居了。"

当时在西大街开杂货店并不赚钱。

"一个月两三千的收入,只勉强能养活住一家老小。谈什么赚大钱呢?你不知道我以前的工资多高呢,物价还很低的那些年,一件皮夹克98元,是平常人一个月的工资,我说买就买了。"吴纯港抿了口茶,"现在不行喽,得攒着钱供我女儿读大学。"他进货也很容易,前一天要什么货就在电话里约好,第二天人家就能送过来。

"那时候算是我最清闲的日子吧,不用再着急忙慌地骑着车去上班,每天就早上把货搬进来,打理打理货架,也就没什么事儿了。"他呵呵地笑着,指了指旁边,"我和这位钱叔叔就是这个时间认识的,他就住我这个杂货店对门,有时候我们约着一起在屋里搓麻将,就在我店里,也不耽误做生意。"他回忆着,在烟灰缸里掸了掸烟灰,长长地吐出一口烟雾。

当初热闹的杂货店,现在只留下一道蓝色的卷帘门,紧紧封存着经年的往事。沿路看去,道路两边低矮的民房,曾经莫不是门庭若市,街坊邻里热络谈天,店家顾客来回还价,一派热腾腾的生活景象。现在都已化作过眼烟云。

下午,暖黄色的阳光透过陈旧的玻璃窗斜射进来。门窗关闭着,外面寒风凛冽,里面正烧着咕噜作响的茶水。雾气和烟气弥漫在这间小屋里，暂时分隔街道的萧瑟。

吴纯港戴着一顶皮质西部牛仔帽，外面还停着他新买的一辆天蓝色的轿车，这辆车是他这几年在辗转各地、换了多个工作岗位后攒钱买下的。尽管吴纯港外在显得很时髦，但是脸上的皱纹却提醒着他早已不再是那个年轻气盛、不管不顾的青年。

"不开杂货店以后，我在飞机制造厂做保洁主管。换了很多家公司，但是每个公司都做不长久，主要还是年纪大了，身体受不住。我也不想每天这么循规蹈矩地上班，总觉得太乏味，在工作里也找不回当年争先进争模范的劲头了。"

他笑了笑，拍了拍昔日好友的肩膀："我现在就等着西大街改造完，再回到这里开杂货店呢，到时候你到我家来，我俩还一起在店里打麻将。"

"瓜田"摄影

我们是在"印象西大街"摄影作品展上，注意到了单羽的作品，继而记住了这个名字，SHAN YU。他的作品有两张，一张是西大街的清早集市，一边摆着青菜和南瓜，一边走着穿着鲜艳的男女，明媚的阳光挥洒在每个人的肩头。另一张则是夜幕下的西大街，深蓝的天空下亮着暖黄街灯，一家人围坐在路边的饭桌，每个人身上都泛着忙碌后的闲适松散。这是我们未曾亲眼见过的，生气蓬勃的西大街。

那日在与吴先生闲谈将要结束时，曾有两位带着专业相机的中年男士快速从窗外走过，但等我们出门想要跟上前去攀谈时，早已不见踪影。直到后来约见时，看到眼熟的相机和穿着，我们试以询问，才知道其中一位竟就是单羽。那时他正和好友街拍，从西大街路过,见满目萧条,也就走得更快了些。

摄影师单羽,有个用了二十年的网名"瓜田",取自古诗《君子行》:"瓜田不纳履,李下不正冠。"意为以君子之道,约束自身。他有"每日一图"的坚持,每天在社交网站上更新一张自己的摄影作品,持续有十余年。略一翻看,2014 年之前,发布的几乎都是西大街的照片,后来渐渐就少了。

作为土生土长的嘉定人,单羽从小就来西大街玩。在他儿时的记忆里,西大街光彩陆离,推开每一扇门都有不一样的新鲜事物。是一条热闹而神奇的街市。

2000 年的时候,他正上大学,接触到了新潮的数码摄影,比起又贵又费劲的胶卷摄影,一台不限拍摄次数并且即时成像的数码相机,牢牢吸引住了这位年轻人。此后单羽做起了街拍摄影师,还开了销售摄影器材的店,把人生都放在了镜头里。

接触摄影没多久,单羽就已开始拍摄西大街,如今已拍摄了上万张西大街的照片,存满了好几张储存卡。那时窄窄的西大街有早市和晚市,道路两边都是摊点,大多卖着鸡鸭鱼虾,还有鲜嫩带泥的时蔬。

靠近小桥的饭馆最是热闹,屋里坐不下,就把桌子摆上了桥。在单羽当时的镜头里,两个中年男子吹着河风,就着一桌家常热菜,举着酒杯,喝得面色赤红,看起来十分畅快洒意。当时无限生气的小桥,现在只能承托一街的萧瑟。

单羽成家以后,还是经常会来西大街走走看看,舍不下这里原生态的烟火气。后来他送儿子到附近的画室学画,自己就带着相机来西大街,沿着弹硌路来回走一趟,一下午就过去了。每次都能带着深受触动的画面离开,过不久,又带着期待回到这里。

单羽回忆,2010 年以前的西大街,充满了生气。现在名义上的西大街只是当时的主干道，两边每一条弄堂进去，都住满了人，"像是毛细血管一样，里面是一户户人家和小院子"。街巷里满是追逐着、欢笑着的孩子。

从一家门前摆满玩具的杂货店旁的巷子进去，走几步就是一个拐角处，那是单羽在夏日夜晚常常驻足的地方。只要耐心等一等，就有各色行人过来，捕捉到许多富有生趣的画面。而通过墙壁的镂空，院子里的老人在竹椅上摇着蒲扇纳凉，身边有三五小孩玩着捉迷藏，也是属于西大街最生动的生活场景。

但那之后，西大街逐渐显露出疲态。房屋老化严重，一扇扇传统的老虎窗改成了加固的铁窗，弹硌路常有积水且散发异味，摊贩们也常为了抢占摊点争吵。越来越多的年轻人搬走，只留下许多不舍离开的老人。

后来西大街动迁，大多数的居民都离开了，从街头走到街尾都见不到几个人。许多次带着失落离开西大街后，单羽便很少过来。

不去街拍的时间里，他与朋友一起做了一个名叫"嘹城"（嘉定古称嘹城）的公众号，用影像记录嘉定的现在史，每一张照片都是一段属于这片土地的诗。

在2021年的冬末，与单羽重走西大街的时候，他还是能沿街一一细数着当时热闹的店铺。"这家是卖羊肉汤的，这里是卖茶叶的，这里是卖祭祀用品，噢，这里以前是一家小诊所……"走到西大街的中段，他指着两间被木板封住的店铺说，这是卖肉的门市，曾经有两个男人在这里宰了一只羊，把羊头高高挂起，镜头里烈日下的羊头十分有冲击力。

看着一街紧闭的门户，处处挂着的门锁与封条，老树被修剪地光秃，满地光滑地石子反射着寂寞的阳光。单羽仰着头四处张望，不易察觉地叹着气。

"和以前完全不一样啊。"

"你们来得太晚了。"

快要走到街尾时,路过一栋靠河的老屋,终于遇到除我们以外的人。是一位钓鱼的老者,靠墙站着,点一支烟,倒是刚好能避开刺骨的寒风。而老者放在一边的鱼桶里,已有一尾鲫鱼,在似乎凝固的水中静止。单羽独自走远了一些,对这个场景举起了相机,久久,却没有按下快门……

作者:邹应菊,2017级汉语言文学专业本科生;
　　　叶静雯,2019级汉语言文学专业本科生;
　　　吴薇、孙舒婷,2020级汉语言文学专业本科生。
发表时间:2022年6月13日

旧地上海 | 时间裂隙中的嘉定西大街（下）

邹应菊　叶静雯　吴　薇　孙舒婷

一、剪与裁：三十载西街生活

她们在年轻时来到西大街，在这里度过青春年月，眼看人去楼空一街萧瑟，思考着离开与归来。

（一）街口的云宾理发店

刚走进西大街，就能看到一处刷了铭黄色油漆的墙面，斑驳地露出底下红色的涂层。大大的玻璃窗面向街市，窗框则是天蓝色的颜料。门铺前的两根电线杆之间拉起了一条绳子，晾着八九条紫色的毛巾。明丽的色彩，在西大街十分惹眼。这是在西大街最后一家理发店，写着"云宾理发店"的招牌早已不见，唯有老旧的玻璃窗上依稀可见"盘发"的字样。

老板姓宋，留着一头时髦的羊毛卷，工作时就用一根皮筋扎起来，低低地绑在脑后。她为人理发时，会在衣服外套上白色大褂。身上穿着一件，外面还晾着一件，随时换洗。"这是我的工作服呀，表示对客人的尊重嘛。几十年了，我一直穿着的。""现在那些理发店的都不穿了。"说话的是正在接受理发的阿婆。"是伐，都穿自己的衣服了。"阿姨回着话，眼睛却还紧盯着面前的剪刀，手上动作丝毫没受到影响。

理发店不大，只有一张老式理发椅，座椅上的皮革已经微微开裂。前侧的白色工作台上杂乱地丢着吹风机、剪刀、梳子等理发工具。上面则是块不甚清晰的长方形镜子。镜子上贴着两排从杂志上剪下的理发样式,方便顾客选择。再上面则是一张用大大的相框裱起来的发黄的营业执照。

这是宋阿姨来西大街开店的第三十二个年头。

"我刚来这里的时候人头不熟,人家都要欺负我。"那时宋阿姨去专供热水的西面老虎灶打开水,烧水的人见她是外地人,便同她讲,拿出两百块就能帮忙办好营业执照。宋阿姨掏了钱,以为了结了一桩心事,直到工商所的人找上门来,她才意识到自己被骗了。后来她想找到那个人,要回那两百块,对方自然抵赖,说:"我什么时候拿你钱了,你不要诬陷好人!"

"后来我找到开老虎灶的老板。老板了解了情况就帮我把钱要了回来。我很感谢他的,我到现在都还记得他。"回忆到这里,宋阿姨有些激动。

"我当时来西大街也没想到,会在这里辛辛苦苦做半辈子。来的时候我是34岁,现在我66岁。"刚从江苏来到上海时,宋阿姨在漕河泾的打工园开店,后来园区在1988年被列为国家高新技术产业开发区,面临拆迁。她经启东的老乡介绍,来到了西大街开理发店,这一开就是三十多年。

"开个店几十年不容易的,什么甜酸苦辣都吃过。"

西大街的房租便宜,但相应的,房子条件并不好。刚来的时候,房顶漏水,外面要是下大雨,里边就下小雨。宋阿姨一个人跑到十几公里外的罗店买了几块铁皮,爬上屋顶把屋顶补好。

可是还有更大的难题——房东不提供电,也不提供水。当初理发店已经开张,只能自己想办法。"你说厉害吧,吊井水理发。"15年没有自来水的日子,宋阿姨就在对面那个小巷吊了15年的井水。"开店的第二年,我胆结石才开完刀,但是我老公一个人来不及做生意的呀,我就弄了个水桶,半桶、半桶地吊,半桶、半桶地拎"。

那时候也没有电,宋阿姨就去附近煤饼厂拉煤饼,用煤烧水、做饭。"烧了18年的煤饼、15年井水,你看容易吗?"后来慢慢地和周围的邻居熟悉了,宋阿姨就从别人那里接了自来水管通到店里。邻居计她从自己家接根电线过去,电的问题也解决了。买了电水壶,又买了液化气,生意红火了起来,日子也过得更好,一切都在慢慢地变好。

(二)老店三十年

用电水壶烧水,宋阿姨现在还保留着这个习惯。在一些老式理发店里,洗头时客人不是躺在椅子上洗的,而是坐在板凳上,将头凑到水池前洗。宋阿姨提起烧好的开水,踮着脚往水池上方的水箱里倒,再加一些冷水、调好水温。

洗完头,她用毛巾给婆婆擦干头发,让她坐到椅子上。临近过年了,来理发的人多了起来,好多都是老客人,从花桥、南翔等几十公里外的地方赶过来。宋阿姨先用梳子梳顺头发,再进行修剪。为了不影响头发原有的卷度,她拿起圆筒梳仔细地将头发卷起,再用吹风机吹干。最后检查头发尾端的长度,用小刷子将脖子、肩膀上的碎发扫干净。

婆婆站起来拍拍衣服:"人老了跑不动咯。"

"我跟你说,你就在家里小跑步,跑半个小时。"宋阿姨整理着衣服,"跑跑就好了。"

婆婆拿钱递给宋阿姨:"拿好。"宋阿姨一看,发现多了。剪个头一般十二块左右,可是婆婆多给了钱,凑了整。

宋阿姨推回去:"不要了。"

"拿好。"婆婆说,随后又补了一句:"好好的。"

"别给我。"宋阿姨皱皱眉。两人开始推阻,都有些激动。旁边的小宝见状,开始叫喊。小宝是宋阿姨养的一只泰迪,她的儿子养了哈士奇,平时关在门外的大铁笼里,用床单盖起来。小宝性格乖巧,宋阿姨抱着它时,它就乖乖地伏在人的肩膀上,穿着粉色的毛茸茸的小衣裳,倒有几分像小孩子。不过宋阿姨说,它可比哈士奇凶,它们俩吵架的时候总是哈士奇在让着它。

宋阿姨笑了:"小宝以为我们打架呢。"

"这里嘛,像自己家一样的,(发型)想怎么弄就怎么弄。"婆婆一边推回去,一边往门口走去。

"老朋友应该不要钱的。那我该要送的。"

婆婆笑着摆摆手,走出店门:"那我以后可不来了。"

"老朋友也不可以这样的。"阿姨冲着我们无奈一笑,马上又投入到下一位客人的理发工作中了。这位客人是个小男孩,旁边的爷叔和宋阿姨聊着天。

"他奶奶呢?"

"今天奶奶不在,就我带他来了。他讲,西门那个阿姨(剪得好),你带我过去理发。"爷叔呵呵地笑。

"小孩嘛理发要动的,我去年就买了这个。不然剃刀太快了。"宋阿姨拿出一把小巧的类似电动剃须刀的工具。

孩子的头发不多,也常剃。不用洗头,用梳子带着剃须刀,很快就剃好了。男孩灵活地跳下椅子,旁边一个戴着毛线帽的阿姨称赞道:"赞!灵光欸。"

剃完头发的小男孩看起来很高兴,又和旁边的狗狗玩起来。看到关在笼子里的哈士奇,他想要去摸,爷叔赶快拍掉他的手。

"不要摸那条狗哦。小心到时候给你当凤爪咬一口。"宋阿姨又说,"你喜欢那个狗狗对不对?小的那只给你带回去,晚上和你一起睡觉好不好?"

小男孩不好意思地摸摸刚剪完的脑袋,而大人们都笑了起来,笼子里的狗狗也兴奋地转来转去,小小的理发店洋溢着轻松快乐的氛围。

(三)"还是喜欢理发"

宋阿姨刚送走客人,小宝便按捺不住地扑到她的小腿上,央求着要让她抱。

闲暇时,宋阿姨会和我们聊到她的理发技艺。"我刚开始也不会,都是和老公学,孩子7岁了,我们夫妻俩就出来干理发生意。"宋阿姨和她丈夫身体都不太好,理发不需要花费太多体力,也能不荒废了手艺,对他们来说是最好的选择。

"我当初来上海,是觉得这块地方很紧跟潮流嘛,人们都爱时髦的发型,生意也好做点。而且我也会经常观察街上大家的造型,去大理发店帮工学手艺。看着学着、学着看着,这手艺就慢慢精进起来了。"刚来时她的生意并不好,几乎没什么人来。直到90年代初,生意才逐渐红火起来,老顾客经常光顾,夸她这里理发手艺好、收费低,还会介绍街坊邻居过来这里理发,好口碑就这样慢慢积攒下来。

"剪发、烫发、盘发,我都会的。"说起自己的手艺,宋阿姨的脸上也不禁浮现出自豪的笑。

"盘发?是那种老式的盘发吗?"我们感到好奇。

"是呀。你们没看过我盘发?"宋阿姨有点惊讶,掏出手机给我们看盘发的照片。将头发梳通,整整齐齐地用发夹别出花样,最后再点缀上类似富贵子的装饰。这是她最得意的作品之一。她在相册里存了很多给顾客们做的还不错的发型。

"你们看这个。"她的手停留在一张照片上。"她的头发原来很毛躁,后来我给她弄好了。"

"再看这个……"

一张张的照片滑过,记录着宋阿姨在每一寸发丝上所花的心血。

看完,宋阿姨提到了西大街重建的消息。"大概明年8月份会开始改建吧。"

"还没有想好搬到哪里。"在西大街的这三十余年,在店铺的墙面与她的皮肤上都留下了细纹。但只要穿上白大褂,拿起剪刀,仿佛一切就不曾改变,窗外的街市依旧热闹。还有无数个明天,等待她打开理发店的铁门,为熟识的顾客剪一个时新的发型。回到现实,真正搬离的那天尚不确定,但她总得有个打算。

"等西大街改建完了,还想回来做。"宋阿姨还是爽朗地笑笑,"主要还是喜欢理发嘛,在这条街也住习惯了,到时候房租贵点也没关系。"

二、巡与贩:沉寂西街的停泊者

他们在西大街最沉寂之时来到这里,停泊在这个时间裂隙之中,暂以整顿安息。最冷的西街,收容了最疲惫的人。

(一)西大街44号小姬水产

天还没亮时,走进西大街,大约两百米,就能看到一家亮灯的卖鱼摊。摊子不大,摆在两间已经关了的门市前,隔着条通道,一边摆满活鱼,一边是新鲜蔬菜,一对中年夫妇站在中间两边照看。

摊主姓姬,河南信阳人,因为这个少见的姓氏常会被人询问,索性小店的名字就叫"小姬水产",没有招牌,印在绿色收款码下面。姬大叔2003年非典时期来到上海,认识了来自盐城的妻子,又在2018年西大街集体动迁结束后来到西大街。

那时他刚失业,借着亲戚的便利,在西大街44号门前摆个小摊谋生,一个月一千五的租金,比其他地方都要便宜许多。西大街只有早上热闹一些,所以他早上来,中午收摊,回到租住的地方再继续摆摊。时间一晃,这已经是他来西大街的第四个年头。

2021年12月26号,星期日,嘉定区温度为2℃～－2℃,手机提前一晚就已经收到了降温预警,有朋友期待地在朋友圈预言明天会下雪。

凌晨两点,姬大叔和大婶就已起床,比起以往的三点早了一些。他们住在娄塘,离西大街也就半个小时的路程。但因为今天周末,买菜的人会多一些,便要早一点到市场去抢鲜鱼。

灰蒙蒙的天,渐渐亮起来,夫妻俩满载一车的生鲜,在弹硌路上摇摇晃晃。等到摆摊处,争分夺秒地摆好鱼和菜,在六点一刻的时候拧开房檐下的老式灯泡,第一个客人已经来了。

来的是一位住在附近小区的婆婆,现在已经在西大街外的市场买好了一篮子菜,返程的时候照旧来这里挑鱼。今天婆婆也不多看,直接让姬大叔捞一条鲈鱼给他,一边掏出红布钱包,一边说:"还是十五块一条吧,给我选一条大一点的。"姬大叔应声,从水盆里捞起一条来,给婆婆看了一眼,就蹲在旁边的下水口开始收拾鱼。

姬大叔收拾鱼极其利索,只用一把铁刷去鱼鳞,一把剪刀剖鱼腹,两边鱼鳃一拽,从挂在铁丝上的一沓塑料袋里扯下一个,装好,递给婆婆。婆婆拎着鱼,把钱拿给一旁的大婶,硬币哗啦啦响。"你们几点来的呀?"大婶回道:"六点到这啦。""哎呀,我家孩子早上要去出差,我得早点烧饭,你们六点才开有点晚啦。"大婶还在整理一边的西兰花,把花球朝外叠起来,应了一声"嗯"。

等天完全亮起来,路过的人也多了,三轮车、自行车、摩托车、在路上颠簸着来来去去。一位老大爷慢慢骑着车从街口进来,遇到两位相熟的人,颤颤巍巍地从车兜里拿出一个小塑料袋,又仔细解开,轻轻拎出里面唯一的一只螃蟹,三人就着螃蟹的品相和做法就聊了好一阵。

这时鱼摊前已经围满了人,缩着手在摊前站成一排,是不是冻得跺跺脚。客人大多会先看看大水盆里的乌青鱼,大一些的一条有十七八斤重,和水盆一样长,静静地悬在水里,连鱼鳍也不动。

"哎呀老板,这个鱼不动的,是不是不行啦?"

"不会的不会的,天太冷啦,鱼在水里就不动的。"

一个夹着小包的男人在围观的人群中,挑了一条中等大小的乌青,十四斤,一百六十八元,引得旁人侧目。男人点点头,说这个数吉利,利落地扫了码。

姬大叔在另一边忙活着称菜,这条鱼就交给大婶收拾。大婶性情豪爽,把乌青往铺地的塑料上,重重一摔,蹲下身去一通收拾,从鱼背处一剖二。再进到走道里,找出一个大袋子,又从门后拿出一把长刀,割断袋子上绳子。动作行云流水,一气呵成,很有侠女风范。

以往来得晚一些,都是看不到大婶的。因为大婶还在附近一家商场工作,十点上班,九点半就得赶过去。今天也不例外,因为周末她也需要自愿加班。大婶摘了围裙,给几个老顾客打了招呼,便匆匆地从西大街走了出去。

只剩下姬大叔一个人,在摊前更忙了些。路过西大街买菜的人,大多都是附近的老居民,最喜欢买的就是小鲫鱼,烧汤清蒸都好吃。十块钱一盆,大概有十条,彩色的小盆子摆成一排。但处理小鲫鱼是最麻烦的,半个手掌的大小,一个个去鳞去内脏,姬大叔泡在水里的手早已冻得通红。

等鱼的阿姨站在一旁,问大叔"手冷得很吧?",大叔笑笑说:"你来试试冷不冷就知道了。""哎哟,你辛苦呀,要不放盆温水暖手嘛。"大叔摇摇头,"冷热交替,手才容易生冻疮。"

又一个阿姨来买小鲫鱼,但非得从盆里一条一条挑,换其他盆里大一些的鱼。大叔拿过盆说不能这样,不买就算了。阿姨有些忿忿,但还是说"得得得,就这盆。"在大叔杀鱼的空当,阿姨有些泄愤地嘀咕,"你这个小鱼呀都死掉的,动都不动。"大叔抬起头,一条一条放在水里给她看,"你来看看,你来看看,这鱼是不是活的,不好乱说。"阿姨也不看,走到路的另一边,回"你说是就是咯。"大叔的手也不停,但声音更大了一些,不住地说,"你自己来看嘛,这鱼肯定是活的……"阿姨转过头说:"快点快点,比女人话还多。"

姬大叔从不吆喝,有人走近,问一句"看看要点什么?"人看看又走了,也从不留客。但从不能忍受对鱼的质疑。有人骑着自行车路过,偏头看看,随口说一句"鱼鳞都掉了,不新鲜了",大叔立刻放下手中的活,抓起小鱼掰开鱼鳃给那人看,"鱼鳃是红的,就是新鲜的,你看看,你看看!"那人心虚,骑着远了,大叔还往他去的方向举着鱼,"这个鱼鳃还是红的!什么都不懂!"

快到十一点时,天还是很阴沉,一时竟飘起一点雪粒,粘在衣服的绒毛上,一口热气就化了。路过的顾客边挑鱼边和姬大叔说,几年没见下雪了,这应该是西大街这几年最冷的一天。姬大叔把满是鱼血的手在水里涮了涮,说:"这算啥雪呀,真稀罕雪,可以去我们河南看看。"

一个光头瘦高的中年男人过来,头上架着一副墨镜,来来回回看了许久。最后买了一把葱,一再强调他是拿回去种的,只要有根的葱。姬大叔拿出一把葱,从中拣出两根断了的葱叶丢在一边,称重完给他。男人接过付完钱,又看了好一会儿鱼,最后捡起那两根墙角的葱叶,扬长而去。

来往买菜的人终于少了,大叔靠在门边歇一会儿。一个坐着轮椅的老奶奶,慢慢悠悠地摇过来,在鱼摊前停下,看了会儿大乌青,又去看看满身花纹的黑鱼。姬大叔问一句,"婆婆要什么?""库库(上海话:看看)",大叔也松快地回应"好嘞,库库,库库。"

看了一阵,老奶奶又摇着轮椅慢慢悠悠地走远了。

(二)鱼牺牲了

2022年的元旦,大婶今天没来,姬大叔一个人忙活。

还没摆好摊,一位老人就在一旁等着,盯看大叔一盆盆摆好的鱼,像是仔细搜寻着什么。突然他拉过大叔,指着一条刚翻了肚皮的黑鱼说,"这个多少钱?",大叔又戳戳那鱼。不动。"十块钱拿去吧,平时卖十五块一斤的嘞。"老人开心地说:"好好,这个不麻烦你,我拿回家收拾。"说着,从兜里掏出塑料袋,捞起鱼就走了。

这天,姬大叔进了两大盆小鲫鱼,其中一盆是有人打电话预定,用来放生的。说起这个,大叔也会感叹一下,别人都是放生,自己是杀生。转过身去,说"没办法,也是为了生活嘛。"

一位穿着皮鞋的老阿姨咔哒咔哒地过来,问大叔买十斤土豆能不能便宜,大叔说可以一块五一斤。随后从货车上提来一麻袋新鲜土豆,阿姨拿了塑料袋,一个个拣着土豆,皮有破损的不要,沾了水的不要,半天才挑出均匀的几颗。大叔收拾完鱼,过来看见赶忙说:"这怎么行嘛,都给你一块五的价钱了",叉着腰叹了口气,接着说:"不行的不行的。"阿姨还是坚持着挑完了土豆,一遍遍跟着大叔去看称,折腾好半天,才咔哒咔哒地走了。

来往卖鱼的人,要求也不一样。除了叮嘱一定要把鱼鳞刮干净,还有要求各种切法的,大叔也尽量照做。一个男人过来想买一条乌青,问能不能帮忙做成鱼泥,回家做丸子用。大叔摆摆手,直言做不了。在破旧的老屋前摆摊，就地杀鱼，连砧板也没有，所以鱼片鱼块等等都不能做。姬大叔和熟识的清洁工赵叔也时不时聊起这一点，只是感叹现在竞争大，做生意真是难。

赵叔也曾问过他，等西大街改造动工以后，他有什么打算。姬大叔也只是说还不知道，有人介绍他去隔壁梅园路里的菜市场摆摊，但那里摊位又贵又小，他并不乐意去。被问起会不会自己开着水产店，姬大叔摆手说，"和人合开还差不多，自己一个人是不敢想的。现在嘛，走一步看一步。"

常有父母带着小孩子一起来买鱼，这时的姬大叔总会比平时温和一些。一个小男孩常和妈妈一起来看鱼，电动车还没停稳，便从遮风被里蹿出来，眼巴巴地看着大叔杀鱼。妈妈唤他递钱给大叔也没听到。看着男孩这么认真，大叔和妈妈都笑了。大叔从盆里拿出待处理的小鱼，给男孩看看，说："这条小鱼牺牲了。"

一个看着还很年轻的妈妈带着小朋友来买泥鳅，问过大叔后，用网捞起了一条，让女孩试试摸一摸。女孩躲在妈妈怀里不敢摸，但在妈妈的一再鼓励下还是摸了一下，飞速缩回手，看着妈妈笑起来。在等大叔处理泥鳅的时候，妈妈给女孩讲起了自己小时候去捉泥鳅的事情。讲完，小女孩问大叔，"叔叔，我还能摸一下这个小泥鳅吗？"

大叔停下手里的活儿，用两手抓起一条滑溜溜的泥鳅，让小女孩能凑近看。"这西大街人不多，就是猫多。猫呢，也不吃我的鱼，专门偷吃我的泥鳅。"女孩听着，伸出小小的手指，捻起泥鳅的胡须，咧嘴笑了起来，露出掉了一颗门牙的牙齿，十分可爱。

得空的时候，姬大叔也不闲着，还得帮女儿做学校布置的观看视频作业。手机放在桌上，播报时事新闻，时不时答一下题。在这个时间里，姬大叔讲起，自己当年和大婶是在饭馆里打工认识的，当时那家饭馆还成就了不少姻缘。俩人现在的女儿十五岁,外婆带着在盐城上初二,平时学习压力也很大,各种作业都得做。

姬大叔指了指西大街空地上高高的水杉,说自己小时候放牛,最喜欢在这种树上跳来跳去。爬得高一些,还能掏到麻雀窝。不像现在的孩子,都住在楼房里,会得多,压力也大。

说完又叹息起,今年疫情不能回家,好久没见女儿,河南更是两年都没回过,一时显得低落。

正好一位常客大哥骑车路过,听到大叔叹气,刹住车,"咿呀,新年叹啥气呀!不行的哦,我来看看。"说着看到两盆杀好还没卖出去的小鲫鱼说,"是不是这个鱼不能久放呀,我买了哈,开心一点!"姬大叔笑着说"没啥事,你真要鱼呀?""当然啦,快给我装起来吧,老婆还在家等着哩。"大叔又现杀了几条放袋里,在大哥出发前,喊住他,"拿点小葱配着烧好不好?"大哥转过头:"锦上添花嘛,肯定要的。"拿上葱,大哥蹬着车走了,还回头说:"开心一点哈,开心一点!再见。"大叔也笑着摆手说:"再见。"

今天上午十点半,姬大叔就开始收摊了。因为卖的东西杂又多,他一个人十一点开始收拾,也得收拾到一点才能回家。今天,大叔想着过节,就早点回去。

正在大叔往车上端鱼的时候,一个背着包的老爷爷过来,问还有没有韭菜。大叔应了声有,然后说等他一下。老爷爷温和地说,没事没事,等你就行。等大叔终于过来,老爷爷让他称上一斤带回去包饺子。大叔拿了塑料袋,谨慎地抓了一把,掂掂手里的分量,才去称。边走边和老爷爷说,"应该是一斤,我的手还是蛮准的。"等一称,大叔有点遗憾地说"哎呀,还差80克,不过也算比较准吧。"老爷爷笑着说"少一点就少一点,一筷子的事情嘛"大叔又往袋子里塞了一把韭菜,目送老爷爷慢步离开。

大叔俯下身继续收拾，清扫完西大街的赵叔又站在鱼摊对面休息。

在给花甲换水的时候，大叔突然从其中拣出一个圆形的贝壳，上面有一圈圈的螺旋花纹。放在手上看了一会儿，大叔走过去拿给赵叔看，两人就研究了好一会儿。最后姬大叔找了块砖头，"趴"地一声，贝壳碎了。

一辆电动车过来，是来和赵叔换班的李姐。姬大叔和她打招呼说："小李，来上班啦。"李姐性格活泼开朗，和这条街的人都熟，回应道："是呀，我来了，你还在收拾，等我忙完了，你还没收拾好。"说着就把车停在路边，两手分别提起两大袋沉甸甸的蔬菜，脚步轻快地送到面包车上去。姬大叔赶忙推辞说不用，但李姐还是脚步不停，大叔便问："送你些鱼拿回家吃哈。"李姐正抱来一箱西红柿，说"不要不要，家里多得吃不完了。"

等把鱼和菜都收拾好，姬大叔又收拾好垃圾，用水把地面都冲洗干净，十二点就回了家。

临走前，李姐和赵叔正聊天，聊到姬大叔合伙开店的想法。李姐兴奋地对着车窗里的姬大叔说，"以后一定要好好整一块小姬水产的招牌，挂得高高的！"姬大叔难得露出满脸的笑容，说："好好，明天见。"然后开着车，驶出西大街，只剩下44号门前一地亮堂堂的水痕。

    作者：邹应菊，2017级汉语言文学专业本科生；
      叶静雯，2019级汉语言文学专业本科生；
      吴薇、孙舒婷，2020级汉语言文学专业本科生。
    发表时间：2022年6月15日

旧地上海 | 街铺故事：成为"优秀的普通人"，也是一件了不起的事

严 语 姚文嘉 袁嘉璐

一、taco 店的张老板

到来

这是从家乡齐齐哈尔来上海读大学的 2005 年 8 月，整个黑龙江省被华东师范大学录取的学生有 26 个，张是其中之一。下火车的第一秒她脱口而出："怎么空气是这个样子！"八年后的某一天，她在聚丰园路与二房东签订了集装箱店铺合同，建筑工地的钢筋彼此碰撞，车辆来去制造呼啸，环境又真切清晰起来。她又回想起曾经的热浪，蓦然发现这种感觉已经消失了，只是上海的冬依旧刺骨。她想，很奇怪，可能身体已经本能地属于这里了。

2014 年，聚丰园路的上坤广场建成后，广场中央的七个露天小集装箱开出几家小店，四周的室内门店则宽大敞亮。一切仿佛冥冥注定，张的亲戚家住附近，他们抓住了商机，借着曾在外滩经营餐车制作墨西哥卷饼的经验，在上坤广场的集装箱铺子里尽心尽力地经营。与此同时，张已成为市中心的软件公司的女白领，人人艳羡。作为 taco 的投资人，她也以此为副业，出钱出力。店铺开业那天，她在这铁皮厢四周布置了小桌和餐板，在上面用彩色亲

笔写下——"卡西迪亚 20 元"。一切都是崭新的，她仿佛又看到那个光点。

活着

"一开始开业的时候会很开心，充满期待，你觉得一定会顺利，但是很多时候就是事与愿违的，没有那么多东西都顺你的心、顺你的意。"

开业 6 个月的时间说长不长，却把餐板上的彩字抹得黯淡无光。Taco 家门可罗雀，摆出的桌椅偶尔坐着几人，竟还是从隔壁店家的长队里出来歇脚的顾客。张从软件公司下班，时常无缝衔接赶来 taco 看店，环顾着四周店家大都生意兴隆，听着人们路过空无一人的 taco 时那句吐槽"这什么玩意儿，还那么贵"，她甚至想拉住每个人去——解释——她想说她的卷饼是多么好吃，她的食材是进口的芝士牛乳，她的成本是多么高昂，她想说她的真诚……可一切是徒劳的，她站在集装箱边，仿佛已经站在城市的裂缝边缘。她知道，聚丰园路上的人们多数消费不高，学生、居民总愿意图个"经济实惠"，若想吃西餐便乘车向市中心去寻"高档"，郊区和市中心之间的经济沟壑非一日可平，taco 就这样陷入窘境。

Taco 的同行者里也有人输得一败涂地。张听亲戚说，室内门店最初由一名大学生租下，他向父母要了一百万开甜品店，精致的装修、高级的设备、"押三付二"的房租条款之后，一百万已所剩无几，半年后更是全部亏空，他很快卷铺盖离开，顺应父母的安排回去上班了。

持续不断地清点账目、发现亏空、倒贴经费后，集装箱里的几人愈发沉默。第 6 个月末，亲戚们对张抱歉道："不做了，放弃吧。"

可是张不能回头,她是这座城市里的独行者、外来人,从大学靠着勤工助学奖一路拼杀,至今刚刚成家又孤注一掷地投资,她还不能认输。她揉揉长期加班而酸疼的两肩,也立定了决心——从软件公司辞职,自己来做 taco。她总坚信着 taco 能够被人认可,可能还需要再坚持一段时间试试,再试试吧。

一个月的时间里,张辞了工作,开始加班加点地自学厨艺,通过大量地阅读墨西哥原文食谱,从不会切青椒洋葱的厨艺小白快速进阶,选材、煎烤、烘焙、组装……面面俱到;与此同时,这位理性的冒险家发现了商机——taco 的回头客居多、留学生也愿意相互推荐前来,来自食客的认可使她更加坚定,并期待着这家小店能被更多人看见、了解。大学的洗礼在多年后再次印证了张的主张,她用独特的眼光打量着这个世界,在教育与创业之间取得了微妙的平衡,以至每每有人问起她从高才生到小餐饮店老板娘所思所感时,她都能说:"我不后悔。"

第七个月交上房租后,张独自清点了账目。她用大字在账本上写下了一行:"总收入:壹万柒仟元。"前六个月都是亏损的,可第七个月挣了一万七——这个数字她一辈子都会记得。

2015 年,张的人生迎来了两件大事:第一,儿时戏言的"成为女老板"成为现实。第二,她成为了一位母亲。这一年,上海城市规划整治的力度逐渐加强,集装箱被划为违法建筑,甜品店关门后店面分割为四间,张抓住契机搬进了其中一间。过年时,她挺着孕肚去房东那里,在合同底下签下了自己的名字。她已经想好,要在那两层小店的白墙上漆下彩色的日月草木,一楼作厨房吧台,旋转楼梯上安置书架、放她心爱的书本,二楼便摆上几张小木桌,若坐在桌边朝窗外看过去,便是广场上新建起的儿童乐园,女儿长大些会在那里嬉戏,即便小店的空间有限,室内有时昏暗些,窗外世界的光也能把这里照得透亮。

四年的光景,这家小店与张的小女儿一起出生、成长,逐渐焕发生机。张骄傲地与人说,上海大学百分之九十的留学生都知道她的店,他们总下意识地来到 taco 家,不为什么特定的菜品,只因这里就像他们的食堂、甚至是家一样的地方。天气晴朗时,他们便聚在室外的沙发上聊天、吃塔可、看夕阳缓缓坠入聚丰园路的尽头。张坚持不设扫码点餐,和顾客在吧台对面交谈,她渐渐记住每张熟悉的面孔、每个特别的口味偏好,她与熟客们心照不宣、甚至成为生活上的朋友。她雇到了符合标准的兼职生,那个女孩儿擅长外语、也吃苦耐劳,在小店里身兼数职,点菜、备餐、洗碗都能帮上忙。看向她时,张总会想到她的大学时光:那时的自己在学校和家庭的双重庇护下,做活动室经历、办拉丁舞班、开服装店,与同伴们跑到七浦路进货,在收到工资时雀跃。那时年轻也无畏,即便栽了跟头依然拥有无数次犯错和重来的机会,可而立之年若一切重来后破釜沉舟,张会想到家乡的母亲、年幼的孩子。她只能对眼前的女孩笑笑:"你们现在这个年纪,真的很让人羡慕。"

物价连年上涨,上海的房地产市场更是以百分之十的速度翻番,张开始考虑涨点价时,发现自己已与这片土地签订下了无字的契约。面对着熟客们行云流水地点餐、付账,张艰难地开口提起涨价,又连连补上解释:"不得不涨价了,实在是太难了。"她对自己说,宁可难一点,也要坚持着做下去,也不要再加钱了。这已不是经济的牵绊,而是感情的牵绊了。很多年后,taco 家的套餐仍只涨了两元,张戏称自己是做不成"无奸不商"了,她说:"这句话说得很对,做个本本分分的商人,发不了大财了,安安稳稳也好。"

一六年时,两位朝鲜阿姨上门来道别。同为上坤广场首批集装箱店主,她们的"疯狂薯条"网红店难逃昙花一现的命运。由于邻近的关系,张与她们多少聊过些,知道她们家庭条件很好,也曾在韩国打工挣钱,但依然选择活到老奋斗到老——每个人在任何年纪都可能在为自己而活着。又过两年,张听说开在广场入口的"沪四爷"全天早餐店倒闭了。他们也曾火热一时,却因挥霍资金、大肆扩张的经营理念而每况愈下,只得苟延残喘。张于是明白,眼前的成功往往不会长久,要在这片土地上扎根就要永远辛勤、永远踏实。

生活中碎片般的启示,堆叠出一条适合她去走的路。这位曾经的冒险者不再奔跑,却也是一步一个脚印,在这条名为"聚丰园"的小路上一路前行,她也开始打算到市中心去,看很多店面、开个小分店。那个光点,近了,近了……

留下?

2020年,新冠疫情蔓延。

Taco家一落千丈,几乎全年无收入。房东免去了半个月的房租,但对张负担的重压而言,也只是杯水车薪。疫情也影响了人们的消费观,无数个家庭在承受了多多少少的经济损失后,从外出消费转而选择在家烧饭、节俭衣食。也正是这样,中档价格的taco家受到第二重打击。张将母亲从东北接来店里帮忙,丈夫去山东打工贴补家用,一家人零落两地。张自己则一边顾着店里零星的事务、一边替人补课接单,为孩子挣一笔学费。

张的孩子进入了浦东一所小学,她也将重心移向孩子的教育问题。夕阳将落时,张接上放学的孩子回到店里,一楼靠墙处放着一张小桌,母女二人便在这里补习。她对女儿说"每个人都要自己的职责负责",希望她明白学习是人生必经的事情。她也送女儿学习钢琴,告诉孩子学钢琴的辛苦、让她自己决定是否坚持。每当孩子思考良久后决定继续、为学会新曲子而欣喜不已地跑来"炫耀"时,张也从而获得了生活的新期望。在比上不足而比下有余的生活里,她摇摆也稳定,成为"优秀的普通人"也了不起,可以独立、也可以幸福。

后疫情时代的聚丰园路正在尝试复苏,地铁站开通、路面更宽广平坦、店家更迭……只有 taco,因为大半的留学生不能回来而继续沉寂下去。张仍未说放弃,她自己学起的手艺使她坚定地不做餐品转型,而店面更不会换址、不会关闭,她在这里等待着那群熟悉的面孔归来,也尝试着吸引新顾客,就像 2015 年自己将小店从裂缝中托起那样,寻求新的转机。她清醒地认为,实体经济太难做,但也充分认识到,若在另一处卷土重来,也许到头来是一无所有。Taco 与聚丰园路,商家与一片土地,实际是共生的关系——若店面频繁更换,这广场也会问题频出,乃至死亡;而在店家诞生、蓬勃、沉寂与重振的漫长过程中,这片土地也已经历生命的轮转。

2021 年时,两位附近的大学生进店做采访时问道:"您对上海这座城市,有怎样的情感呢?"张坐在小桌边沉默许久,手中洁白的餐巾熟稔地旋转几下,叠出花来。然后她回答得很郑重。她说,已逐渐习惯了上海的脾性:上海人为芝麻绿豆的小事报警、上海阿姨错位的地域优越感、地铁上人们纷纷抢座……她说:"上海的人情还是比较冷的,这么多年,我却有点被同化了。"但是,她顿了顿,又说:"我无力改变……而且,我也很喜欢上海。"她喜欢上海快节奏的生活,喜欢在市中心的喧嚣人群中穿行的感觉。而聚丰园路又呈现出不同的面貌,它属于年轻人,在不断地遇挫与成长,就好像她自己那样,是不完美的"新上海"。她告诉女儿:"我们是'新上海人',我们的祖籍是东北。这两件事同样值得铭记。"

张打开店门走出去,一阵冷风侵袭过来,然后她立在门口。今年的上海意外地降下小雪,就像她的家乡一样。

二、修车铺的王师傅

王师傅在冲锋衣外面套了件黑色马甲,有时戴副眼镜。"我们么给学生提供服务……当时有蛮多配电箱,配电箱淹在水里,这个电要闯祸的,那就莫得命嘞……"王师傅是江苏扬州人,言语间萦绕着扬州当地方言的余韵。趁着月色,我们就这样站在小屋的窄门前攀谈起来。

上海大学学生多,自行车更多,校园里的修车铺不下十几个,王师傅的这间选了个难得的好位置——正对新世纪15幢,背靠22号北,与炙手可热的橘邻生活馆和菜鸟驿站做邻居,距离新世纪主干道几步之遥,又是整个新世纪中段的心脏地带,是个人来人往、四通八达的风水宝地。

2003

"我在上海时间长了,30年了!"王师傅一句话,就把我们拉回到蒙尘的旧日中去。光影留声机倒带回数十年前,王师傅刚刚初中毕业,本想去社会上打工,却苦于没有技术和门路。"我家里一个亲戚嘛,他修车的,然后我就想学个手艺,就是技术咯,总归是好事情。然后,就跟在他后面做了,家里亲戚嘛。然后做了一个月左右,我就自立门户了,自己开店经营了。"王师傅家里兄弟多,赚了钱的修车铺转让给了成家的哥哥,他离开家乡发展。为什么选择上海?王师傅说得头头是道:"上海体量多大,国际大都市,中国,就一个大上海。你想香港发达吧,可人家在外面谈起来说的都是小香港,大上海,无形当中就把上海的身价衬托出来了,上海是好地方,听得懂吧?"出于对自己判断的绝对信任,王师傅决心来"天地大"的上海闯出自己一席之地。

"我到上海来一开始也不是在大学里做的,在成都北路那边做生意,靠近中山北路这一块,也做了有7、8年了。"讲到这里,王师傅顿了顿,似乎是在回忆中摘取着什么。常绿的木叶在晚风中急不可耐地呢喃,似乎也在催促他讲下去。"反正算下来有18年了,我们一直在学校里。"从2003年初至上海大学至今,王师傅算得上是新世纪,甚至是整个聚丰园路的"老驻户"了。从农村到城市,从扬州到上海,从成都北路到聚丰园路,王师傅的生意就在这几经辗转中慢慢起步了。

2005—2019

"有些人有点脑筋,有点技巧,有点吃苦的精神,就能找到好工作,挣到钱。不具备这些精神,想赚到钱就很难了。"讲到这些的时候,王师傅一改随和的闲聊神色,陡然严肃起来。几经辗转,王师傅在摸爬滚打中总结出了一套自己的人生哲学。从初至上海的异乡人到现在站稳脚跟,积年的阅历让王师傅在心中凝练出至关重要的三点——聪明脑筋、吃苦的精神,还有待人接物的技巧:

新世纪大学生村不算大,却挤挤攘攘地嵌进了四家修车铺。位于大学生村尾部的一家不怎么来,另有一家也走掉了——"年纪大了,生意也不怎么好。"于是,整个新世纪大学生村修车界,只剩王师傅与另一家铺子遥遥相望着。谈起作为自己看家本领的修车技术,王师傅自信满满:"这个大学里所有的修车的,只有我是拜过师傅的,他们都没有。"上海大学的修车师傅们有个微信群,大家早已互相交流过。但王师傅显然不满足于仅仅掌握修车这一项手艺:"我学的东西很多的,为什么?人家讲,多一个手艺,多一种收入。"

怀揣着这种信念,王师傅早年刚到上海时常去浦东、外滩,看到干活的手艺人,就悄悄地在旁边看——"我们在外面,好多技术什么不是靠人教的,都是偷学的。"至于偷学的效果如何,王师傅直言要看个人的脑筋聪不聪明。每个人悟性不一样,悟性高的人一看就懂,当然也不乏有人"脑筋转不动,卡住了"。有时候左右想不通,但看人家实地操作,一下思路就打开了,就差这么一点。然而个人的脑筋和悟性还是关键,悟性不高,再看好的技巧也没用,因为无法转化成自己的。对于王师傅而言,这次偷学到了技术,那下次就会了,好多技术都是这样来的。"上了社会,资源都是大家抢的,机会都是争的。人家讲,聪明的人,他会逮住每一次的机会;慵懒、懒散的人,他会浪费好多机会。机会对于每一个人来讲,老天爷都是平等的。"

谈及在上海的心境,王师傅用"低调"来形容:"那么大一个城市,人家能给你生存已经很好了,你不能还想,我一定要舒服,我一定要享受到什么程度,那不行。我们给自己的定位是什么?你出来是吃苦卖力赚钱的,这六个字你要懂,不然你从乡下到大城市来的初衷就被你白白浪费了。你什么都把享受舒服摆在前面,你所有的事都不能适应了。为什么?都好了还能轮到你吗?哎,你想想看,你有什么优势,对吧,你有什么突出啊,没有。像我们讲得难听点,就是初中毕业的水平,你跟人家拼吧,实力不一定有,资本不一定有,背景也没有,关系也没有,技术也没有,你拿什么跟人家拼?"

　　王师傅一再提到自己"吃苦卖力赚钱"的初衷,这是他在多年奋斗中所坚守的,也是他生存行事的准则。尽管王师傅正经拜师学过的手艺是修车,但他最初却是以维修工的身份来到上海大学的。学校很大,杂事当然少不了。最初的那些年里,王师傅参与维修过新落成的新世纪大学村内部设施,也搬运仓库物资。后来正遇上非典,消毒、喷药水等给学生提供的服务他也驾轻就熟。听上去一帆风顺的经历几句话就可以言尽,个中滋味却如人饮水,冷暖自知。初来乍到的不被信任,王师傅是品尝过的。一行人到宿舍里做维修工作,一进房间就发现里面的东西额外多,手机、钱包、吃的、用的都有,这就算是无言的考验了。一个人起了贪心,连累的是大家伙。

　　王师傅私下定了自己的规矩:进了房间,大家互相监督,不该碰的东西一个不准动。经过大大小小、明里暗里的考验,王师傅这才有了签订正式合同的机会。王师傅自认是个"最平凡不过"的人,但名为"平凡"的大幕下,生活酸甜苦辣的底色也一味不少。最惊险的一次莫过于前几年学校发大水,大楼的配电箱都淹在水里,随时可能漏电,最后还是王师傅勇于上前,参与了维修处理。"当时有蛮多配电箱,配电箱淹在水里,这个电要闯祸的,那就莫得命嘞……怕吗?那谁不怕电?只要老师一个命令下来,我们都去做的。大家什么要求都不提的,应做尽做。遇到问题了,大家一道想办法,想不出来了再请示领导,就这样。"虽然已经是十多年的事了,回忆起当时的种种,王师傅还是如数家珍。虽然不是自己修车的老本行,但这些貌似杂活的细碎琐事王师傅从不推辞:"我们是来赚钱的,不考虑其他。只要我能承受的情况下,就把这活做了,做了就有相应的收入。人家讲,有付出才有回报。不想做这个事,可能有一万个理由，想做这个事只有一个理由，自己就去往那边靠了。"这样的奋斗经验直白而不加矫饰，从王师傅坚定的心里涌出来，无疑是掷地有声的。

王师傅在维修上一贯卖力，却终究无法抵挡时代的步伐。2010年，由于经营模式的改变，王师傅所在的无公司、无抬头、无发票的"三无"维修队在学校层面上无法走账结算，最终相关维修工作陆续被学校请来的专业施工队接手承包。"但是做与不做是不一样的，天道酬勤，你奉献了就会有回报，不是现在，但总会回报你的。"王师傅的付出学校看在眼里。结束维修工作后，他申请到了一个摊位，为学生服务，修单车。"现在是大数据时代了。"十多年后再重回这一段跌宕起伏的转型现场，王师傅显得十分平静。

踏入社会数年的阅历与眼界恰如生活带来的宝贵财富，此时王师傅手上重拾了修车的技术，在修车铺一方天地里的心却透过单调的修理工具看到了更广阔的可能性。"合作共赢"是他挂在嘴边的高频词："我们很多事情都考虑得很到位的，一方面为了学生，一方面为了我们自己，一方面也为了上海大学……学校赚的是口碑，我们赚的是辛苦费，学生也得到服务了。"多年在社会上闯荡，待人接物的经验让王师傅有了所谓"三赢"的体悟，而其中的门道就在于"沟通的技巧"。光顾王师傅修车铺的学生不计其数，王师傅曾经遇上过一言不发的奇怪顾客，但他有自己的一套沟通技巧从容应对："这个同学是怎么一个人，他有什么需求，他是来观察我的，还是一定要我为他提供什么服务的，帮什么忙做什么事，这时候脑子里就飞快地想了，究竟他是什么样的人，我用什么方法来对待他，来跟他沟通交流，脑子里会想这么多的事情。"毫无疑问地，王师傅以耐心的态度和到位的服务收获了又一位回头客。"这就是沟通的技巧。服务做得到位,人家也能接受,他心里面就已经认可你了。"晚风轻拂,回忆的重帷渐渐拉开,于是勾连出王师傅记忆处的另一件趣事来。曾有一位钱伟长学院的学生主动找上王师傅,与他合作售卖定制车型。"我和他讲,以后你回来,如果有好的项目,我们再合作!"和学生打交道多了,王师傅收获的不仅是合作的效益,更是难求的友谊。

这头话音刚落,就有晚归的同学推着车喊着"王师傅",说是方向盘松了。"自己拿工具搞,自己搞,工具在这里面"王师傅毫不犹豫,抽出手来点点地上的工具箱,转头接着语重心长:"所以要合理经营,规范做事,还要跟他文明交流。"

每天早上七点开门,晚上十点收摊,寒来暑往,风雨无阻,这间小小的修车铺就是王师傅的大部分生活。双休日偶尔睡个半小时懒觉,生意少时坐在铺子里打打瞌睡,看看手机,平缓生活中的这点小权利足以让他感到满足了。平日铺子里独来独往的身影给人寡言少语的印象,但王师傅却出乎意料地健谈,天南海北,什么都饶有兴趣:"我本来文化水平就是初中嘛,但是我这个人很健谈的!外面聊的朋友很多的!听君一席话,胜读十年书嘛,懂了吧!三人行必有我师嘛。你看,这个'嘛哩嘛哩'还是我小孩帮我弄的,年轻人看得很多!"在儿子的建议下,王师傅闲暇时的去处从广告泛滥的"头条"升级成了新鲜的凤凰卫视和 b 站,时政类新闻成了他朋友圈的常客。

2019

突如其来的疫情在所有人的生活中都留下了浓重的一笔,将"未来"不容拒绝地推送到每个人的脑海中。"我是没办法,小孩要成家的,自己要干……我家小孩属牛的,他现在工作了,刚找了一份工作,在浦东陆家嘴!他说实习六个月,半年后转正,签了个三年的合同,现在已经上班了。"话题兜兜转转绕回他自己:"人是随着社会变化而变化的,因为人是万能的,人既能升级自己,也能降低自己。"王师傅自信现在自己还能干,若是真到了不能干的那一天,他还有一定的技术,想把它传下去,尽管他不得不承认,现在年轻人当中好苗子已经很少了。可能是人家来找自己,也可能是自己去找人家……

作者:严语、姚文嘉、袁嘉璐,2019级汉语言文学专业本科生。

发表时间:2022年6月23日

"00后"在忧虑什么？从抑郁症中走出的我，想聊聊这件小事

汤昊天

"你真的越来越像晓青了。"
"嗬！这眼睛嘴巴笑起来弯弯的多像啊！"
"你瞧瞧这奖状一张张的，也就晓青原来得过这么些奖状。"
从童年到大学，亲戚们总是在对比我和晓青。

晓青是我姑姑，可我对这个亲人一直不熟悉。她在我出生前就已经定居上海，逢年过节匆匆见面又匆匆分开。即便到了初二，我跟着父亲从合肥来到上海生活，和姑姑也依旧疏远。

但在一个敏感又骄傲的小女孩心里，怎么会允许自己与别人相像呢？我因为暗戳戳想要比过这个"和我像"的人，甚至收敛了对文科的兴趣，当了班里的物理课代表，报名各种理化竞赛班，还考入了理科创新班。

这样的头脑发热最终导致了我在学业上处处碰壁，身体以抑郁症的方式提醒我缴械投降。晓青是二级心理咨询师，顺理成章地来帮助我，就这样，我和晓青走得近了些。

被抑郁吞噬

我握着手里的铅笔，眼睛直愣愣地凝视着面前 A4 纸上的一个小黑点，随着眼神一点点聚焦，黑点在我的眼中越来越大，直到

黑暗完全吞噬了我。一阵头晕,我索性整个人瘫在阳台的沙发上,抬头眼前的一团黑又一点点敞亮开来,却瞧见头顶上方吊着个晒得过干的袜子,一阵厌恶感袭来。

"天天,怎么样?是不是除了黑点外,其实你手里的纸大部分都是白色的呢?但你只注意到了那一个黑点,就像现在的你只注意到了生活里许多不如意一样。换一个视角看问题会不会豁然一些?"

哦,我都忘了晓青还在我身边坐着,我已经向她诉苦了大半天。她把手放在我背后,用掌心按着一个方向回旋转动。这大约是她心理辅导时的按摩技巧,只不过不论是她的各种安抚方式于我来说都没什么用。

"是不是有点累了,那我们今天就休息吧。"晓青见我恍惚,揉了揉我的后背,起身伸展了胳膊。

见她要走,我突然伸出手扯了她的衣角。"就……大姑你多说点吧,随便讲点什么。"我总觉得有一个人在耳边说点话,就不至于再一次落入无边的情绪黑洞。

"既然你在为了高考啊、未来啊烦恼,大姑就和你讲讲我那时高考的选择吧。"

与"70后"的一次对谈

晓青坐回到沙发上,细细讲起那些我从未听说过的事:

我和你一样选的是理科呢,不过我是被你太外公逼着学的,那时候不都说"学好数理化,走遍天下都不怕"么。不光你太外公,爷爷奶奶全都劝我学理,我高二那时候跟他们拗了半个月,成天对着墙上的作文奖状哭也没拗过,最后成了理科生。

填志愿的时候，我看着那些文科专业羡慕得心里直痒痒，只好在一堆看了名字就无聊的专业里选了地理。不过最开始我是想当导游的，想着导游能到处玩。我还去考了个导游证，真的在安徽当过导游，但实在是太累了！在大巴车上翻山越岭的，睡也睡不好，吃也吃不好，到后来一上车就想吐，没几个月我就不干啦。

大学毕业那年，我选择去支教，就在我们老家附近长丰县一个初中，不过只有一年任期。的确，那时还挺有成就感的，县里的孩子虽然底子差，但很单纯，我讲什么他们都竖着耳朵听，调皮是调皮些，可没什么坏心眼。后来我很少再看到那么清澈的眼睛。

但我那时才二十几，总想着得去更大的世界看看，那张讲台太小了，凤阳也小，甚至合肥对我来说都小，四牌楼到五里墩每条路都熟悉得没什么新意了。再说，我那时候还有个记者梦呢，文艺青年嘛，想拿着笔杆子写点东西，就去上海了。

说来也很巧，我当时来上海就是在浦东，刚好赶上浦东改革开放，相当于是和浦东一起过了青春三十年了。最早在一家香港杂志社的驻沪办事处，算是圆梦了。只不过真的触碰到梦想的时候，也会发现事情不是你想的那样。

平时工作，外出办事时要踩着高跟鞋，从南京路走到淮海路，大冬天也要穿个短裙商务套装当花瓶。坐在办公室里，我也不过是帮老板养养狗。那是1993年，狗是用一千来块钱买来的"名贵狗"，一领到我们办公的别墅来，杂志社的女生都围上去直夸好，好像一匹千里马被我们老板这个伯乐相中了似的，英文编辑还给它起名叫Docky呢。

老板在的时候，人人都Docky长Docky短的，老板回香港过圣诞去了,狗就被赶到别墅的花园里了。年前忙得谁都管不上它,结果给冻死了,编辑也被炒了。最先炒的就是那个英文编辑,还有几个女编辑,后来连总编也被炒了。

再后来,我就自己炒了自己,因为发现果然我还是站在讲台上更自在些。我还记得当时在日记里写呢,"那段日子唯一的安慰是多了一些经历,可自己在这些经历中也丢失了人生的拐杖。"

不过那时候也没想到,我在这个讲台一站就是快二十年了,毕竟最开始也没有说,一下子就发现自己在教育上有特别大的使命感或者成就感,没那么神圣。只不过是一个美梦破碎了,醒了翻个身再去做别的梦罢了。

从最开始在职校,语文、英语、理科,我都教过,像个补丁一样哪缺老师了就被补到哪。那个时候人才少,语数外的老师都不够数,我这个师范大学毕业的人当然就是"万金油"咯。一开始还很不甘心呢,想着自己一个大学生怎么只是在职校教教书,后来才习惯起来。其实现在想想,要不是在职校和那里的学生们斗智斗勇了那么些日子,我也不会发现心理教育的重要,更不会后来再去学心理学成了心理咨询老师,发现了真正所谓爱的事业。没有那时候积累的教学经验,我现在也走不了这么远。

所以天天,你看,大姑走了这么绕的路,才兜兜转转转到了想去的地方。

这是姑姑在上海的整个职业经历。姑姑走过许多弯路,可是她觉得,每段经历都是珍宝,她拍拍我的肩膀,安慰道,"你呢,现在还没有迈出第一步,倒不用太担心未来,先往前走走看呗,又不是说选择错了方向前面就是死路一条。选了自己不喜欢的课是挺麻烦的,不过木已成舟,只能往前走了。再说,你已经站在很高的平台上了,你们中学每年百分之九十九的学生都上了一本,就算你垫了底又有多大事呢?"

不过对我来说,回忆在上海的日子眼里是不会有光芒的。小时候在合肥的时候觉得未来可期,在上海后一步步迈向自己期待的未来,却发现"未来"的迷茫不是被不确定的光芒笼罩的神秘,那里似乎没有什么希望。于是我的眼光逐渐狭窄,兴趣什么的被抛在脑后,学习成绩成为了成就感的来源,每天在自卑与自大之间左右横跳中,前一天因为一次好的排名可能就斗志昂扬地觉得自己无所不能,后一天就能被一张不及格考卷打落至尘埃里。

当然,这是那时候的我了,一个在上海,读高二的女生的忧愁。现在想想,这些当时的烦恼是有点傻,对于很多人来说就是不大的事,也不止一个人劝过我类似"人到山前必有路",何必总想些有的没的这样的话。但,这些烦恼对那时的我来说却也很真实,因为我不曾为它们找到所谓出路。

"00后"在忧虑什么

第二天,请了两周假的我去上课了,倒不是晓青的说教式鼓励和心理辅导有那么大的成效,把一个厌学在家的问题学生治愈了,反倒是她闲谈时和我讲的"青春故事"有意无意地又点亮了我内心深处的一丝希望似的,像盖茨比对岸的灯塔若隐若现的绿光那般,也成了我无望中的灯塔。

其实她的心理辅导对我来说没有什么作用。晓青成为心理老师也快有十年了,出过书,辅导过很多学生,也的确帮助到很多孩子,但这几年,她越发觉得身边的这群"00后"没办法再用寻常的心理辅导帮到他们。

最近一次家庭聚餐，饭桌上家里人闲聊时，她说："我现在辅导的很多孩子都是00后，家里条件都还不错，父母可能是管得严了点，但也不是啥严重的家庭问题。怎么就抗压能力越来越低了呢？好多都是因为不大点事就崩溃了，辅导也辅导不成，最后还得去医院吃药。"

我爸看了眼我，挑了挑眉，没好气地说："哼，我看就是娇生惯养惯了，就该扔到农村里去吃吃苦。"

我想张嘴争辩几句，却没能想出说点什么，只好又低下头，吃着碗里的饭不吱声了。

饭后，我还在想着怎么去反驳我爸，刷着手机无意刷到了知乎热榜上"00在忧虑什么？"，翻了翻高赞的几个答案，脑袋里像打开了潘多拉的魔盒般，高二时的愁绪又一下子翻涌起来。当时听了晓青的故事而在心里点燃的灯塔，也如盖茨比的灯塔一般，归于暗淡。

且不论是不是人人都能有晓青那样不断寻找、不断走出安逸区、不断前进的魄力，走出安逸区的年轻人们现在还能找到"留处"吗？还是"美梦破碎了，醒了翻个身再去做别的梦"吗？70后的晓青在改革开放的浪潮中找到了自己的位置，00后的我思考的却是"阶级固化"，并为此感到迷茫。

更何况如今的青年们，尤其是00后们，接受着比20世纪的青年更好的教育，顺着越来越发达的互联网，在手机上划一划，似乎就能看到头顶的广阔天空。可当他们走着走着，就会发现风口上的行业很难再进入，想要触碰的天空还那么远，信念、追求、坚守遥不可及，也会审问自己：人生的意义是什么？思而无解，便导致了忧虑。

"天天，你现在去中文系啦？"

一个亲戚的发问一下把我拉回现实,我点了点头:"嗯。"

"哎哟哎哟,我们家不得了哦,晓青是大作家,天天是小作家!当真是姑侄俩一样一样的。"

我笑了笑,但愿真能"一样一样"。

作者:汤昊天,2018级汉语言文学专业本科生。

发表时间:2021年3月20日

复读日记：退学重考后，我重新拥有了选择人生的自由

曹希文

5月

吊扇在教室里疲惫地摇晃着脑袋，自从高三生进了这间教室，它每天的工作时间就比原来长了好几个小时。或许是承受不了如此高频率的运转，它不时就会发出嗡嗡的响声。并没有人会在意这噪声，早读的高三生们震耳欲聋的读书声早已淹没了其他一切声响。

早读的要求很明确，一三是语文，二四是英语，五六日是文综，音量一定要大，声音小的班级会被扣分。其实我一直不太明白，那么大声的喊叫有什么意义，可以称得上是"轰鸣"的读书声反倒让我什么都记不住。

早读之后是四节课，然后就是午饭，时隔多年写这篇文章，我还挺想把其中的几天拿出来详细回忆，但是却发现自己什么都回忆不起来，每天除了不一样的课表，好像再无什么差别。

吃饭是少有的可以让嘴巴作读书以外工作的时间。我们会用这点时间聊些乏味的八卦，讲几个零碎的笑话，实在是再有剩余，也可能会简单谈谈未来的打算。

"你打算考哪啊？"

"我这个分就去个曲师大吧。他分高，肯定去山大。"

几个人去问了一下,那位同学果然要去山大。

"我这个分肯定考山大呗。"

那时竟然还觉得挺热血的。现在想想,决定我们去向的东西,原来只是分数。

6月

"第一志愿是山中医,第二志愿是曲师大,第三志愿是……"母亲手握着那张决定我未来去向的草稿纸,对我进行最后的"审问"。

我默默低着头,盯着桌子上密密麻麻写满了学校和专业名称的十余张稿纸,有气无力地呼出一个字:"……嗯……"

"听着了吗!"她把声音提高了几度,要求我回答。

我只能把头抬起来,看了她一眼,便马上把头沉下去:"听着了。"

"我跟你说咱们选的这些志愿就是一个'求稳'。你看中医和老师这都是很稳定的工作,你只要把学上完了就能有工作还不用担心失业,尤其是这两个职业都是越老越值钱这就是'铁饭碗'啊我跟你说……"

去年我们学校一个老师被开除了,那时候,我记得你还跟我讲现在没有"铁饭碗"了,要我好好学习,现在怎么又变卦了。心里这么想,但我却说不出,不是因为害怕,而是……

……我曾经说过的……

我对着这台破旧的电脑,盯着它已经开始失色的屏幕,用手指在它满是油污的键盘上一个个按着拼音字母。眼睁睁看着学校和专业的代号终于塞满了志愿表上的每一个空,我艰难地把手从上面移开,然后双手举起电脑,呈递给身后的父母。

"第一志愿山中医,第二志愿曲师大,第三志愿……"

求求你快点念完吧。我心里这么想着,既然没有赦免的可能,那至少把砍头的刀磨锋利些吧!

"好,这就全填完了!"像是终于得了一个痛快,我舒了一口气,"收拾收拾,今天晚上出去吃饭庆祝一下,快!"

我于是低着头挪出了客厅,去换衣服。那天,我天不黑就躺在床上了。

彻夜无眠。

我究竟在难受些什么?

我不知道。或许,这就是原因吧。

7月

高考之后,按例是要有一次同学聚会的,那么就有吧。

我本是不太想去的,感觉去了也没什么意思,但是父亲对我说:"为什么不去?人家都去你为什么不去?"

我被说服了。

班长第一个到的,问他去了哪里,他说报了军校。我有些诧异,因为从未听过他有参军的想法。他很轻松地解释道:"提前批的时候报了,想试试,结果就录取了。"同学们于是称赞,因为考军校的出路好,毕业就是军官,每月有工资,是真真正正的"铁饭碗"。

而我只是暗暗惊讶:啊,这,填志愿竟是这么简单的事情么?

同学们陆陆续续坐下,饭还未上,大家只是聊天。我很惊讶,惊讶他们都有了自己要去的大学,明明考试之前所有人都对自己的方向并不明白。转念一想,哦,原来是因为分数已经公布了。

那便是理所当然了。

到场的还有两位老师,一位是政治老师,姓邵,也是我们的班主任,带了我们两年,我记得比较清楚。另一位是数学老师,大概是姓王,实在记不得了,那一年里我们大概换了三个数学老师,我记性不好,又不善与老师聊天,便只记科目不记人了。

那天大家都喝了酒,不是因为成年,而是因为毕业了。

我酒量很好,我那一桌十几个男人,最后只有我一个能站起来,而且格外清醒。后来又喝了几瓶,胃有些不适,便停了。但依然精神。

虽然没醉,但我还是口无遮拦地说了很多难过的话,不过都是一个人自言自语,并没有人听,大概也听不懂。唯有那位数学老师安慰我,劝我看开些,虽然没什么用,但还是舒服了些。而我竟忘记了他的名字,现在想来,实在抱歉的很。

8月

我离家出走了。

按我一贯的风格,应该将这么重大的日子好好记下来,但现在竟完全记不得了,模模糊糊记得大概是8月,总之是填完志愿之后。

我一向胆小,六岁时还不敢上超市的扶梯,怕被卷进去夹死。但那天晚上,我一个人站在桥上,看着下面的河水,竟丝毫不觉得害怕。心想着,跳下去吧,反正都是一样的。

那时我才明白,以往受过的所有痛苦,不过是"失望",只有真正知道了自己无论做什么都不会让事情有所改变,那才是

"绝望"。

可笑的是,第二天我就回家了。那时我才想起,我竟从未一个人出过远门。

母亲哭着把我数落了一通,抱怨我为何要走,我要是走了他们就活不下去,反正全是这种意思的话。我也觉得难过,于是大哭了一场。

过了半个月,我又跑了。

依然是第二天就回了家,依然是同样的数落,依然是痛哭一场。后来我就不走了,不是因为不愿看家人难过,而是因为已经彻底确认了。

再做什么,也不会有什么改变了。

9月

我很"幸运",被第一志愿的第二专业录取了。山东中医药大学的针灸按摩专业。那时屠呦呦院士刚刚得了诺贝尔奖,开学那天,中医学院的新生挤满了整个广场。后来听好心的学长说,学校是允许转专业的,如果我努努力,可以转到更好的中医药专业。我很感激他的好意。

开学第二天就是军训,我们早到了一会儿,看到几个高年级的学长学姐在排练话剧,大家都看得津津有味,而我,仿佛肮脏的蛾子逮到了灼热的灯光。

那天晚上,我们一位室友摔伤了腿,被我们几个人送到了医院,我们一共六个人,有四个人轮番驾着他,一个负责指路,一个联系辅导员。大家都是第一天认识,竟能那么默契,现在想想都觉得温暖。大家都是很好的人,可惜我们没有作同学的缘分。

一个星期后,我退学了。辅导员问我原因,我说我大概是找到了想做的事。想做什么?学文学吧,剩下的时间我想当个演员。这是当时的想法,但我没有明说。辅导员端详着我,似是明白了我的想法,盖了章,并祝我成功。我很是感激。

出门的时候,我碰到了另一位与我有相似要求的同学,还简单聊了几句。这么想来,我或许也不是第一个。

接我回来的那天,父亲一脸阴沉,一言不发的开车,五个小时的车程,他没让我吃早饭,也没让我喝水。然而我却并不觉得不舒服,无论是因为口渴还是因为他的情绪,只是默默看着外面的风景。

之后,我便进了陌生的学校,母亲特意为我找了一所新学校,复读生和应届生并不分开,她觉得那样对我更好。

无所谓了。

第二年

不过是去年的重复,没什么可记的。

转年6月

一年后,我高考得利,比去年高了六十多分。父母想要我报山大,毕竟那么高的分数,而且家里有认识的朋友,将来毕业回家也好照应。我想了想,问:"咱们在上海有认识的人吗?"

"没有啊。"

那就上海吧。

9 月

  我一个人踏上了前往上海的高铁。我该怎么学习文学？我又如何成为演员？我能不能在上海立足？……我全然不知道。

  但我已经在做了。

作者：曹希文，2017 级汉语言文学专业本科生。

发表时间：2021 年 3 月 21 日

41岁那年,爸爸突然决定去做一个木工

邱国伦

"艺术家"

在把几十斤重的木料搬上楼,卸在工作间的地上之后,邱桔到洗手间,随手拽起一条毛巾擦干了满头满脸的汗。

邱桔平时很少这样做,他是个很爱干净的男人,为了不让洗脸毛巾散发异味,他通常会用洗面奶洗过脸后再用毛巾擦干。

但他今天没有这样的心思,注意力全都被工作间里新收的木料吸引了。那是上好的梨木条,邱桔跑遍了整个九新市场才找到的,气味和质地都令他满意。不过原木的颜色还是差些味道,邱桔打算将它们做成家具以后用喷火枪把颜色加深些,他更喜欢厚重的质感。

把木料规整好之后,邱桔看了看表,下午一点半。今天是周五,儿子果果早放学,再过一小时邱桔就要去幼儿园接他回家。

果果的幼儿园离邱桔一家居住的小区本不远,但自从3个月前的一天,果果放学后跑到2公里外的购物中心,跟一群大孩子玩到晚上七点才回家,邱桔就开始每天接送他了。在他看来,5岁的孩子离家2公里跑到治安不算好的公共场合,是件危险的事情。

幼儿园门口人头攒动,来接孩子的不是老人就是年轻女人,邱桔是少见的壮年男性。他踩着皮质人字拖,穿着工装短裤和做旧的短袖,顶着郭德纲样式的发型,这是他昨天对着镜子给自己推

的。邱桔从来不会像其他家长那样眺望孩子走出来的方向,他觉得作为一些人眼中的"艺术家",这样做不太符合他的形象。

孩子们从教室里走出来了,果果在一群孩子中很容易辨认,他比别的孩子高一些,胖墩墩的,虎头虎脑。幼儿园老师曾跟邱桔感叹,这果果还没上大班就超过 80 斤,真没见过这么壮实的孩子。

一路上,果果的话很多,细数着自己在大家都在睡午觉的时候碾死了多少只虫子,用被子里掏出来的棉花搓了多少个小人。果果在白天从来都睡不着,因为邱桔都是要求他晚上八点半上床睡觉,他睡得很足。不过幼儿园规定孩子们必须要睡午觉,邱桔曾经尝试跟幼儿园提过意见,能不能让果果在午觉时间看看绘本或者玩玩橡皮泥,但都被老师一口否定了,"不要让孩子搞特殊化"。邱桔当时没说什么,他一直避免在孩子面前说老师的不是,等夜里果果睡了才跟老婆数落幼儿园老师的迂腐和上纲上线。

回到家里,邱桔给果果装了一小碗冰激凌,奖励他今天在幼儿园里的良好表现。果果很高兴,不断追问着邱桔什么时候买了冰激凌,放在了哪里。邱桔当然不会告诉果果,他为了不让果果发现冰箱里的冰激凌,特意换了一个药品的盒子装它。邱桔一直在控制果果的体重,为了让果果少吃几碗饭,他学会了精准控制晚饭的米量,刚好够一家三口一人一碗,然后在果果发现没办法添饭以后顽皮地摊手。不过有时,邱桔也会用零食奖励果果,比如一小碗冰激凌。

果果吃完冰激凌就跑到房间里看电视去了,他喜欢边看电视边用家里的单面打印纸做一些炫动卡通里的动画人物,邱桔很欣慰,觉得孩子爱做手工这点随了自己。邱桔也钻进了工作间,他打算制作一把椅子。

绘制图纸的过程很快,邱桔习惯把对家具的构思放在脑子里,他迫不及待地拿起电锯开始创作。邱桔很爱听电锯切割木头的声音,和木头与锯片相交时散发出的香味,但果果似乎对此很不满意,他在房间里不满地大喊:"爸爸!不要再'嘎嘎嘎'啦!"幼儿园的果果还没有掌握"制造噪音"这样的词汇。"马上,马上就弄好啦!"邱桔安抚着儿子,他给自己定好了计划,今天一定要完成椅子部件的切割。

接近晚上七点的时候,妻子陈嘉嘉下班回家了。邱桔已经做好了一桌菜,把最后一道清蒸鱼端上了桌。这条鱼他今天处理地很仔细,几个月前,他做鱼忘记了摘掉苦胆,惹得妻子大哭了一场,他知道妻子的眼泪里不只是对那条鳊鱼的心疼,更多的还是因为邱桔辞职在家,她需要一个人工作赚钱带来的压力。

创业者

2001年,邱桔一家搬到上海。中山大学英语系毕业的邱桔以前从事的是外贸工作,早年间,他留在了老家南宁,在下海经商成为风潮的时代把握住了机会,很快积累了财富。但后来因为种种原因,公司倒闭了。

清点物品的时候,邱桔犹豫了一下,没有卖掉自己的大哥大,那是他让香港客户代购的,后来他才知道,客户多收了他好几千。后来的很多年,邱桔都把这个大哥大摆在了自己做的办公桌上,虽然这种老式电话早就被时代淘汰了。

同样感到自己被时代淘汰的还有邱桔自己。来到上海后,他入职了一家外贸公司,年近四十、来自小城市的他接到的第一个任务是给部门所有同事发邮件介绍下自己。那时邱桔才知道,原来还有电子邮箱这种工具。他不想暴露这一点,假装忙着打电话,随口让一个看起来刚来不久的女同事帮他发送了邮件,然后悄悄记下了发邮件的步骤。

他和妻子一直在做外贸,深刻感受到这份工作的重复度有多高,但他发现,对于重复劳动,他比妻子的忍耐度更低。在某一瞬间,他感觉到,该离职了。没有什么特别的契机,只是想起自己年过四十,或许只有一次选择热爱的事的机会了。

邱桔的手背上有一小块疤,是少年时期留下的。邱桔从小就喜欢捣腾手工,放学后常驻足工人家属院附近的木材厂,拿些边角料回家做些板凳、笔筒之类的小玩意。小伤疤是在做天地线收音机的时候留下的,他用存了几个月的零花钱买了电容、导线、二极管、高阻耳机等材料,在焊可变电容的时候,一滴熔化的锡液落在了手背上,邱桔疼得满头大汗,一动不敢动,他害怕锡液滑落,让烫伤面积更大。那一刻,邱桔想起了邱家的老前辈邱少云。

后来,他把这台带着自己血汗的天地线收音机送给了父亲,父亲那天很高兴,用盐巴炒了一大盘鹅卵石,咂吧着喝了几杯白酒,那是他发明的下酒菜。父亲很少这么高兴过,上一次是在邱桔考上中山大学的时候。

除了天地线收音机、那些边角料制作的木工家具,邱桔储存在脑海中的设计图纸还有很多。在自己的工作间里,这些设计被他一一实现。他喜欢金属和木材结合的感觉,喜欢皮革,他的家具和手工小物基本都由这几种材料构成。邱桔给自己的品牌起名"邱桔手工",英文名是"UGET",发音和他名字的粤语发音一样。

有时,邱桔也会和妻子一起给别人设计室内装修,这是他们的爱好,也能增加一些收入。他们还记得最有成就感的一次,是无意间听到小区里的住户在讨论两户装修风格独特的房子,邻里并不知道,这两户都是邱桔和妻子设计的。

邱桔放弃了邱桔手工

很多人喜欢邱桔做的东西，一家本地小众设计杂志也来家里采访过他。杂志发行后，夫妻俩买了好多本送给朋友。十几年过去了，他们存在家里的那本已经泛黄，妻子仍然能一次就翻到报道邱桔的那几页。

但是邱桔手工的销量一直不好。儿子果果觉得，或许是因为没有完全按照人体工学设计，又或者因为它们的风格都太过独特，摆在那个时候传统装修的家中会显得格格不入。

很多年以后，邱桔手工不存在了，连邱桔本人也不在了。邱桔的一个外国朋友告诉果果："你爸爸的东西很超前，如果是在国外，或者再等几年，会很有市场。"

可在那时，家具卖不出去，妻子嘉嘉一个人承担着高昂的房租和一家三口的开支，日子越来越拮据。

邱桔不是没有想过办法，他在武康路从头走到尾，寻找能够寄卖邱桔手工的手工艺品店，确实有几家店答应了，但都没能帮邱桔卖出去。邱桔也曾花钱参加过设计师品牌展，果果那天也跟去了，一个下午，无人问津，邱桔倒是结交了几个跟自己境况相同的手工艺者。回到自己的展位，邱桔看到果果无聊地把自己的手工笔筒当做积木，搭成了城堡的模样，看着果果脚上陈旧的球鞋，他第一次萌生了放弃的念头。

那时的嘉嘉已经经常和邱桔争吵了，原因是邱桔用自己刚给的钱买了新的工具材料，那些钱本来应该用于缴纳房租、水电或者果果的学费。嘉嘉并不是一个不明事理的女人，但是这样的家庭经济情况实在让她崩溃。一次次争吵过后，嘉嘉把朋友介绍的工作机会摔给了邱桔，还是外贸的工作。

邱桔三年的手工艺者身份结束了。在去公司上班的前一晚，他把工作间里的工具分门别类地收拾好，腾出了一个放办公桌的位置，办公桌是他亲手做的，他把那台大哥大放在了桌子的一角。

这次找的工作收入不错，家里的情况很快好了起来。两年后，邱桔最喜欢的纵贯线组合来上海开演唱会，他兴奋地买了两张票——最后几排的座位，顺带着买了两个望远镜。那是果果人生第一次去现场看演唱会，开场前，他听邱桔说了好多关于李宗盛和罗大佑的故事。

那天晚上，除了张震岳的部分，邱桔几乎是从头到尾跟着唱下来的，果果整晚几乎只听到了爸爸的歌声。在安可的时候，李宗盛唱了《凡人歌》，那时候邱桔的嗓子已经沙哑了，但他还是闭着眼睛唱到："你我皆凡人，生在人世间……问你何时曾看见，这世界为了人们改变……"

作者：邱国伦，2017级汉语言专业本科生。
发表时间：2021年3月9日

一个家族的半世纪：漂流在六个城市，"在哪里过哪里就是家"

张龙宇

老家修路了，开车回去的路上少了许多坑坑洼洼，前一天刚下过小雨，现在的水泥路面也不会有淤积了。

到老家的房子前面，车拐弯下了一个坡，开到门前。大路两边村子里的小路还是泥土路，外面人来了，进家门要跳着走，住在这里的老人们下雨天穿胶鞋踩泥坑则是常态。

外公这次回来是要找人垫房子。村里修路没有铲除原本的路面，新路比两边的房基高出许多，雨水自然就流进房子院子里。周围的人家已经把房基垫起来了，外公家现在像个盆地。"这要不回来垫一下，下大雨房子都泡坏了。""那厨房怎么办，本来就不高，再垫上不是都要抬不起头了。"爸爸有点担心。"厨房反正也就是偶尔回来进去烧个饭，矮点就矮点吧。"

因为用土灶得要有烟囱，村里的厨房都是单独一间小屋，门前砌上一块不高的圆台，用来堆放柴火。小时候在老家，让人发馋的不是宰鸡宰鸭，而是中午整个村子里弥漫的炊烟的味道。

家家院子里的柴火堆大概都有一层楼高，圆圆的，像一座驼峰。蚌埠怀远县虽然在淮河沿岸，但外公家住的村子并不沿河，气候不算湿润，雨水多集中在夏天，常有年份小麦因为灌浆的时候缺水而减产。村里树也不多，只有各家门前、院子里三三两两的果树。没有水气的凝滞也没有树的阻挡，一起风，沙土灰尘就四处飞扬,配上这驼峰倒还真有种西北的味道。

尘土跑,人也跑,除了回家过年的时候,村子里很少能看到年轻人了。种地已经不能满足一家人的生活需要,于是一家跟着一家、一代跟着一代,拔掉自己生在土地上的根,离开农村。像是干旱土地上的风滚草,生命的风吹到哪里,就落在哪里。

合肥

老家的人出门在外,总是扎堆聚集在一处,我的两个舅舅都在十几岁的时候跟着邻居去合肥打工。辍学是很正常的,因为读不下去书,大舅小舅都只念到初一初二,"一听见老师说话就头疼",大舅现在去给女儿开家长会还有这种感觉。所谓九年制义务教育,即使到今天,在农村也并没有得到完全的实行。

不过那时尚在读小学、脑子里只有"考满分、拿奖状"的我,总觉得怎么能不读书呢,把书念好了以后才可以找到好工作,而不是去打工。

大舅到合肥时十五岁,小舅则在十四岁就去了合肥,因为年纪小,不能找到什么像样的工作,一般工厂也不敢招收童工,他们随便找了两个小厂去当保安。每天早晨起来泡一杯茶,就喝最便宜的叫不上名字的茶,泡完茶就坐在保安室看报纸。安徽是个产茶的省份,最有名的黄山毛峰、六安瓜片,当保安的几年一次也没喝过。

到了十六岁,不算是童工了。小舅到徽商银行做了保安,这期间有时拿些印有银行标志的塑料袋回家,我现在还记得新塑料袋散发出的奶油蛋糕一般的味道。外婆四十岁的时候才生下小舅,大舅也只比弟弟大了三岁。虽然穿着成熟的短袖衬衫,脸上还是脱不了的稚气。

当了几年保安,小舅觉得"太平庸了",收入也很低。"当保安没有任何的技术,也没有任何的前途。一开始在那个徽商银行里当保安,很多素质比较差的人还骂你,说保安就是狗。"十六岁的小舅把这句骂一直记到今天,不过现在只是无奈地笑了一下,像是也接受了。

大舅说:"二十几岁,要成家立业了。"

石家庄

农村小孩没有技术到城里也吃不上饭。当时家里有一个远房表哥在石家庄修车,是大师傅级别的,修车厂给的待遇特别好。于是小舅离开合肥,在家过完年后就跟着表哥去了石家庄。

在淮河沿岸的老家,正月十五的风已经不再刺骨,如果是较暖的年份,折一枝河边的柳树可以看到重新湿润嫩绿起来的芯,背后是湖水和浓密的柳树,发着光。坐了大概一天的火车在石家庄下了车,风穿过站台狭长的通道钻进毛衣的缝隙里。北方的风没有水分,干干的,吹在脸上也不觉得冷,不过那寒意是一点点渗透的。修车厂在城乡接合部,等到了地方,衣服里已经没有一点热气,拎包的手也冰凉得有些肿胀感。

小舅这次去学的是钣金和喷漆。新人做学徒工,一个月只有一百块钱的工资,但是因为管吃管住也就留了下来,想着以后能干到表哥这种待遇。跟着老板学了五个月,老板同意五一放假几天。

回家的时候小舅左手上裹着纱布,开门、拿包、喝水都只能用右手,外公外婆以为是在外地和人家打架了。家里人让去医院看看,他说已经在石家庄看过处理过了,就是一点皮外伤。纱布有些变灰,妈妈担心伤口感染,坚持要带他去医院。拆开纱布,手上是一道锐器划过的大口子,很深。

小舅当学徒工的那家修车店里磨光机已经用了很多年,有时转速不匀或者启动时卡顿,但也还可以勉强用下去,好巧不巧就在小舅修车时出了毛病。正磨着漆,刀片突然脱落,从小舅手上飞了过去。"当时一下子就血都像水龙头一样,抱着手就往医院跑。"万幸的是,刀片只是擦过骨头,没有把手指切断。

过完假期外公外婆没有同意他回去,"当时你小舅瘦得都没有人样了,我回家见到他第一眼差点没认出来。"妈妈现在想起小舅回家的那几天还是唏嘘不已。

私人修车厂以前是农家的房子,大部分地方用来修车。学徒工没有地方住,老板就把弃置不用的猪圈清理出来,作为学徒工的住处。猪圈的墙封不严,尽管已经将原本用来通气的孔洞拿木板抵住,晚上风还是会钻进来,带着呜呜的声响。小舅就在这里睡了将近五个月。带回来的被子变得又硬又沉,一块块污渍模糊了被面上的花纹。

学徒工总是要早起,无论有没有活要干都会在六点钟被喊起来。

"早上和晚上是一样的,就是稀饭馍馍和咸菜,中午有两个菜,一荤一素,荤菜就是豆芽炒肉丝,每天都是。"

"睡不好,早上起来没有什么食欲的,以前在家可能都不吃早饭。但是太饿了,没办法。"

这样的饭菜对于不到二十岁的男孩来说,可能连基本的生长需要都满足不了,"那时候看见老肥肉嘴里都淌水。"

每次回老家,我总能受到最好的招待,现摘的蔬菜现杀的鸡。明明只有四五个人吃饭,却摆了满满一个圆桌的菜。我第一次知道,那些努力生存的人,他们就活在我身边,他们就是我的亲人。

扬州-芜湖-南京-湖州

江浙地区经济一直比安徽好,2010年正是扬州加快建设的时候,新小区、写字楼、商场,一栋一栋建起来。当时有老家的人在扬州"干车",给建筑工地拉渣土。不下雨的时候每天开车开到凌晨一两点,到年底结账干得好的能赚将近二十万。随着渣土车事业的兴起,很多聚集在合肥打零工的老乡们都转移到扬州,成为建设城市的一粒沙石,扬州可以说是怀远司机的第二故乡。用不着学习扬州话,工地上此起彼伏的都是怀远乡音。

扬州离蚌埠不远,一张硬座票四十块五毛的火车开三个小时就到了。刚到扬州时大舅小舅都不到二十一岁,办不了开大车的B2驾驶证,只能跟着已经干了几年车的亲戚后面学开车。但是没有驾驶证即使学会开车也没有人愿意雇你干活,要是被查到可就不是乱停车、乱上路的问题了。于是家里买了一辆渣土车,雇驾驶员来开。一辆渣土车要四十多万,外公存的钱不够,就向我们家借,我们家也不够,妈妈又向同事借,按照一分的利(年利率12%)涨利,凑齐了买车的费用。

买车之后,有人给大舅说媒,是隔壁庄子的女孩,父亲也在扬州开车。女孩比大舅大三岁,外公有些不满意。不过老家有句话叫"女大三抱金砖",而且女孩高挑漂亮,之前在市里的服装店当营业员,看起来像"城里人"。那时候农村户口还不像现在这样金贵,老家的人都很羡慕在蚌埠市工作生活的人,哪怕只是打工。两家很快就定了亲,亲家公来当驾驶员,每月固定发工资。

第一次在扬州住下,是与别人合租农家盖的房子。在外打工,租房都是熟人介绍。合租的一家是老家隔壁庄的人,父亲带着儿子开车,儿媳妇在家带孩子。后来儿子不知道在哪里染上了吸毒,被抓进了戒毒所。吸毒是个例,赌博就比比皆是了。有赌就有骗,刚拿了工资就给输光的也不在少数。这些挣扎着想要生存的人,自己把自己推下了悬崖。

这栋房子中间有一条走廊,两侧是房间。一家四口人只有两间房,外婆和外公住一间,大舅小舅住一间。没有厨房,大家都在走廊里支起简易的液化气做饭,公用卫生间是一个大平台,可以在里面洗衣服。这段时间,只有妈妈去过那里,"大家都在厕所里洗衣服,地上黑水到处流。走廊也是黑乎乎的。都是来打工的,用的时候都不注意,夏天的时候厕所里苍蝇乱飞。冬天也没有空调,你外婆在家没事就坐被窝。"

租的房子里满足基本生活需要的床、桌子都有,外公一家在这里住了一年,只添了一个小冰箱,是超市最便宜的叫不上牌子的那种。

要想挣到钱必须开源节流两手抓,但是在扬州的这一年,只有节流,没有开源。"前一年呢,不懂,活干得也不行,第一年连驾驶员工资都发不掉。"大舅则说得更直白一点:"我们干车人家也干车,三天两头不是这个事就是那个事,总是出纰漏,你跟人家干什么事都不一样知道吧。笑话让人家看尽,真是这样的。"

逢着年关,大舅和舅妈吵了架,大概是因为没挣到钱。在扬州开车要垫资,给工地开一年车,过年的时候结账。平时加油、修车、每个月给驾驶员发的工资,都要靠车主自己的积蓄。买车的钱都不够,更不用说开车一年的花销,全都要依靠借钱。年底从老板那里结了账,连欠款都还不完。

结果舅妈的父亲也跟着撂挑子不干了。没有驾驶员,大舅只好自己去考驾照,当时刚满 21 岁。拿到证就和小舅轮着开,你开白天,他开晚上。远远地看见交警拦路检查,就在小路边停下来,确保被检查的时候是大舅在开车。因此两个人几乎都住在车上,中午买点盒饭或者泡面打发,晚上回家扒两口饭再继续出去开。晚上相对清闲,一个人开车另一个人就能睡一会儿,凌晨两三点能结束工作回家休息了。

土地不适宜生长的时候,风滚草就只能在某些地方稍作停留,然后迅速离开。

扬州干不好,就到别的城市去。老家开车的人很多,基本江浙皖地区各个城市都有。这一年他们芜湖、南京、湖州、杭州都去过,人家说哪里活好就到哪里去干一两个月。

有些地方开车不用垫资,和老板约定好一段时间结一次账。每到结账的日子,大舅小舅就出去喝酒。一起喝酒的都是从老家过来干这一行的人,酒醉之言无非是挣大钱,好回家风风光光过日子。这些经济发达的、风景秀美的城市在他们眼中并无区别,没有方特,没有玄武湖、夫子庙,也没有西湖十景灵隐钟鸣,只有漫天扬尘的工地和下雨天干不了活的焦虑。

换一个城市就要搬一次家,把平时穿的衣服、盖的被子、锅碗瓢盆、牙刷毛巾什么的换个地方放。之前买的小冰箱,早在年前罢了工,扔到楼下很快便被人拿去当废铁卖了。

这两年,我没有见过外婆一家,过年也没有。

原本大舅小舅都做好了回家的准备,但是外婆不愿意,一说到过年回家就发脾气。"要回你回,你有钱,你开车回去!"舅舅们说,过年了得要回家,在外面住多久那都不是家。一家人轮番劝说,外婆始终不为所动。妈妈跟爸爸说,我妈就是觉得没挣到钱,混得不好,觉得回家没面子。这样也好,省得回来大爷大妈问这问那的。

"以前那不都是乡里乡亲,魏大爷现在挣了钱了感觉高人一头了,盖房子还占我们家的地。"

扬州

在江浙走了一圈,发现还是扬州能扒一口饭吃。扬州老乡多,多少能探探门路,相互照应一点儿。

大舅小舅在外面跑了两年虽然没挣到钱,但至少积累了经验,每年年初从我们家借钱,垫上这一年的开销,过年结账还了钱,还能有一些结余。在扬州的生活逐渐稳定下来,住处也固定了。城市边缘的一个小区,在扬州开车的怀远人基本上都在那里租房子。路边停满了绿色的渣土车和黄色的挖掘机,给灰扑扑的路面增添了一点亮色。

现在住的房子是三室一厅,不过因为地段差而且是毛坯房,一个月只要六百块。门口用水泥砌了一个小小的斜坡,为了方便电动车推进家里,放在楼下外公总觉得不安全。这个电动车是外公用来接送表妹上课的。舅妈生了孩子之后没多久就和大舅离了婚,孩子放在外婆家带,有时候也会被接去妈妈家过两天。表妹比我小十一岁,今年九月份开学上四年级。同龄的孩子从小就上各种补习班,外婆和外公不懂,麻烦她妈妈帮忙报了一个画画班,周末外公就送她去市里上课。她从小喜欢画画,每次到我们家来拿走的都是水彩笔、彩铅、油画棒,只不过到了四年级,还只会画歪歪扭扭的花朵和三角形身子的小女孩。

家里东西很多,从外面进来甚至不能意识到这是毛坯房。

厨房只有一个小碗橱,没有地方放的调料、贴馍(死面擀成厚饼切成块,锅里放些水,把饼贴在锅壁上半蒸半炕做成的)、坨子(用切碎的饼和上碎肉、粉丝蒸成的圆子)都摊开在客厅餐桌上,做一次可以吃一两天。这些主食是老家常做的,每年回老家,相熟的邻居还会从家中端一碗刚出锅的坨子送来尝尝。

墙边堆着刚从地里收来的青菜、芋头、豆角,夏天还有西瓜。因为小区很偏,周围都是没有建设开垦的土地,外婆和外公就重新拾起了种地的本能。两代或三代人共居是开渣土车家庭的普遍结构,因此小区外的荒地都被充分利用起来。扬州农民喜欢种油菜,老家来的老人们也跟着种。到了三四月份,荒地就变成金灿灿的油菜花田。

用坏了的小洗衣机放在两个卧室门之间,过年的时候搬到客厅中间,在上面放一个硬纸板就成了牌桌,坐在周围,每个人的距离都很近。

去年五一我去了一趟扬州,对门的春联掉了半边,福字也只剩一个角挂在门上。吃完晚饭大舅给我看他喜欢的抖音视频。是网友翻录的复旦陈果老师讲课的录像:"这世界上最不缺的就是随处可见的漂亮妞,随处可见的有钱人。在这个浪荡不羁充满诱惑的世界里,如果有人能给你安全感、忠诚,为你担起一份责任,他一定比这个世界还迷人。"大舅说,小时候特别羡慕华畅(音,邻居家的小孩,比大舅大五岁),"一时拿个两块,一时拿个二十的。我想我滴妈,这多好,长大了想怎么花钱就怎么花。其实不是这么一回事。"

这九年大舅一直没有再婚,今年表妹的妈妈提出来说如果大舅买房子,房产证写她的名字,她就愿意回来。其实大舅和外婆、外公都希望她能回来,一是大舅这么多年一直没有移情别恋,二是表妹一直这样两边跑着过既辛苦又耽误学习。"但是没钱买房子,哪有钱买。而且这还没回来就要房子,日子还怎么过。"大舅常提起这事，说是在埋怨前妻，实际上是埋怨自己没有钱。虽然开车收入相对稳定了，但每年扣除垫资和日常花销，也只能挣不到十万元。而且最近几年老板们似乎都不约而同地形成了一种共识，年底没有钱就用东西抵账。前年收了几箱富春茶社的速冻包子和扫不出条码的葡萄酒，去年是六箱白酒，还有老乡收了香烟和火腿。年三十的前几天，渣土车司机们回家都是手拎肩扛，看起来倒像是要过个好年。

"谁不想好好生活？谁想天天累死累活围着钱转？"大舅尽管初中都没有毕业，却是一个"有情怀"的人，那一丝浅浅的情怀悄悄流淌在朋友圈里。没有活干的晚上就去散步，录下雨后黄昏彩霞变换的样子；年中回老家办事，在车上拍下厚重的云层，"故乡的云感觉还真不一样"；听到电视里唱"人生风景在游走，每当孤独我回首"，就感叹"时光易老！我们的心都将不在澎湃"；回想少年时的生活，也会说一句"蓦然回首还有谁在哪灯火阑珊处"……大舅的微信头像上有一句话——"金麟岂是池中物，一遇风云便化龙"。

有时候我害怕去扬州，害怕他们说我是大学生，以后坐办公室就能挣钱。我和他们争辩，现在大学生一抓一把，不值钱。可外公说："你是我们家第一个大学生，我们高兴啊，那和我们是不一样的。"他们爱我，可这句话让我发现自己似乎从来没有融入其中。我那些对于他们生存处境的忧虑，不过是非常廉价的同情。

"没有后台、没有关系，现在也不想着挣大钱了，最起码让一家人过上，不说不比人家有钱，至少不比人家差的生活，能过上幸福的生活。这样就行了吧。"

在扬州生活固定下来之后，回家的次数更少了。每年雨季之后,妈妈就回老家把的被絮、床垫拿到院子里晒一晒,再把窗户打开通通风,窗户上都是密密麻麻的蜗牛壳。在院子里栖息的黄鼠狼,见有人来了,就逃到空置的别人家的房子去。大舅小舅也不再积极要求回家,"在哪里过哪里就是家,而且一家人在一起,这样就行了。"

作者:张龙宇,2018级汉语言文学专业本科生。
发表时间:2021年3月18日

一个从普通村庄走出来的年轻人，想用摄影养活自己

孙舒婷

大学生赵龙翔出生在河南省周口市下辖的一个普通村庄，今年是他大学生活的第二年，也是最后一年。今年暑假，他将从这所尚未熟悉的学校毕业，背起简单的行囊，走进浩荡的社会洪流。

一、摄影，追寻自由的窗口

赵龙翔小时候就和村头巷尾那些疯来疯去、撒泼打滚的孩子们不一样——他总是安静得异常。

那时候的他总感觉自己被父母遗弃了，因此常常通过放空自己来缓解伤心的情绪。他不怎么说话，也不怎么跟别的小孩玩，最喜欢做的事就是趴在石墩子上盯着岸边的水草和田螺看，还有不知道名字的小水虫。

在当时的农村，父母外出务工是一种很普遍的现象。赵龙翔的父母在他很小的时候双双北上打工挣钱，一年只在春节期间回来一次。短短二十多天，是小时候的他唯一能够见到父母的日子。

赵龙翔理解父母迫于生计必须外出打工的苦楚，只是心里还是会时常想念父母。在得不到父母陪伴的日子里，他一个人待着的时间越来越长，人也逐渐长大，对父母的思念也不再那么强烈。

上了初中后，赵龙翔和摄影结下不解之缘。2010 年以后，智

能机以迅雷不及掩耳之势迅速在全国普及。初一时,赵龙翔得到了他人生中的第一台智能机,全触屏的,像素比那些老式机高很多。除了用来和父母朋友联系,他还会用它来拍照。麦田尽头的落日,停在高架电线上的麻雀,都是他随手拍里的常客。可能是小时候性格敏感的缘故,他总能用手机捕捉到一些美好的事物,并尽可能地拍摄得更美一些。拍完后他会把照片发到QQ空间里,不一会,大量的点赞和评论就会蜂拥而至。

梁老师:呦呵,小艺术家呀!

辉哥:哥们儿,你拍得还挺有意境的,哪天上俺家那边拍拍呗,俺家旁边有条河!

晴姐:上面的怎来晚了,我和翔子说好了,下次给俺几个姐妹拍合照……

尚且懵懂的少年在美的感召下,举起手机记录下生活的点点滴滴。这些未经打磨过的照片,有时是活泼明丽的女生大头相,有时是灰沉空茫的阴天,有时又是不小心打碎饭碗时瞬间愕然的小孩儿。没有特定的内容,也没有刻意规划角度和构图,完全随心所欲,好坏全靠自己的心和双眼评判。这些从打马而过的时光里偶然跳脱出的一点浮光旧影,都被他用一方小小的五寸手机牢牢定格,因此成为他不可多得的成长纪念。即便那些照片是青涩的,后期没有经过任何雕琢,也并不妨碍一向在班里没什么存在感的他,摇身一变成了老师和同学眼里的文艺少年。

对初中时的他来说,摄影仅仅是消磨时间的一种娱乐方式,谈不上有多喜欢。后来在大家的鼓励和虚荣心的作祟下,赵龙翔在摄影的路上越走越远,高中时他真正地爱上了摄影,并开始认真考虑向职业方向发展的可能。

高中的时候赵龙翔在一所市属中学念书,班里少说也有七八十人,一个月一天半的假,早五晚十的高压学习很快让他觉得颓丧不安。在学习上,他是农村出来的学生,基础很薄弱,和同学一起上课时就好像在听天书。高一下学期,赵龙翔从快班掉到了慢班。学习上的不努力是一方面原因,另一方面是心态上的愤世嫉俗,"可能是叛逆期到了吧,骂老师讲课太快、出题太难,骂教育制度太不公平。"他无奈地笑了笑,又继续说,"在最向往自由的年纪坐了三年牢,只有镜头里通蓝的天提醒着我,生活不是这样的,还有天那头无穷的远方。"

地理课本上有许多风景插图,学累的时候他喜欢把这些图片翻出来看。

呼伦贝尔草原上水草丰润,低垂的云悬挂在空茫茫的雪山上方,仿佛在为巍峨的雪山加冕,神圣而纯净得不像是凡人可以抵达的世界。厚厚的云层包容万物,有时他会闭上眼,想象自己不是挤在书堆和课桌间的狭窄夹缝中,而是站在呼伦贝尔草原连绵不绝的丘陵高岗上。他展开双臂,风吹得衣袂猎猎作响,呼啸着吹走他熬夜也做不完的卷子。在他看来,数据不能说明事物的真正内核,成绩也是如此。

在幻想的空间中,濒临枯竭的想象力逐渐丰盈起来,能够在一望无际的草原上肆意翱翔。慢慢地,一个疯狂而强烈的梦想在草原上扎根了——做职业风光摄影师,到人迹罕至的地方去,到不受约束的地方去。人和自然,都应该从现代文明残酷而冰冷的规训中挣脱出来,自由而精彩地活着。

二、大学,梦想最后的栖居地

上了高中后,每年暑假赵龙翔都会去北京找父母待上一个暑期,之后再返回老家。在北京,他最喜欢去的地方就是798艺术中心。

这个由废弃老厂区改造而来的艺术中心位于朝阳区酒仙桥街道。每次有摄影展的时候，他都会站两个小时的地铁来这里逛逛，看着那些现代青年艺术家的作品，在锈迹斑斑的厂区内散发出新鲜血液的气息。

然而高三毕业之后他就再也没去过798，成绩虽然不是评判事物的唯一标准，却还是成为了赵龙翔实现梦想道路上的绊脚石。专科的学历像是在嘲笑他之前的幼稚。如果想当专职摄影师，起码得有北电的平台与资源，专科出去以后，也只能跑跑影楼，或是给别人的工作室打工。

他给我翻着他喜欢的摄影师，置顶是一篇自述，标题是《爱好变成工作，我花了八年时间》，讲述的是一名90后青年26岁裸辞转行摄影界的故事。他非常敬佩那位摄影师，因为摄影极其耗费时间和精力，收入有时候还不如稳定的工作高。"我就不行了，我爸妈北漂够苦了，我得尽快独立起来，理想总不能当饭吃。"他如是说。职业摄影师收入来源不稳定，而器材费用、旅行费用、房租、水电、交通费用则都是不小的压力。对经济条件有限的农村家庭来说，一步都不能走错，因为试错成本高昂。

大一的暑假，他跑到北京的影楼去打暑假工，恰逢北京疫情防控，包括店长在内的三个工作人员只有他没被隔离。店长为了减少损失，没有闭店，而是让他身兼多职，既当摄影师又当修图师、打光师，还兼任收账员，多的时候每天要接待十几个顾客，忙得不可开交。在影楼里每天朝九晚八，应付各种各样的奇葩客人，赵龙翔忙得焦头烂额。更糟糕的是，千篇一律的证件照还在一点一点侵蚀着他对美的敏感度，对有抱负的摄影人来说，这是致命的打击。

大一下学期有段时间赵龙翔非常迷茫，一直在理想和现实之间徘徊。实习经历对他来说好像是一场半夜会被吓醒的噩梦，一旦进入社会，工作像是被拧上了不可终止的发条，后面的路很清晰——工作，买房安顿，结婚，还房贷，养孩子……一路走到黑，按部就班的生活固然安稳，可是也相当乏善可陈，平淡得让人能一眼望到尽头。"一旦迈出这一步，你会陷入你的舒适圈，先是不想离开，后是不能离开。"

无法抉择的漩涡让赵龙翔非常烦躁，他本想在大学期间多看看外面的世界，拍点自己想拍的东西，但是因为疫情总是封校。三年的专科学习时间，实际上只有两年能在学校，第三年就是各自找工作实习，计划赶不上变化的现状也令他非常无奈。好在一件作品将他从漩涡中拽了出来，谈及那个作品，他依然眉飞色舞、兴致勃勃。那是一个黑白色调的小短片，作品名跟配乐同名："好想爱这个世界啊"，讲述的是一个女孩因为抑郁症差点跳楼自杀，最后被爱救赎的故事。

那时候小组作业的选题让他一筹莫展，他的心情很沮丧，恰巧看到微博热搜上一位名叫"鹿道森"的摄影师自杀的消息。缺爱的家庭，不幸的童年，饱受摧残的事业与遥不可及的梦想，即使花光所有力气守护理想，人生依然不可逆转地走向黯淡。生活上的重压与缺乏爱的灌溉，让鹿道森本就摇摇欲坠的心灵世界彻底分崩离析。五千字遗书，主旨只有一句话：这个世界，需要更多的爱。鹿道森的故事给了赵龙翔灵感，他一下子有了想要拍摄、想要表达的强烈欲望。在一间空教室里，他和另一位同学半天写完了分镜，两天时间内就拍完了这些镜头，拍完当天一个晚上就剪辑出了成片。

翻完鹿道森的微博后，他惊奇地发现他们是如此相似——同样缺爱的童年，同样对于摄影意义的苦苦追索，也同样对前路的晦暗渺茫感到无比惶恐。赵龙翔特别感慨，就算生活带给鹿道森再大的压力和痛苦，他也从来没有放弃过自己的摄影创作。他在用生命去做自己认为有价值的东西，无论身在哪里。相比之下，自己对摄影的喜欢太过廉价，也太过肤浅。"我以为我爱摄影，其实我不过是给自己找了个好借口，来逃离这个寡淡的生活，逃离这个前人都要走烂了的人生轨迹。拍了那么久，我其实还没有真正懂得它。"

摄影一直是他年少时用来抵抗重压、寄予幻想的美好乌托邦，但实习之后，摄影却或多或少成了他所厌恶的那种生活模式的帮凶，这中间巨大的落差曾让他迷茫彷徨了很长时间。他以为选择摄影，便相当于拿到了恣意人生的入场票，便可以轻易踏上通向未来的康庄大道。但是，说到底，这个选择却更像是被他临时寻来应付平凡生活的一剂麻醉药。

或许，摄影这个职业，从来不是能带他走向万水千山的那条船，而只是一盏用来洞悉世界微尘中细腻光华的烛火，辉映着万水千山般广阔的创作桃源。他逐渐明白，逃离的路不在脚下，而在心底。心有坚石，方能岿然不动。如果人的内心没有一个能够说服自己的价值支点，那么无论走到哪里，心都会漂泊无依。

再次拿起相机，他更遵从自己的本心，从追求美转变为追求爱与作品，从记录转变为传达。心态上的转变也体现在对大一那段实习经历的态度上，将焦点聚焦在形形色色的人身上后，赵龙翔也回忆起了那次实习中遇到的一些温暖与美好。他曾遇到一家人和乐融融地来拍全家福，年长的爷爷见他像个学生，还体贴地问他从哪里来，是怎么到这里来实习的。还有一个女孩踩着将要下班的点来了，尽管心里其实有点不耐烦，他还是接下了活。没想到女孩回去之后，默默在大众点评上写了两百字的好评。

"现在越来越觉得镜头其实只是个工具,照片的美感是很重要,但是比美感重要的,是创作。比创作更重要的,是生活。"就像阳光穿过三棱镜,原本单一的色调瞬间流淌出无数斑斓色彩,生活中每一粒灰扑扑的飞扬尘埃,在镜头的放大下,也豁然嬗变成一座座惊艳绝伦的镂金浮阁。

对他来说,摄影这两个字所代表的意义,终于不再是用十年时光与未来做出的一场关乎理想生活的豪赌。禁锢在身,唯有以成功二字为钥才能解开的梦想枷锁,此刻也无声无息地掉落了。

三、改变,因为摄影与伙伴

刚进大学时,大学生活带给他最深刻的印象不是新奇,而是深刻的自卑感。城市里长大的孩子,是被园丁精心剪裁过的景观树,每个枝节都恰如其分地展现着自己的亭亭玉立。而农村的孩子,就像地上无人修整的野草,还被移植到了不属于自己的花园,不免有些黯然失色。他有一个开朗外向,还会唱歌的室友,每次赵龙翔总会以仰望的姿态看着他。他感觉他们都是那么出色,自己却渺小得毫无存在感。

摄影再一次成为了他的闪光点,帮他摆脱自卑,逐渐融入集体中来。他还是经常把图片发到朋友圈,希望从得到的评价里找到自己的价值和意义。老师经常夸赞他的作品,同学们慢慢地看到了他,而朋友圈的评价也越来越多。后来的一切似乎更加顺理成章,一个人来了、两个人来了、一群人来了……青年人的热情就像是正午燥热的阳光,不断炙烤大地,直到带走最后一滴隐藏在草丛深处的水珠。

因为性格内向的缘故,同学们干点什么事都会拉上赵龙翔一起。一起商量作品,改剧本,讨论小组作业……最让他忍俊不禁的是,自己最后还混成了他们班上的情感解决大师。有一次一位刚认识不久的哥们失恋了,大半夜给他打电话,他睡着了没人接。于是这个哥们就挨个给他室友打,最后成功把他叫醒,凌晨1点他睡眼朦胧地在学校的操场跑道上陪哥们跑步发泄情绪。

后来他经常和朋友一起聚餐,有时人多,有时人少,倒也无所谓,只要约定的人齐就行。有时有开心的事情,大家说出来一起哈哈大笑。有时候一起劝解闹矛盾的两个朋友,也有时候,就单纯听听朋友们的心里话、坏情绪,谁也不会嫌烦。说累了,举起面前的酒杯,大喊一声"干杯",痛苦穿过透明的杯壁掺入四溢的酒液,分担到每个人的胃里,然后被轻易消化。

天马行空的青年人什么都能聊起来,但是对理想却聊得很少。"可能是因为我们都不约而同地选择了现在吧,未来太遥远了,都想过好现在,让现在的自己过得更快乐一点。"

大二的时候校园封禁严格,周末也不能外出。一去学校就要被封半年,出不了校门,他干脆就给自己的朋友们拍写真。以前他不喜欢拍人物,因为拍人物总是以人物主体为中心,难以加入自己的想法,还要照顾被拍摄者的喜好,废片率很高。但是现在他却很乐意拍,"趁着在大学有时间多拍拍,而且我现在觉得,那些照片都不仅仅是照片,还是我们青春和友情的见证,若干年后回想起来,肯定会怀念现在的日子。"

在赵龙翔看来,疫情唯一的好处,大概就是给他和朋友们一个相遇相识的机会,因为不封校的大多数时间他们都在各忙各的,也不会和朋友聚在一起。本来学校里是有实训的,往届学子一般都去洛阳、开封的著名景点或者是山谷里采风,但是因为疫情封校,这些实训计划也只能改为校内拍摄。于是他就开始到处找演员找模特,合作得多了,也就和朋友们慢慢熟络起来。疫情让他们走不到远方,只能更注重当下,更珍惜身边真真切切的感情。

"感觉我这两年,过得值了。"

四、毕业以后,就是社会人了

两年大学生活转瞬即逝,再过两个月,2022届郑州职业技术学院的学生们就要各奔前程。赵龙翔所在的摄影系同学总共有30人,因为拍摄作品的关系,他和其中近半数的同学都是好友,平常没事的话会在校园的草坪上聚餐。

校园生活还算丰富多彩,虽然大部分时间不能出校,学校里却会经常举办各种活动。比如"荧光夜跑""TF九周年演唱会"、音乐节、球类运动赛等等。说到"荧光夜跑",他的语气有点兴奋:"特别壮观,好多人戴着荧光手环围着操场跑,广播里还放着周杰伦的《晴天》,真的那感觉一辈子都不会忘,这就是我们的青春!"

今年5月份是他们的期末考试月,赵龙翔本来打算等考试结束之后,按原先的计划,和班里十几个关系不错的同学一起去看海,最后在海边留下一张大合照,算是对学生时代的一个告别。但是计划赶不上变化,郑州疫情又开始反复,能否顺利回家都成了问题。

他班上的大部分同学都打算找工作,只有一个同学想考专升本。赵龙翔对她很是佩服,但是那条路太难了,他没有勇气去走。虽然可能会有点遗憾,但他不后悔。

"毕业了,以后就是社会人了。"他和舍友在校外合租了一间房子,提前开始收拾着要搬走的行李,以免毕业后学校不能留宿又因为疫情回不了家。关于未来的工作意向,他淡淡地笑着说:"现在的我就是一根芦苇,风把我的叶子摆到哪我就去哪转转,但是我的根是不会变的,我还是会一直热爱摄影,热爱我的生活。"

6月份,赵龙翔更新了朋友圈,是一段自己在阳光下提着塑料袋走路的视频,配字是:"从今天起,关心粮食和蔬菜。"毕业一周后,他在郑州安顿了下来,也正式开始了他的职业生涯。当被问到他会不会忍受不了工作上的枯燥时,他回答:"我觉得,与其担心这些虚无缥缈的、不确定的东西,还不如去思考下一顿饭到底怎么烧才好。老天虽然没有给大家都安排顿顿吃米其林大餐的命运,但是大多数人还是会平等地得到一桶面粉,怎么把它做得好吃,甚至比米其林大餐还要好吃,那就各凭本事了。"

作者:孙舒婷,2020级汉语言文学专业本科生。
发表时间:2022年11月7日

她是"离经叛道"的妹妹,是我从未了解的家人

朱思锐

她不是传统意义上的好女孩。

每次见面,她都会顶着一头和上次见时颜色不一样的头发——反正很少会是黑色,比如这次是棕黄色的,还算低调,毕竟更夸张的彩虹头她都染过,也因此得了外号"小彩"。再加上花哨的美甲、手腕一侧的纹身、嘻哈风的宽松衣着,几乎给这人定了调,来自父母辈的"不要和她一起玩"的调。

小彩是一个不知为何总能讨长辈喜欢的女孩,大概得益于她机灵活泼、没心没肺的性格。每次去奶奶家,她总是来得很晚,因为爱赖床,而家里人又惯着她,一拖再拖。但爷爷奶奶从来不会怪她,因为她嘴巴甜。不像我总是木讷得不知如何应对,她好像有魔力,一会儿就能把长辈哄得服服帖帖。

离经叛道

小彩点起一支烟,在这四散的烟雾中,我想起第一次见到她抽烟时的情景。

大前年的寒假,在她家里,我被她按着替她写寒假作业,而她溜到一旁的阳台上抽了根烟,罢了把烟头塞到角落的一个饮料瓶里——那儿已厚厚地垒了好几层。我问她,你以前不是很讨厌烟

味吗？她恍惚了一秒，而后快速回答上来，别人抽她会受不了，但自己抽好像又没那么难受了。再之后，她都是与烟雾相伴了。

念高中的时候，正在经历叛逆期的男生都喜欢去网吧上网。我有个关系挺好的朋友阿伟曾开玩笑地说过，毕生遗憾是没和女孩子一起打过游戏。我也不知道怎么想的，顺口说了句我妹周末也会去网吧，你俩去同一家不就好了，然后就真的给他们攒了个局。

阿伟从小被管制着，到高中才开始萌了点叛逆的芽，对网吧的了解远不如我妹妹深。那天我们去的第一家网咖人满为患，她就把手一挥，示意我们跟着她，而后熟门熟路地拐进了另一家网咖的后门。我都不知道她哪来的人脉，讲完开机的事之后，还和前台的店员聊了几句私事，对上我疑惑的目光，她自豪地拍了拍阿伟的肩膀，介绍道："这我小弟。"后来大家在一个小包厢里落座，打什么游戏、登什么赛区、用什么打法，全都是她主导的，兴致上来了，还拉开窗户抽了根烟。

那天打完之后，大家各回各家，小彩问我："你朋友好内敛啊，话比你还少，你们重点高中的人都这样吗？"

阿伟的性格其实远跟内敛挂不上钩，他只是不太习惯："你妹妹也太……我从来没见过她这种女孩子。"

我知道他的话外之意，抽烟、喝酒、染发、烫头、纹身、早恋、不读书……由这些离经叛道的词语堆砌起来的人，如果不是因为我妹妹，我也会以为与我是两个世界的人。

扎在心里的刺

"你猜得到我谈过几个男朋友吗？"她笑得有点神秘，见我猜不上来,又迅速接过话头,"十三四个吧,有个人名字想不起来了。"

这十三四个人里,大部分当然都是过眼云烟,在我看来,她对恋爱的态度极其随意,常常是对方跟她告白,她不反感的话,就会接受进一步的发展,又或者是为了满足她自己的一些稀奇古怪的想法,就展开了追求。

但是在这其中,有一个人的存在十分特殊,甚至她现在也还在一款纪念日的软件里悄悄计算着那个男生和他现女友在一起的天数,"他们不分手,我拔不下那根刺"。

她给我发了一张照片,是她上一次看到彩虹时拍下的。在山的另一端,砖瓦房屋和青草树木都无法触及的高空,若隐若现地悬挂着一轮双彩虹。当晚,她喜欢的男孩子和她告白了。她在南尖岩顶看着篝火,脚下是雨后的浓雾,头顶是两道炫目的彩虹,耳机里是他的声音。

他们分手的那天,是那个男生和他现任女友在一起的第一天。同学提醒她要注意那个女孩子的时候,她还替人家说过话,而到最后,他们连一句道歉都没有。

她抖了抖烟,烟灰掉落下来,在玻璃质地的烟灰缸里转瞬明灭。

然而她还是笑着的,话锋一转立马接着说,那会儿她可气了,她弟弟也是。后来小男孩去当兵了,还跟她说等他回来给她报仇,来个几套军拳让他到医院里去。小彩问他,人家报警抓你怎么办啊,她弟说,理由都想好了,就说那个人辱骂军人。

她看着我,眼睛眯成两道桥,"笑死我了,我弟逗我开心倒是挺有办法的。"

我也跟着笑。但是我知道她分手是大前年,开始抽烟也是大前年。装烟头的饮料瓶里,烟灰浸出的水是淡黄色的,晃晃悠悠满到瓶口。

她总是这样,再大的挫折在她这也会被盖上喜剧的封面,所以常常被认为不够在乎,但她又哪里是真的没心没肺。

"人间祸害"

在小彩的记忆里,自己真正在众人面前表现出悲恸情绪的,可能就只有一次,是送她奶奶下葬的那一天。

"奶奶是个好人,特别特别好。"她很郑重其事地说。

她爸爸这边的亲戚,大部分都在乡下待惯了,不会说普通话,只有她奶奶会说,是为了从外地嫁过来的她妈妈特地学的。奶奶格外疼她,她在奶奶家有个自己的"御用小碗",别的小孩子吵着要用,奶奶都不会同意。后来奶奶年纪大了,有些老年痴呆的毛病,但还是记得她最喜欢的糖是什么,每次别人结婚送来喜糖,她总会把里面的那一样挑出来、留给她。即使那时候,她站在奶奶面前,奶奶也认不出她是谁,奶奶却还是一点一点地,给她攒下了很多颗糖,抓在手里,"一只手捧不下"。

令她遗憾的是,奶奶因胃癌过世的时候还很年轻,"才六十七岁……现在七十七岁"。

奶奶去世这十年,她每每上山看望爷爷,都会绕道去奶奶坟前磕三个头,跟她讲讲最近发生的事。奶奶做的炒粉干很好吃,她后来去店里吃饭,每逢菜单里有炒粉干必点,却再也没吃到过当初的味道了。

至亲的离世通常都是很难释怀的,而她现在好像已经有了一套自己的解释逻辑:"可能就是因为奶奶人太好了,才走得比较早。我不一样,祸害遗千年,我肯定能活很久。最近不是流行'人间

xx'这种说法吗,别人都是什么人间仙子、人间芭比,我就是人间祸害。"

我在想,她为什么还能笑得出来,光听她讲述,我就已经悄悄转头擦了好几次眼泪了。

她说当时她真的太小了,无法理解死亡是什么意思。直到奶奶下葬当天,要被推进去的那一刻,她才突然意识到可能再也见不到奶奶了。她疯了一样想冲过去,不知道是想再看奶奶最后一眼,还是想拦住他们不要动,又或者是两者都有,但她被哥哥架住,动不了。她在半空中号啕大哭,拼命扑腾着四肢,"我哥哥一拎就把我拎起来了,我就在那扑腾,特别搞笑。"

语罢,她笑着看了我一眼,抽了一堆纸塞到我手里:"我都没哭,你哭什么呀?都过去了。"

"我也不是记仇,就是可能受到的心理阴影有一点点大。"

都过去了。这四个字,好像适用于她曾经历过的很多事情。

那天她问我,还记不记得我小时候欺负过她的事情。她说,那会儿我、大姐、哥哥还有她一起去学游泳,到最后吹头发的时候,大姐说,给小彩先吹,小彩最小。我不乐意,大概是因为我也就比她大了五个月,往常大家都是让着我的,况且"她又不是亲生的",这是我当时的原话。

她妈妈是从外地嫁过来的,认了我的奶奶作妈妈,但我们事实上没有血缘关系。平日里有些大人偶尔也会提起这件事情,作为一个差异化对待的标准。我不知道是太聪明还是太笨,就记在了心里,还当着她的面说出来了。

我其实已经完全不记得这件事了,当下只能慌张地自责,她却好像并不在意,只跟我描述后来我被惩罚得有多惨。她说,听到话之后姐姐的脸马上就黑了,从袋子里挑出我的东西让我自己拎着,姐姐走在最前面,而我一个人孤零零地抱着我的浴巾和泳衣在后面哭着亦步亦趋,看起来可可怜了。

"姐姐你不要放在心上,那时候大家都小,我不怪你。"她对我说。

可我会怪我自己,她从小父母在外奔波,无论是住在老师家还是住在我的奶奶家,总是寄人篱下。而我身为她的姐姐,她的好朋友,却没能给她什么好的体验。我居然认为她大大咧咧,其实她再敏感不过。

她回想起住在老师家的经历,说老师家的一位老人对她很不好,限制她夹荤菜的次数,不给她吃品相好的水果,老是损她穿的衣服不如室友的好看,甚至还在室友丢笔丢钱的时候,背着她跟室友告状说自己看见了都是她偷的。所幸室友与她关系好,转头就把这件事讲给她听。

她当时想不通,为什么老人如此针对她,最终给自己圆了一个解释,大概是她母亲太繁忙,而送她去的父亲又不深暗人情世故。室友的妈妈总会送来昂贵的水果或是其他礼品,请老人多多费心,她没有,所以她不配。

然而,她还是没有为那十块钱和一根荧光笔带来的污蔑找到合理的解释,只是看她不顺眼,为什么要上升到对她人格的侮辱。再后来,老师要搬家了,大扫除那天,她在室友的床底发现了十元纸币和一支落了灰的紫色荧光笔。

她很想把婆婆拉过来看,又觉得没劲,只是和室友开了开玩笑,"扬言"要把那十块钱作为自己的"精神损失费"。她拿着那支笔试了试,突然发现,时过经年,以前很喜欢的笔,现在已经出不了墨了。

给伤害赋值

教师节之前,她特地去买了水果,送去搬新家的老师那里。小孩子也不懂该挑什么,只是觉得苹果大家都喜欢吃,对身体也好,但她没想到,老人居然又刺了她一次,说她的苹果太便宜,"没吃头"。之后,她就再也没有去过了。

她原本以为这件事她会沉在心里很久,但真正久了之后,记忆里老人的脸已经模糊不清了,新的烦恼又如打不完的地鼠,接二连三地出现。

她有时候想,自己太倒霉了,才二十岁,人生经历都可以写小说拍电视剧了。有时候又觉得,她其实已经很幸运了,虽然有不爱她的人,但爱她的人也有很多,而那些伤害过她的人,也教会了她成长。

给伤害赋值,是她面对苦痛的方式。

她对我说,希望我永远也不要遇到历经多年难以释怀的事情——"平时都没什么,一想到就会觉得有根刺扎在心上,不管怎么努力都拔不下来"。

"你这么累,以前怎么从来不跟我说啊?"我忍不住问了个没用的问题。

"你和我不一样,你是要读书的。"她笑了,抖落下的烟灰掉落在原本聚集成的小山丘的灰烬上,扑簌簌地滑落下来,蔓延到更广的地界。

不知道为什么我突然又想到那天在喧闹的网吧里,走出大门时我回头望了一眼,宽敞的沙发椅前,巨大的显示屏后,好像每个戴着耳机的人都很相似,但仔细一看,每一张面孔都有不一样的神情。好像错综复杂的网线,一端连接着电脑,一端通往不同的插口。

  我又想起来她对自己的评价——"人间祸害",是的,与"人间仙子"不同,却也都在人间。

  作者:朱思锐,2018级汉语言文学专业本科生。
  发表时间:2021年3月21日

考上大学之后,我们几个农家子弟要走的路

李东阳

马尔美拉陀夫对拉斯科尔尼科夫说:"总得让人有路可走呀!"

有路可走,我们这几个孩子总归也还走在路上——几个农家子弟而已。

一转眼,我们几个竟也是大学生了。世事艰难,选择实在十分有限。上大学对我们来说,也许还是不错的选择,毕竟大学是曾经幻美如今零碎的梦。现在,当我们处在这众声喧嚣之中,回身照望自己那寂寞的魂灵,那些火焰似乎仍在影影绰绰地燃烧。

一切似乎过去,又似乎难以越过,那些逝去的时光如同一汪静水,我不禁要把手中的笔投向那水面,看那些波纹荡漾的生命,如何展现他们的彼时和此刻。

我:向何处去

要写自己,那是最难的。

有时候,闪念间记起小时候,那时候真是果敢、坚定、纯直,不由得心生烂漫的敬佩。这种感觉,在我复读的时候,时常把我围猎——我成了自己的猎物。如今,这个猎物也不知是否已经逃脱,而现在我却只想再去重温那种感觉。

复读那一年,一走进那荒芜的校园,老师第一句就告诉你说:"没有经历过高四的人生是不完美的人生。"可惜,人生从来没有完

美。回想那时的自己，印象最深的一件事大概是一次班会。班会到了尾声，老师让同学们上去讲点什么，复读的高压之下，总还得通过学生自己来振奋自己一下。当时我刻意算着时间，压着点儿最后一个走上讲台。我拿起一只蓝色粉笔，用其侧面在黑板上写下四个大字：相信未来。然后，我激动得上下嘴唇打战，朗读了食指的《相信未来》。再后来，我先是批判高考一番，然后大谈梦想，似乎带着某种使命感，期望唤醒迷梦中的青年们。现在想来，我真是有趣，当时竟然妄图以此来自命为启蒙者。

然而，这样一讲，大家却变得安静起来。我依稀记得，当时在那被灯光照得亮堂而刺眼的教室里，课桌上堆着高高的书本和试卷，与教室外浓浓的黑夜极不相称。

我们的教室是一座四层小楼，专门为了复读生而建。这个学校是我相邻的一个县的一高，简称"县高"，以专业复读而在小范围地区小有名气，毕竟出好几个我们整个市（地级市）的文理科前几名甚至状元。有一个学生考上北大，那学校就根本不用做广告了，复读的学生自会相继而来，有相邻县区的，也有市区的，当然更少不了本地的。这里的生活条件相对较差，复读嘛，本就不能那么安逸。男生宿舍是那种很破的筒子楼，一到夏天，两栋楼之间的小院子里，都是光着膀子洗漱冲凉的男生们。唯一值得欣慰的是，宿舍有空调。

在这样一个小县城里，一个高中要想有好的教学成果，只能选择以"衡水中学"为典范。当然，实际上并没有真的达到那般疯狂，稍逊一点儿，也仅仅是稍逊一点儿。于我而言，这样的模式所带来的消磨感才是最可怕的。这种消磨如同拿着一把并不开刃的刀，在绳子上来来回回的割磨，那声音在空静夜里令人悚然。

还好，这些终究过去了。过不去的只是那时的选择和选择所带来的结果。

复读,对于我而言,是一个重要的选择。事情的发生和存在似乎总是峰回路转,光怪陆离。如果当时我在征集志愿时有所选择,今天就不会来到上海,可能就去了一个偏远地方的二本院校。我到现在也不明朗,第一次高考时,为什么会那样的失常,最终的成绩是离二本线还差几分。这个成绩对于习惯了处在安逸、自我良好状态中的我来说,的确很是震动,它击碎了我对大学的种种期待。对于家人来说,这成绩更是出乎意料的。虽然他们也曾担心我考不好,但还只是担心我考不上一本而已。我虽然不在所谓重点班,但在次重点班里成绩还是十分突出的,如果发挥比平时稍好一点,一本还是有相当大的希望的。

我的父母像所有普通的老农民一样,希望自己的孩子考上一个好大学,而我是他们唯一的孩子,至于考上了好大学之后的事情,他们其实是无法理解和把握的。父母由于结婚并不算早,现在算来,父亲已有50岁,母亲也48岁了。这么多年来,他们不停地奔波挣钱,家中的光景总还算过得去,在我们村里应该也是中上游水平。

父亲初中毕业就跟着建筑队去盖房子了,后来又学了铺地砖,比盖房子挣得多一点,就一直干到现在,积劳成疾,自不用说。

母亲前些年的时候,应该是在我上高中之前,一直在家里操持家务,照顾我上学。

那时候,我上小学在村里,上初中也就在镇上。由于中考成绩很好,当时很光荣地去了离家一百多里地的市一高(地级市),也就不能每周都回家了,大概三四周才回去一次。于是母亲也就开始去离家不远的市区(县级市)各大宾馆饭店去做客房工作,当然是为别人打扫客房。每天骑着电动车,来来回回在时光里一穿梭就是六年多,直到现在。

前几年,我们还得种地,一到农忙时候,父母常常更加辛苦。当然,也没有那么辛苦,这些年已经好多了,村里基本是机械化收割粮食。

现在,村里的地已经承包出去,这让村里的劳力们有了更丰裕的时间去干活挣钱。年轻人跑的远,大都是去南方的厂里打工。年纪大点儿的多是在市里(县级市)搞建筑、装修之类的工作,父亲也是其中的一员。近些年来,房地产事业在我们那小城区里不断兴盛,使得附近村里各家各户的光景也好了不少。

不知道是该荣幸还是叹息,村子里我们一同长大的这群孩子中,只有我考上了一个还算不错的一本。幸亏是考上了,不然复读了还没考上,村里人大概会觉得更加不可思议,第一次没考上,说出去大家都不信。这孩子不是学习好吗?我们镇初中当年就他一个考去市一高了,他怎么可能啥也没考上?我无法知道父母当时会怎样应对这些尴尬。总归是复读了,也考上了。可是,那复读中种种矛盾的心境,我只能自己品味。那些跳跃的火焰,也许会灼伤别人,甚至是父母。

可是,怎么样才能让父母理解那些火焰呢?那时候面对高考,我所进行的反抗,父母并不知道,尽管我反抗的方式只是写点儿东西。现在,翻开那被我写满了反抗的本子,重温那个逝去的个人,那里有理念的论辩,苦闷的呐喊,有冷眼看世情,一心写悲苦。我不能忘记那对小联:天地任我行,鬼神由它去。横批:惊天地,泣鬼神。

无论如何,现在终于上了大学。母亲有次突然对我说:"你看人家孩子都有个理想目标啥的,你这孩子,也不知道天天想的啥。我也不期求你太高,以后有个好工作,生活好点,在城里有个家就行了。反正就你一个孩子,我和你爸就希望你过好,即使我们过得差一点也没关系。"其实,我跟她说过自己大概喜欢读读写写。然而,她当然不会觉得那样可以是生活;而我也当然不会觉得那不可以是生活。

我记不清楚自己是如何回答母亲的,只是在心里默默地想:向何处去?

小超人:我从来没有改变过这个想法

小超人,那是我私自给他的外号,他的名字,没那么重要。我们之前并不认识,复读的时候才遇到,后来就同在一个班,一个宿舍。在那次班会上,他也上去发了言,前面的人讲的什么,我都不记得了,唯有他给我留下了深刻印象,他就是我要写的人。现在,每每回想起那些宿舍熄灯之后的暗夜长谈,倍觉亲切。我们谈未来,论现在,甚至幻想,逃离。

有次,我们不知怎么的争论起来,论题是如果现在不上学了,我们去南方,找个商机,能否成事。我说不能,他说能。

他说:"比如说家具厂吧,广东不是有很多家具厂,我去过,就是定做高档家具的那种。咱们可以先去当几年学徒,打几年工,把门路都摸清了。然后,打工积攒一些资金,就可以开始单干了,先从小做起,慢慢再做大。上地理课的时候不是还讲东南亚有个国家红木家具做得好,林木资源丰富,到时候也可以去那边进货、学习。"

我说:"事情哪有这么简单,说成就成了。"

他说:"那你说说我说的哪一步行不通?只要想干,事情总能干成。"

我也说不上来哪儿行不通,只能说:"那你现在能不上学了吗?"

很显然,不能。

他和我不是一个县的,不过也相邻,我去复读的高中就是他家所在的县的一高。他的家庭,从光景上来说,可能并不太好。虽然家中只有他一个孩子,但他的爷爷奶奶也还需要照顾,他的奶奶又经常生病。他说他父亲像所有普通的农民工一样,扛起大包去远方打工,甚至还不如他们,他父亲觉得自己已经快负担不起这个家庭了。所以,他一到假期,一般都出去打工。上次我们聊天,他说上大学两年了,他也两年没回家过年了,也没怎么走亲戚。他甚至觉得除了自己父母、爷爷奶奶,别的什么亲人亲戚,恐怕并不那么可靠,真遇到什么事,还得靠自己。

他给我留下深刻印象,就是从那次班会上他讲自己的打工经历开始的。具体的内容已经记不清楚了,只记得当时听完,心里就想:这家伙是小超人。

大二寒假的时候,他在空间里发了一条状态,说他今天安检的时候把领导给查了,领导也没说什么,终于体会到了凌驾于领导之上的感觉,这感觉不错。原来,他去东莞打工。我问他是怎么找到活儿干的,他告诉我就是先坐火车到东莞,下车了就去那些厂区问他们招不招人。到了一个厂,问保安厂里要不要人,保安说:"就缺保安,你来吧。"也就去了。

当保安他是有经验的,他还感叹自己也许跟保安这种工作有缘。高考没考上那年暑假,他第一次去打工,就是干保安,在附近一个县的小煤窑上。他说:"我觉得这个职业比较特别吧,那时候文弱书生一个,干重体力活也不现实,保安还是比较合适,保安不需要啥。虽然说不太累,但是它是个熬时间的活儿,就是有早班和晚班。晚上如果是夜班的话,就不能睡觉,而且还有人突击检查,要求比较严。当时我站的是一个七道岗,在一个半山坡上,周围都没有人烟,上面还有几个火车道,晚上还负责看门。因为是煤矿,灰尘、煤尘比较大,穿着鞋,一脚下去,白袜子就变成黑的了。保安看着轻松,其实它是个令人恐怖的职业,你闲着的时候,时间会过得特别慢。但是那时候想法也比较简单,也会带本英语书,有时候太闲了,总得找点事儿干,那时候自发学习的愿望也比较强。"

遗憾的是,他的成绩并不好,最终上了一个大专。他本来和我一样,是文科生,最终却选择了土木工程专业。说也奇怪,那一年,他报的那个学校这个专业正好文理兼收,他说也许这是他的机遇。他的家人当然希望他考得好一点儿,但也不会苛求。成绩这种事情,并不是努力就行了。对于最终的成绩,他当然不满意,发挥也有点失常,但也不抱怨,这就是自己的水平,没办法。

我们聊天,不免聊起高考,复读。我对这种模式的态度很矛盾,但可以确定的是对其没有多少好感,那种消磨感令我难受。他倒不这么觉得。他说:"高考也挺好啊,我觉得这几年的学习,还是挺有用的,也确实学到了不少东西。要说这种模式吧,我觉得也是一种锻炼吧,要想有点成就,总得吃点苦。"

苦是吃了,他的大专也上了快三年了,马上也就要毕业了。毕业了,未来就更近地逼迫人。关于未来,他也不敢多想。找工作,挣钱,回报家人,过上更好地生活,每一个农家子弟最朴素现实的期盼大概如此。那城市孩子就没有这样的想法吗?有,怎么可能没有。可是,他们不必再去想如何进城了。

那天,他告诉我说,他现在最担心的就是他的奶奶了,奶奶身体不好,老是生病。有一段时间,他在他的 QQ 状态上写着:奶奶,等着我,我一定要好好孝顺你。

可是，现在，他还在不得不与那迫近自己的未来周旋。

我问他："未来，你有什么打算呢？"

他说："其实咱俩都差不多嘛，都是农村孩子，那些现实的愿望大概一样。也没有那么功利，尽自己所能吧。"

他这么一说，我突然想起来，他上次还说自认为自己骨子里是个文人，他为为数不多的两个爱好之一就是篆刻。他说有一次我们通完电话，他刻了一枚印章，上面写着：共沐天泽。对于文人，总归是有不同的定义，但我知道，他是说自己对于家国天下有所感怀，苍生渺渺，其心微微。甚至，我还记得复读的时候，有次我们聊天，他说自己其实想走政治道路，那时候，他看了《邓小平时代》没多久。

于是，我问他："你不是说其实自己骨子里是个文人吗？"

他说："对，这话我说过。虽然我现在学了土木工程，但还是经常看点闲书的。文理相调和，也挺好。平时也看点中国哲学那一类，谋略类，经商类的等等。其实吧，在我心里，有种东西一直存在，就好像是某种指引一样。不管现在如何，有些事儿我想要去做，也一直在做。我从来没有改变过这种想法，这一点是不会变的。"

毛孩儿：我要拯救地球

一开始他说他已经忘了高考和复读那时候的事情，甚至大一的有些也忘了。

忘却，也是一种可怕的事实。

说是忘却，其实有时候并没有那么彻底。纵然时间在记忆的大地上呼啸而过，总不能裹挟一切而去。即使有一片大地已经寸草不生,静心倾听,也时有精灵在那里跳舞。

所以,他怎么会忘光了呢?他可是毛孩儿(我给他起的外号)。他姓毛,索性我就叫他毛孩儿了,毛头小子一个,长得也不高,胡子也不多。他和小超人一样,是一个县的,不同乡。我和他从高二开始到复读一直是同班同学,也是朋友。高二,高三,他和我一样,过的有些悠然。对于高考,并不是那么在意,只是把它当作一个跳板,一个进入理想化了的大学的工具。甚至,也不想着非要进多好的大学。我复读的时候,其实给自己定的目标是仅仅是云南大学,风景是我当时择校的第一考虑点。又是和我一样,他这样的安逸势必也要被第一次高考失利所打乱。之后我们一起复读,现在他在安徽师范大学中文系。

聊起高考,他说:"其实说出来,你都不信。我高考发挥失常了,虽然最后成绩相比平时来说稍好。我语文老是答不完,中考时候也是。"

语文,那是他最重视的科目。那时候,对于文学,我们都已有些想法。犹记得那时候,有几天时间,我们俩如同信徒一般,在课上传递着写满了对话的小本子,为各自所感怀和认识的世界辩护,他易敏感,我易偏执。可惜,具体的内容我已经记不得了,那个本子也不见了。

幸好,我们依旧可以对话。

他说:"我感觉自己现在变化最大的是心态吧。高中时候差不多是个小愤青,不过现在有时候也是,瞧不上这个瞧不上那个的。现在我是班里的学习委员,有时候负责统计一下课程反馈。学生们真是难伺候,老师照着教材讲,他们觉得老师就会讲教材,不按教材讲,又埋怨不讲教材。有时候我在心里都骂他们:不想上学就不要来了,真是够了。现在很多人拿无知当个性,不是我的优越感,而是真心这样感觉,人心浇浮。我以前想要把自己疏离出去,不那么入世,现在觉得还是要做点什么。但是现在恐怕热情减退了,也不是说理想磨灭了,可能是平和了点吧。"

我问他:"你的理想又是什么呢?"

他说:"我觉得张载那个'横渠四句'不错。可是,他又告诉我,他也没想着有多大成就。以前也幻想过,自己有一天如何如何,万人景仰,但谁没幻想过呢?他现在觉得以后要至少让父母生活好一点,自己也不想为钱的问题发愁,这些是基础的东西。他感叹道:美好的事物那么多,却根本接触不到。"

钱,真的是个挺重要的问题。我去过他家,说实话,房子破了点,堂屋是很旧的瓦房,院落也不完整,院墙就随意垒了下,至于厨房,在堂屋左前方,差不多像搭的砖瓦棚一样。在他村里,一路走过去,也算是差的了。他父母都在江苏打工,前段时间腿有病了,他说到现在都没好。他唯一的大哥,大专毕业几年了吧,还是没个正经工作。

他说:"我都不经常想家庭的问题,想起来就感觉压力好大。我家里的情况你也知道,现在家里又要盖房子了,反正就是很多事情。"

我问他:"那你不是考研吗?"

他说:"其实有时候我都想着就不考研了,我常常想我们考研是为了什么,治学?我觉得还是先立身比较好,不然没有资本,读书只会让自己难受。我是这样想的。"

以前,我们也聊过考研的话题,记得他说他要考古典文献学,他很喜欢古人古书古言。然而,话锋一转,他又说要考研考博的话,时间好长,不想让父母等太久,他们年纪都不小了。他这样一说,我才突然感觉到自己竟然没有这样想过。越是长大,越是想要赶快独立起来,反哺家庭,至少得先独立起来吧。

独立起来,这在以前我们的幻想中,大概是排在最末位的事情,因为觉得这并不是那么困难。那时候少年意气,一颗心就装下了天下。

上次,我半开玩笑地问他:"你不是高二的时候,还说自己要拯救地球的吗?"

他也半开玩笑似的回答:"现在我也想呀,拯救地球,哈哈。"

那时候,他说他要拯救地球,我们都笑他:"地球不需要你拯救,你还是拯救自己吧,你把自己拯救了就算不祸害地球了!"

如今,他自己也笑了。不是笑自己,是笑我们。

英豪:做一个济世者或一个侠客

在某些时刻,我不得不将他称之为超人。对于这样蓬勃的生命,我总是忍不住要回想起他那夹杂着白发的乱发,他喜欢拔自己的白发。

他叫英豪,姓什么倒不重要。现在在我家乡河南的一所二本院校上学,经济学专业。我们是初中同学,初中的时候他就是个特立独行,放荡不羁的人。初中毕业,他去了我们的市一高(县级市)。

聊起高中,他说只有两个字:心酸或者辛酸。高考所带来的那种消磨感,必然是与他的气质相斥的。三年里,他基本没怎么学习,时有消沉,书倒是读了不少。红楼梦,平凡的世界,诗歌,散文,武侠等等,时有幻灭又时有幻想,幻想做一个济世者如刘伯温,或者做一个侠客,仗剑走天涯,除尽天下恶人,尤其是贪官污吏。然而,一提起高考,他就说只想让高考终止。无论如何,他终究还是考上了一个二本,这在我们那小高中里水平尚可。

　　一直以来,我都认为他是有些天才的,尤其是读书的天才。现在,他告诉我,自己一年加上电子书才读了不到两百本。他用"才",是因为知道有人两年读了五百本书。他读文学,读历史,读思想,读二十四史,资治通鉴,东周列国志,剑桥中国史,读马克思,毛泽东,鲁迅,唐德刚,读唐宋传奇,四大名著,人物传记,民国往事……

　　这些东西,正蓬勃了他的乱发,让他时常在凌晨四五点将这些东西抛向虚无。他习惯在这个时间段在空间里发说说,内容或议论批驳或诗词抒情。他说这时候比较安静,思路比较清晰,适合写东西。他的空间日志里,是虽然不规范但十分严肃的论文或者读书总结。

　　然而,这样的他是孤独的。除了网上有几个聊得来的,生活中是非常个人的。

　　这样个人化的自我,在面对黄土地上的家庭时是十分困难的。

　　我问他:"你如何跟家里人沟通呢?"

　　他说:"家里人嘛,都是那样,最关键是我能赚到钱、他们想让我考研,但考研有什么意思呢?浪费时间。我还是想学陈寅恪,游学,就是代价大了点。要是赚到钱了,家里人就不会说什么了。现在机会是有的,只要敢去做,反正也没多少可以失去的东西。最近股市不错嘛,可以去耍耍,虽然小股民免不了被玩弄,但我们可以搭车,我已经在搞技术分析了。以前假期还打工,现在,我也要以钱赚钱。"

　　还好,他家中并不只是他一个孩子,他还有一个大哥。不经意间发现,其实我们是一个镇的,两个村子相距不过十来里路。他告诉我,他初中的时候周末回到家里就基本全靠自己了,父母都出去打工了,去北京或者西安。这样一说,原来他也曾是一位留守儿童。

这位曾经的留守儿童,如今以通常的观念来看,大概十分愤青。他总是能有所发现,大概是因为书读得多了,时常有所感怀。他觉得自己是一个普通人,很普通的人。我想这就是他的天才所在,他用他的天才读读写写,那头夹着银丝的乱发依旧蓬勃。

那次我问他:"你投过稿吗?"

他说:"投稿? 没意思。还有规范和审查,我喜欢随意一点。"

我对他说,他这样的发声倒像是平凡生命的静默之声。

我,小超人,毛孩儿,英豪。时光也许从来不曾带走我们,可是我们却把光阴切得零碎,零碎得似乎不可避免要从手心溜走。尘世纷繁,最是不能荒凉了那时间。所以你看,我想我们有路可走,因为总得让人有路可走。

作者:李东阳,2013级汉语言文学专业本科生。
发表时间:2018年9月17日

附　未收录作品存目

《旧地上海｜河边的音符，还在叙说着片刻的光阴》
作者：袁嘉璐、姚文嘉，2019级汉语言文学专业本科生。
来源：【澎湃·镜相】2022年6月22日

《一氏两花，沪上传奇》
作者：严语，2019级汉语言文学专业本科生。
来源：【澎湃·镜相】2021年11月29日

二 小说

傅女士

张天悦

所有邻居都知道,傅女士是一个相夫教子的好妻子好母亲,每一个早起的人都能在电梯里遇见同样勤奋的她,她一大早就出门去菜场买最新鲜的菜和热乎的包子。邻居见到她的时候,她总是满面春风,年近半百的人看起来却好像还不到四十岁。傅女士不爱化妆,永远画个眉毛便出门,最多涂上一层薄薄的口红。邻居眼里,她总是一副简朴又端庄的样子,和所有人都能聊上几句,客气而自然。

聊的最多的就是她的小儿子。楼里多的是二三十岁的年轻人,正在抚养第一个孩子,也有几个一把年纪迎来二胎的,在他们眼里,傅女士和她的儿子就是模范母子,儿子长得乖巧可人,聪明伶俐,在学校里成绩优秀。现在是暑假,他们还忙活个不停,傅女士的假期重要任务之一,就是带着儿子奔波在各个补课机构,看着他带回来一个个奖状。没有谁看了小儿子不想夸几句的,但那些中听的客气话总是被傅女士得体地打包还给他们,足够谦虚礼貌。看着傅女士毫不显老的模样,他们都明白——是呀,有这么个省心的孩子,谁能不越活越年轻呢!

只有傅女士自己知道,她的生活也有头痛不已的时候。顽劣的大女儿正在上大学,很少回来。邻居偶尔在电梯里遇到她的时候,也只能看到一个平平无奇的沉默的女生,从不会像她的母亲一样送上一个热情洋溢的笑容。她的成绩毫不起眼,高中三年在市里的重点学校吊尾巴,让自己丢尽了脸,最后却连个985也考不上。在成为家庭主妇之前,傅女士是优秀学生和优秀员工,她总是忍不住向女儿嗟叹:"越活越退步了!考得还不如你爸妈好!"

女儿外出旅游让她十分烦躁。傅女士一边给儿子做他最爱的糖醋排骨,一边焦急地等待女儿的消息。她有些恼火地想,女儿怎么敢和同学出去旅游?傅女士渐渐又后悔放女儿出去玩了,为了能和同学出去旅游,她们争执了半个月,在女儿的软磨硬泡之下才松了口。女儿有没有早睡早起?有没有一直玩手机?在酒店睡觉有没有关好门窗?傅女士把排骨端出去,焦虑地拾起手机,发消息给女儿:"在干嘛?拍张照。"

"对方正在输入……"闪烁了好几次,傅女士疑心更重。好一会儿,女儿发来了几张西子湖畔的风景图,"在西湖。"傅女士点开照片左看右看,放进百度识图查了查,确认不是女儿偷来的网图才放了心。最后她还补了一句:"明天发照片,要拍带脸的。"

傅女士撂下手机,喊儿子出来吃饭,丈夫今天又有饭局,只有他们母子俩一起共进晚餐。儿子坐上饭桌,夹起一个排骨便啃起来,向傅女士炫耀:"今天我的围棋课做题又是第一名。"妈妈一时间喜上眉梢,小儿子看妈妈心情大好,又夹了一块排骨,放进自己碗里。傅女士用筷子敲敲他的碗:"吃完一块再夹。"儿子赌气一样地撅起嘴:"我不要,全都是我的。"傅女士想到儿子今天的优秀表现,咽下了话到嘴边的"不要太自我中心",默许了他的行为。

或许是最后的命令激怒了女儿,她打开了手机便收到了消息轰炸,无外乎还是那些"我已经成年了,能不能给我一点自由"之类的陈词滥调,毫无新意。傅女士又和女儿吵了几句嘴,一看时间已经接近八点,赶紧收拾收拾出门丢垃圾。

电梯间里遇到了同样出来丢垃圾的楼上刘姐,刘姐有一搭没一搭地和她随口聊天,"最近没见你女儿啊?大学念得还好伐?"傅女士想起刚才的争执,怒气又上了头,却不能当着刘姐发作,只得好声好气:"孩子长大留不住啦,这会儿去杭州旅游了。"刘姐"诶"了一声:"这就对了,这个年纪是要自己出去闯闯。"

傅女士像往常一样扯出一个笑容,走出电梯,她觉得既恼怒又委屈,忿忿地瞪了一眼刘姐的背影。

作者:张天悦,2019级汉语言文学专业本科生。
来源:《青春》2021年第1期
《小小说选刊》2021第4期转载。

地 球

顾斯诚

两对来自4个国家的夫妻宇航员坐在宇宙飞船上,看着蓝色星球在远处"嘭"一声,化为生石灰般的粉尘,连身边那忠实跟随数万年的卫星都无法幸免。

四人组校准了一下时间。按4年前在起飞前接受的指示那样,他们仍在飞往隔壁星系,寻找可以居住的新家园的路上。在这4年间,两位男士曾得过5次重感冒、两位女士共发烧7次,其中一位男士在上厕所时摔跤导致膝盖骨折,在飞船疗养舱里躺了3个月;其中一位女士在与丈夫做爱时突发哮喘,险些丧命。不难想象,这4位宇航员并没有经过完备的身体检查便登上了飞船。

但很幸运的是,他们保留了人类文明最后的波纹。

飞船按照既定路径平稳地飞行着,但用不了几个小时,当前的飞船燃料就要消耗殆尽,需要花将近3天时间停留在原地,静待新一批燃料瓶自动换上。这是第4次更换燃料瓶了,再更换3次后,飞船将再也无燃料可以使用了。

平淡而无聊的航行生活又持续了2年,两对夫妻之间的矛盾冲突却已到达顶点。这些矛盾冲突起初由细碎的小事构成,比如第二天几点起床,早饭吃什么,谁来打扫休息室,下午谁去驾驶舱站岗等等。结果是,其中的一位男士在一年的12月25日与另一位男士的妻子共度了一夜良宵,第二天,两对新的夫妻便在短暂商议后诞生了。与此同时,飞机的燃料也已经又更换了两次。

新婚几天后,4人组总算在即将飞抵的星系发现了一颗宜居、且能在燃料耗尽前抵达的行星。行星的表面有大片的水、大片的树林,没有像人类那样的生命迹象存在。它拥有一颗卫星;又绕着一颗巨大的、年龄合适的恒星旋转,一如他们曾经的家园。4人组经过了三分钟的投票表决,便全票通过了提案,全速前往那颗希望之星。半个月后,飞船便抵达了这颗星球。随着飞船平稳地降落在星球上的一处河谷,最后一管燃料还有不少。在飞船里做了3天复健训练后,4个最后的人类手牵着手从飞船的门里走了出来。

飞船的外表已经被大气层摩擦燃烧成黑褐色,周围的树木也被高温熏成枯焦状。4人脱去宇航服,又脱去贴身的衣物,赤身裸体地躺倒在面前的浅浅的小河中,一言不发。

"这颗星球叫什么?"不知谁突然问了一句。

"我们登陆的星球,应该由我们来命名!"12月25日出轨男士大声叫道。回声响彻云霄,没有引来任何野兽。

不知不觉间,时间来到了夜晚。四人坐在河岸边上,赤身裸体。风也不刮了,河谷里只剩一些未知虫类发出怪异的叫声。四人前言不搭后语地聊着天,心中暗暗地企图抢注这颗行星的命名权。12月25日出轨男士主张取名叫"圣星";他的妻子反驳之,认为自己取的"土星"更为合适。漫无边际的聊天持续了不久,四人便沉沉睡去了。

第二天,另一位男士第一个醒来。伴着清晨和煦的风,他光着脚,打算沿着河谷一路上行。他有打算脱离四人小队,但并没有拿定主意,因此目前只想沿着河流走走,看看能否找到一些新鲜的猎物,让三餐变得豪华一些。随着探险的深入,河岸边的森林渐渐茂密了起来,但依然没有任何野兽的踪迹。

路边的植被大都未曾见过,应是这颗行星独有的品种。偶尔还会看到一些生物尸骨钻出泥土,裸露在地表。男士感觉到脚在流血、在磨损,疼痛难忍,他打算回头了。他能隐约听到另外三人在寻找他的呼喊声。恒星发出的光亮相当刺眼,照耀着他的皮肤,他的头发,他的肌肉。看来,已经是中午了。

"打算往回走吗?"突然,一阵苍老的声音从森林深处传来。

"……"

男士怔了怔,迅速转身向着陆点返回。

"这样吧,我给你一个机会。"声音见男士不理会,叹了口气,换了一种轻松的语气说道,"给你一个机会,命名这颗星球。好好想一个名字吧,若你已经想完,不必把答案说出来,带着它穿过身后的那条山道就好。"

说罢,河谷突然消失不见。眼前出现了一条山道,深不见底。

男士扭头向林子里看了一眼,深呼吸一口气,表示自己同意了陌生声音提出的计划。至于命名,他的内心早已想好了答案。他转过身,向眼前的山道走去。

山道里什么也没有,也望不到尽头。男士在山道里踱步向前,心里想的满是这六年间在飞船上的种种经历:和两个女士爱的经历,和出轨男士讨论日程安排的经历,在夫妻吵架冷战时的经历,以及与第二任妻子计划将来生活的经历。随着自己深入这条山道,他感到这些经历在脑海里变得模糊。慢慢地,他已想不起自己是谁、自己要干什么。他只记得自己想给这个星球取的名字了。不知道自己走了多久后,他脚上的伤口似乎愈合了,心情也开阔了不少,也不会疲倦,不会饥饿。

在某个时间点,前方开始出现光亮,男士如昆虫一般不知疲倦地向希望奔去。不知过了多久,光线从一束变成了几束,随后变成了一个巨大的光点;石壁被铜墙取代,铜墙又被铁壁取代,铁壁又被别的材料制成的墙壁所取代。突然,男士不受控制地绊了一跤,扑向前方。光亮铺满了视线,看样子山道是走到了尽头。

男士扑倒在一汪温暖的泉水里,依旧一丝不挂。前方是一片青绿色的森林。一条用木头铺就的栈道将之一分为二。一位穿着褐色布袍的老者倚在木头围栏上,似乎已经等待许久。他的身边放着一块大钟,上面标着日期:"2019年12月25日"。看着他疲惫的目光,老者笑了笑,开口说道:

"好久不见,先生。欢迎来到地球。"

作者:顾斯诚,2020级汉语言文学专业本科生。
来源:《青春》2022年第12期

祝你生日快乐

李玢玥

"求求你,求求你,让他回到我身边……"女人的抽泣声在安静的实验室里显得突兀。

"如果你执意如此,那我成全你。这一次记得好好爱他。"科学家按下了启动键。原本紧闭双眼的男孩儿睁开眼,澄澈天真的蓝色眼眸中闪过机械的光芒。

7年后。

盖亚疲惫地伸了个懒腰,将作业本拿给家庭教师李检查。安妮一家旅游回来了,隔壁又热闹了起来。在安静而又寒冷的冬天夜晚,安妮银铃般的笑声在盖亚听起来格外刺耳。安妮一家在暖融融的房间里尽享陪伴的乐趣。而盖亚在严肃认真的家庭教师李面前完全放松不起来,甚至他无法想象为何安妮会与父母的关系这样亲近。

安妮长相一般,却娇滴滴的,像个小公主。安妮会因为早起而一天都带着起床气,会因为一件小事不满意而讲话带刺,会因为饭菜不合胃口而大喊大叫。饶是如此,安妮的父母仍对安妮百依百顺。安妮的爸爸大概是一个工程师,他总是在出差,按照安妮妈妈的话来说,安妮爸爸不是在出差,就是在出差的路上。但不论多忙,安妮爸爸总会在晚上抽出时间来打电话给安妮,陪她聊天,问她想要什么礼物。安妮无数次地向盖亚炫耀她所感受到的父爱。而安妮妈妈则是全职家庭主妇,热情奔放是她的代名词。每次盖亚与安妮一同玩耍回家时,安妮妈妈总是站在门口邀请盖亚一起共进晚餐。

"这道题目做错了,这种题型已经做过无数次了,以后不要再错了。"家庭教师李的声音将盖亚发散的思绪拉回了这个安静而又压抑的房间。他看向做错的题目,哦,是那道他拿不准的思考题。不对,李老师说什么?盖亚一直以来都是过目不忘,这种题型他很清楚自己没有做过。他疑惑地看向家庭教师李,捕捉到了家庭教师李脸上一闪而过的慌乱。家庭教师李生硬地转移话题道:"一个星期后就是你的 8 岁生日了,好好和你的父母聊一聊吧。今天的家教就到这里了。"

父母?这两个词突然间触动了盖亚的内心。作为一个 7 岁的小孩子,盖亚没有去学校读书,只有安妮一个好朋友,但安妮一家是邻里公认的幸福一家。所以盖亚对父母与子女的关系还是有一定的思考的。当然,在外人看来,盖亚的家庭也是十分幸福的——盖亚的父亲是一名出色的外交官,总是出现在各种重要的会议上,带着文质彬彬的微笑;而盖亚的妈妈是一名中文系教授,因其和善美丽而受到学生的欢迎,而盖亚作为家庭教师李的关门弟子,小小年纪就已经拿了许多奖项,优秀的成绩,帅气的外表,如果盖亚上学校读书的话,一定会受到女孩子们的欢迎,这是心高气傲的小公主安妮对盖亚的评价。就是这样一个近乎完美的小男孩,内心其实藏着巨大的烦恼。盖亚不敢打破外人对自己家庭的幻想,对于一个 7 岁的孩子来说,有什么打击比自己明明白白地察觉到父母其实并不爱自己更大呢?

那是一个平常的下午,盖亚刚刚过完 7 岁生日,他沉浸在长大 1 岁的喜悦中。父亲那天有要事在身,但母亲因为那天没有课,所以待在家中。盖亚想到母亲曾精心为安妮准备生日礼物,于是就跑到母亲身边，想躺在母亲怀里撒娇，问问生日礼物的事情。谁知，母亲一把推开了盖亚，脸上浮现出盖亚从没有见过的表情，那表情很复杂——有痛苦有挣扎，盖亚无法清楚地读出那表情所蕴含的所有情感，但他清清楚楚地察觉到母亲不爱他，甚至于很厌恶他，不知道是从何而起，也不知道是何时开始。盖亚在脑中一遍遍回想自己近期的所作所为，想找到自己的错误以此来安慰自己母亲并不是不爱自己，可是失败了，他必须接受这个现实——母亲讨厌他。盖亚曾想等父亲回家问父亲究竟发生了什么，用父亲所教他的男子汉的方式，直白地清楚地知道真相，可父亲只是一脸疲惫地推开他，喃喃自语着什么，他听不清。

"咚咚咚——"安妮的敲门声将盖亚的思绪拉回了现实，这是盖亚与安妮两个小朋友之间的把戏，好像拥有一些暗号就可以好好保护小朋友之间的秘密不被家长察觉似的。家庭教师李不知何时已经离开。盖亚沮丧地打开门，"圣诞快乐！"安妮给了盖亚一个大大的熊抱。"圣诞快乐！"盖亚无精打采地回应着。安妮却仿佛知道了什么惊天大秘密一般神神秘秘，环顾四周，确认家中只有盖亚一人后，小声地说："盖亚，叔叔阿姨是不是对你并不好？"盖亚心底一惊，平安夜的苹果色上了脸，秘密被戳破的尴尬让他无所遁形。安妮哪里懂得照顾别人的情绪，兀自继续说道："我和爸爸妈妈一起去旅行的时候，听到爸爸和阿姨通电话了。你妈妈说你像个死人，你是不是最近惹阿姨生气了？"盖亚尴尬地沉默着。安妮这时候终于察觉到了盖亚的尴尬，但她还是继续说道："盖亚，下周日就是你的8岁生日了吧，我提前祝你生日快乐啦！礼物我早就准备好了，到时候不要太感动就行了，但是你生日的时候最好不要喝家庭教师李带来的饮料。"听了安妮的话，盖亚感到更疑惑了，他不清楚什么饮料，但在自己生日的时候送饮料并不是家庭教师李的风格。盖亚看向安妮,此时她一副泄露了最高机密慷慨就义的模样让盖亚哭笑不得,他拍了拍安妮的肩膀,回答道:"嗯,我会注意的。"

时光过得飞快,在经历了几天安妮大喊着"我不想起床"的日子后,盖亚的8岁生日到了。盖亚的父母在这一天早早回了家,在家庭教师李还在给盖亚上课的时候,他们已经买回了生日蛋糕。盖亚自然是无法专注下来听家庭教师李的讲授,他的心已经飞到了父母为他准备的礼物上了——爸爸妈妈还是爱自己的,对吧?

但家庭教师李今天显得格外严苛,他严厉责备盖亚的不认真。但在课程结束的时候,家庭教师李却破天荒地拿出了一瓶饮料,一脸严肃地说道:"盖亚,尝尝吧。这是你最爱喝的可乐的新口味。"盖亚脑海中突然闪过安妮说的话,下意识地推辞。谁知家庭教师李的态度十分坚决,盖亚只好喝了几小口饮料。

……

"他喝下去了?"妈妈的声音萦绕在盖亚耳边。

"是的。你真的决定好了吗?"这是家庭教师李的声音。

之后,盖亚就完全失去了意识。

盖亚生日的第二天天气晴朗,盖亚揉了揉自己的眼睛,看到妈妈坐在自己的床边,盖亚感到恍惚,今天自己已经8岁了吧,谁知道妈妈无比冷淡,推开盖亚,说道:"你醒了,7岁了,要更懂得照顾自己。昨天你早早就睡下了,安妮还遗憾没亲自把礼物送给你,李先生一会儿就回来给你复习功课。"

盖亚听着妈妈的话,感到错乱,明明昨天,哎?是昨天吧,自己即将要过8岁生日,不对不对,自己就是要过7岁生日,妈妈还兴高采烈地为自己准备生日惊喜,过去的六年里妈妈对自己无微不至地关怀自己还没有忘记,大概是今年自己7岁了,妈妈觉得我应该成为依靠自己的男子汉的缘故吧!盖亚这样安慰自己,待妈妈离开后,盖亚迫不及待地打开安妮送给自己的礼物,却没想到里面竟然是祝自己8岁生日快乐的贺卡,盖亚疑惑着,有些气愤怎么自己最好的朋友也记错了自己的年龄,旋即盖亚注意到安妮留给自己的纸条——盖亚,我知道了事情的真相。我很为你难过,但是如果你想长大,请去寻找机器源晶吧,只要获得机器源晶,就可以替换人类之心,也许那样叔叔阿姨就会喜欢你了。

"咚咚咚——"安妮独特的敲门声响起,盖亚急忙开了门,似乎有许多问题想要问安妮。盖亚想向安妮解释自己的爸爸妈妈一直很喜欢自己,却发现自己说不出这样的话,今天妈妈的冷淡是他实打实地察觉到的。安妮虽然心高气傲,对朋友却十分真心,她说:"盖亚,我在我爸爸的实验室里找到了这个,或许你可以看看。"

盖亚的目光落到安妮的手中,那是一个样貌丑陋的机器人,一双蓝色的大眼睛与他的长相极其不相称。盖亚认真地注视着机器人的眼睛,机器人的蓝色眼睛闪过金属的光泽,盖亚竟然被吸了进去。机器人的识海中是一个个碎片,整齐地标注着第一年、第二年、第三年……一直到第六年。盖亚毕竟只是一个刚满7岁的孩子,哪里见识过如此高科技的场面。他伸手想去抓那碎片,曾经的记忆随着记忆碎片涌入盖亚的脑海。

第一年,盖亚看到记忆碎片中的自己和同学一起放学回家,去庆祝自己的8岁生日。他蹦蹦跳跳地走在马路上,却在玩闹中忽视了红绿灯。盖亚看到后想要阻止碎片里的那个自己,却没有人能感受到他,他才明白碎片里的盖亚只是回忆影像,无法更改。但他真的不记得自己曾出现危险。当碎片里的盖亚被送往医院,盖亚看到放下工作赶来地哭泣着的爸爸妈妈。他想安慰他们,却无可奈何。镜头一转,盖亚来到了一间实验室。

"求求你，求求你，让他回到在我身边……"盖亚从来没有看到妈妈那么崩溃地恳求别人。

"如果你执意如此，那我成全你，这一次记得好好爱他。"盖亚顺着声音看去，那人竟然是安妮的爸爸，他的表情沉重而悲伤。而科技床上躺着的是熟睡的自己，在安妮爸爸按下按钮后，熟睡的自己睁开了蓝色的双眼，而盖亚的妈妈立即冲了上来，紧紧地抱住自己。

看到这，盖亚一头雾水，自己并不记得过去的六年里发生过这些事情。

第二年，记忆碎片展现了冬日里其乐融融的一家——记忆碎片中盖亚的父母在为盖亚准备惊喜礼物，将准备的蛋糕藏在了厨房里，盖亚走进厨房，那蛋糕上清清楚楚地写着——祝小男子汉7岁生日快乐！之后的场景是记忆碎片中的盖亚回家，一家人在欢声笑语之中庆祝盖亚的7岁生日——"祝你生日快乐，祝你生日快乐……"

这是盖亚无比熟悉的场面，因为盖亚现有的记忆中昨天父母就是这样给他唱着歌。可是他心底总是觉得有什么不对的地方。因为今天早上妈妈对自己的态度与记忆碎片中的并不符合。

第三年，依然是冬日里的庆生场面，盖亚再一次清清楚楚地看到蛋糕上写着：祝盖亚7岁生日快乐！从第三年开始，每次记忆碎片中的盖亚在第二天早上醒来时，妈妈总是坐在他的床头，态度却一次比一次冷淡，神情复杂，甚至在第五年时，她崩溃地抽泣，在盖亚醒来后冲盖亚喊着："你不是个人，你不是个人……"

第六年，有什么变了，又好像什么都没变，那是盖亚刚过完7岁生日的下午，记忆碎片中的盖亚刚想亲近妈妈，却被一把推开。然后是家庭教师李的到来，带着一瓶饮料。

盖亚痛苦地闭上了双眼，就这样被弹出了机器人的识海空间。那些被人工篡改的记忆化作流光重新进入盖亚的脑海。盖亚不是人类，他只是11年前死去的人类盖亚的替代品，前六年的记忆固然是美好的，但那不是他。即将7岁的人类盖亚死在了那场意外中，而盖亚的父母接受不了失去盖亚的痛苦，也后悔因为工作繁忙没有给盖亚一个他想要的生日派对。所以他们央求安妮的爸爸，一个科学家，并不是他曾经以为的工程师，制造出了机器人盖亚。如假包换，童叟无欺的盖亚，不会长大永远停留在7岁的机器人盖亚。

盖亚低声抽泣了起来，机器人也和人类一样啊，他也会心痛，他也会难过……安妮在旁边安慰着盖亚，说道："去我爸爸的实验室吧，那里有机器源晶，一定可以让你变成真正的人类的！"

盖亚下定决心，是啊，只要变成真正的人类就可以得到爸爸妈妈的爱了吧，哪怕只能成为人类盖亚的替代品。于是，两个7岁的小家伙，不，准确来说盖亚已经14岁了，想要偷偷出发去获得机器源晶。家庭教师李却突然出现在门口，他似乎已经洞察了一切。

盖亚安静地望着家庭教师李，他很想从他的口中了解更多。家庭教师李似乎也于心不忍，说道："盖亚，这一次我给你喝了留存记忆的饮料，所以你才会感觉到错乱……这并不是你的错，或许是你的母亲一开始就错了。"

这是严格的家庭教师李第一次这样轻声细语地和盖亚讲话，盖亚却还是坚持想要去寻找机器源晶，"机器源晶可以让我长大对不对？"盖亚这样问道。安妮也用热切的充满希望的眼神看向家庭教师李，仿佛机器源晶就是救命稻草一般。

家庭教师李迟疑着，让安妮先回家。安妮这个娇生惯养的小公主哪里肯却无可奈何。听到安妮进了家门后，家庭教师李拿出了另外一个几乎一模一样的记忆机器人。"你看看这个吧。"

盖亚看向那个机器人,安妮与盖亚在盖亚遭遇意外的那一天是一同回家的。当盖亚即将遭遇意外时,安妮小公主忘记了害怕,挺身而出。最终的结局是盖亚成了植物人,而安妮却永永远远地离开了这个世界。

"安妮她为了救我……为什么我的记忆里没有这一段?所以,安妮她……"盖亚疑惑地问道,隐隐地压抑着哭泣声。

"安妮与你不同,她是完完全全的机器人,而你是拥有人类之心的,只是被装在机器的外壳里,长不大而已。"家庭教师李简短地说出了真相。

"那安妮也是每年都要更新记忆吗?"

"不,她本身就是和人类一样的机器人而已,就像大猩猩和猴子那样。她从记事以来一直把你当做最好的朋友啊。"

听完家庭教师李的话,盖亚的希望破灭了。原来,不管是作为人类,还是机器人,都改变不了他已经死去的本质。而他就这样有违生命规则地存在着,只是因为父母所谓的弥补。可是他们除了第一年是真心地放下工作陪盖亚游山玩水,给盖亚过生日,之后的六年他们又在做什么?不过是像往常一样继续忙着工作,甚至开始厌恶这个长不大的自己……因为自己并不能满足他们的情感需求。

盖亚看着自己的躯壳,按照时间年龄来算,今年是这副躯壳的7岁,却是盖亚的14岁。而作为机器人的安妮,今年却是刚刚好7岁。不管重来多少次,不管自己到底变成了怎样,只有安妮一直把自己当作最好的朋友,而自己之前还一直认为安妮娇生惯养,一身公主病。而爸爸妈妈,他们始终是以自己为中心的,他们或许学不会怎样去爱。即使有弥补一切的机会,他们仍然不会珍惜……

　　盖亚的目光慢慢上移,他看着大理石桌子所映出的自己的眼睛,机械的流光一闪而过,像澄澈的大海,可以包容一切。盖亚慢慢地闭上了眼睛,毁灭了自己的意识。

　　在意识渐渐消散之际,盖亚听见妈妈破门而入,哭泣着指责家庭教师李……

　　"祝你生日快乐,祝你生日快乐,祝你生日快乐,祝你生日快乐……"

　　今天是盖亚刚刚满7岁的第一天,也是盖亚死去的第14年。

作者:李玢玥,2021级汉语言文学专业本科生。
来源:《青春》2022年第12期

周　寄

聂晓雨

我遇见她的时候,她在河里,我在桥上。

我原本差点没注意到她,直到她在水里(似乎也没怎么)奋力地拍打水花试图漂浮起来,把头伸出水面。她的口鼻几乎已经无法露出水面呼吸了,如果不及时出水,她很快就会溺毙。但奇怪的是她非常安静,甚至只是看了看我,又继续毫无章法地扑腾,却没有发出任何求救的声音。

我愣住了。虽然见义勇为对我这种新时代五讲四美三好中二青年来说是义不容辞的责任,可问题是我不会游泳啊。

我对着水面大吼:"你坚持一下!我……我去叫人!"然后我四顾茫然,周围没有半个人影,两只鸟雀没入即将被暮色笼罩的树林。我一边放开喉咙撕心裂肺喊救命,一边拔腿往附近的房屋跑,跑出几十米后发觉把她一个人丢在那好像有什么不妥,是不是先得找个东西给她扒着,免得我喊来人时她已经沉下去了。

我不假思索就又跑了回去。

那姑娘还在水里,头已经出水了,长发晕散在水里,像个水草精。她似乎没有预料到我会折返回来,扑腾的动作都顿了一拍。"傻瓜。"我看到她的口型这样说。她赏了我一个巨大的白眼,竟然开始缓慢艰难但确有成效地向岸边靠。我看着她用手扒住了河岸,缓了口气后把自己撑出水面,滚倒在草丛里。

我长舒一口气,双腿发软地向她走过去,蹲在她身边底气不足地问:"你还好吗?"

"好个屁!"她猛地转头,恨铁不成钢地瞪着我,长发上尚在流淌的水珠溅在我的脸和胳膊上,配合着她凉飕飕的语气让我起了一身鸡皮疙瘩。我毫不怀疑如果她还有力气的话,我的项上人头现在已经在草地上了。"背书包跑去找人,顺便锻炼负重耐久是吧?都跑出去了还回来,不会游泳还回来,回来和我殉情?"

我在她上气不接下气的喘气声里脸涨得通红。

我被戳到跳脚了。在一个陌生人面前丢尽了面子,完全地显现出我竭力隐藏的愚笨。我大声反驳,声音又尖又细:"你这人说话怎么这么没礼貌!你会游泳为什么要故意装溺水给我看?"她理直气壮地回答说:"我就是装的,但是我确实很久没游泳了!刚才差点没想起来怎么游!"

我当然不会说我是故意猜她装溺水结果歪打正着了,假装怒极反笑:"你到底会不会游?会游怎么可能忘?"

她摸了摸鼻子:"……游泳池里学过三个月。"

我无言以对。

我打算继续反唇相讥,却见她喘匀了气,右手一撑草地,发力站了起来。我目送她踉踉跄跄地往前走到桥边,捡起了一个棕色的皮包,摸出烟盒和打火机,一边拆包装一边走回我身边。她冻得有点狠,点烟的手哆哆嗦嗦,拇指几次在打火机上打滑。

慢慢暗下去的天光里,我盯着她两指间夹着的一星火光:"包都留在岸上了,你不是失足掉下去的吧?我俩谁才是傻子,干嘛没事往河里跳?"

"我是个作家。我在取材。"她似乎很高兴,哆嗦着猛吸两口烟,仰头呼出一片灰蓝的雾气。我看到她唇边比梢头新月还要漂亮的笑意:"原来溺水是这样。"

我的天,神经病啊!

我目瞪口呆:"谁取材是自杀式取材啊!写作不是靠想象的吗?你告诉我你是不是写刑侦小说的,我现在跑还来得及。"说着我就要起身。她转头给我个大大的白眼,湖绿色的瞳孔亮得吓人。

"想象派作家哪有亲身经历真实的,我是体验派作家。"

"什么时候分的流派?"

"我自己分的,就在刚才。下一个。"

我靠回她身边,打量她湿淋淋的头发和衣服。那好像是一件米色的披肩,湿透后贴身裹着她的身体,里面大概是条藕色的连衣裙,裙摆一直垂到脚踝。

意识到我一直在看着她,这疯女人叼着烟,扬手取了披肩下来用力拧干水,藕色连衣裙贴着身体的曲线,随着她的动作绷紧又舒展。有细而飘缈的雾气从她唇边弥散,烟头的火光明明灭灭。

有生以来的头一次,我敏锐地觉察出一个人割裂感很强是如此特殊。她轻盈地穿过这个世界的各个角落,人潮聚散,她却始终独特而隐秘。直觉告诉我她举手投足流露的气质甚至可称人间难寻,她的行为举止也和人类的"活动"有所疏离。于是我没来由地想象出她站在桥上的样子,也是那样扬手把小皮包远远丢在桥边,爬上不算很高的护栏,低头看着粼粼的河面。她长直的黑发和藕色连衣裙在风里起落,裙裾拂过小腿和脚踝。她像鸟一样张开手臂,又像鲸跃入水中,从容,轻盈,飞扬的发丝都透着自由和欢愉。

那么疯狂那么不可思议,可是光是想象,就已经感觉到那种摄人心魄的张扬肆意的热烈的美感。好像坠落的只是她的肉体,她的灵魂已经乘风而起,扶摇直上。

她是那么夺目璀璨,无论是谁看过那副景象,都会爱上她吧。

她把勉强不滴水的披肩展开,犹豫了一会儿,又披在了身上,吸吸鼻子。确实是冻着了，虽说是春末，晚上仍有凉意。这么一看，她好像披上了一层普通人的外衣，先前想象中咂摸出的不食人间烟火的仙气眨眼就散了。

有点反差萌，还挺可爱的。我乐了，揶揄她："水鬼姐姐，不找个地儿先换身衣服么？"

她吐了口烟："旅馆离这儿有点远，这样子不方便坐车。"

我心想知道远，你还往水里跳？嘴上却鬼使神差地接话："我家离这里不远，就前面那栋楼，要不先去我那洗个澡烘下衣服。"

她盯着我看，然后意味深长地笑了笑，突然凑近，几乎贴上我的鼻尖："这就想把我骗回家啦？你还太小了点……不合适吧。"

我猛地向后仰头，懵而大怒："我十九了！"

"还不是个小屁孩。"老天啊，她看着我的目光竟然充满半真半假的遗憾。

这时我终于咂摸出了不对："我喜欢男的！你个变态，自己打车滚回去吧！"

其实我也就是羞恼，并没有真生气。放在平时，这种比较无礼的话我对着生人很少说，可不知为什么她身上的气质让我觉得，和她拘虚礼反倒是一种徒劳。羞恼是因为作为一个自我认知层面的异性恋，在她撤开身体的那一秒，我还真的幻想了那副场景，对着一个才认识不到一小时的家伙，甚至还是个女人。

她敛了笑，按灭烟头："我就借你家浴室和洗衣机一用，没别的意思，行么？"

我点头。

她站起身，冲我幅度很小地欠身："叨扰了。"

她率先迈开步子，走出几米来了个猛回头："忘了问，你家有别人么？"

"……没有。"我朝她小跑过去的脚步被吓得顿了一下,惊魂甫定地拍拍胸口。

她看了我一眼,应了声好,然后停了下来,等我错身跑到她前面领路,才安静地跟在后面。

半个多小时后,等她吹干了头发,套着我借她的宽松长卫衣和阔腿裤,从包里摸出一副带细链子的单片眼镜戴上的那一瞬间,我看得眼睛都直了。她把我的衣服穿出了学生气,干净清爽,玻璃片后的目光冷静而理智,看得我着实有点心跳加速。我哆嗦着手给她倒了杯她点名选的冲剂咖啡,推到她面前。她道了谢,撩起卡在卫衣领子里的发梢,重新露出那种吊儿郎当的笑意,接过咖啡和我对坐着听洗衣机轰轰地运转。

我试图找到一个话题打破随着咖啡的热气一起腾挪漂浮的沉默:"你写过什么书?说不定我还读到过呢。"

她慢悠悠地品着咖啡,冲我半真半假地翻了个白眼:"问一个小有名气的作家写过什么还能算是恭维,问一个三流作家同样的问题就算戳人痛处了。"

我发出不予苟同的鼻音:"这得看你干这行是什么驱动。"

她的脸上就差没用记号笔大写加粗"天真"两个字了。

"你要是真看过我的书就出问题了,"她突然前倾身体,神神秘秘地凑上来对我说,"我的书不是写给三维世界的人看的。"

这回换我脸上大写加粗"鬼扯"俩字了:"真的假的,你跟我转移话题呢?"

她没理我,似乎是轻轻地叹了口气,语调忽然之间沉了下去:"你试过写小说么?"

我疑惑地点头:"当然,小时候写来玩的。"

"还记得你的第一个角色吗?"

我又点头,想到那个花里胡哨充满玛丽苏味的主角名字,绝望地甩甩脑袋。

她冲我微微地露出笑意:"有的人对他创造的第一个角色有非常特殊的情感,甚至会为 ta 创造出整个世界并不断自洽它到几乎病态的极致。"

我被她思维的跳跃性打得措手不及,只能勉强顺着她的话凭直觉发问:"为角色设定一个完整的背景世界不是基本功吗?"

"大多数作者使用的背景都基于自己存在的现实,完全架空的世界观少之又少,而那些世界观的底层逻辑如果拿到一个完全科学合理的模拟器里跑一遍——我们假设有这种东西——结果大多和他们所描绘的相去甚远。当然这相当程度上是人的能力和视界问题。不过无论是基于现实还是架空,目的都是为故事而非角色本身服务。"

她停顿片刻,用咖啡润了润喉咙,清清嗓子接着说:"我要说的是,有些人追求创造合理到极致的背景世界,只是为了他们的角色的生存——我是说除正文以外,涵盖出生到死亡整个过程的生存。他们把这个角色当作和自己一样的个体,角色生活的世界每一个细节都不能有 bug,哪怕角色本身发现不了。"

我知道她的停顿和目光都在质问你听懂没有,但我还是找不着北。准确地说,我不明白她为什么忽然和我说这些,何况她的理论太过非人和惊悚,直觉告诉我还有一些潜台词令我非常不安。

"这是极端的共情和融合,随着作者能力的提升,从精神归一最后可能发展到肉体的靠近。我把这个称为反向雏鸟情结。"她短暂地流露出我看不懂的神色,有种令人惊异的冷静的疯狂:"你看没看过《三体》?"

"噢,你是想说罗辑和庄颜?"我刚为话题回到我熟悉的领域而不安地兴奋着,这时洗衣机开始尖叫,她的衣服已经烘干了。

她把咖啡一饮而尽,起身向厨房走去:"我一会儿还有事,就不多叨扰了。"

我还没从震惊里回过神来,并且愈发不知缘由地惶惶不安,怔愣着说:"那这套衣服你穿着走吧,我帮你把你的衣服打包好。"

她倚着厨房的洗碗槽,透过玻璃门静静地看了我一会儿,轻轻地说:"……下楼送送我吧。"

我家的位置有点偏僻,一般而言出门打车要花很长时间,但今天却意外地顺利。十分钟以后她拉开了车门,一手扶着门框回头看向我,又露出了那种复杂的,热切的,克制悲喜的表情,在夜色里变得模糊:"很荣幸终于和你见面,后会有期。"

出租车绝尘而去,有寒意电流一般从我的两腋爬过。

在这股直冲天灵盖的后怕里我睁开眼睛,发现一半的被子滑落在地上,我的半个身体都几乎暴露在空气中,胳膊上窜起一片鸡皮疙瘩。我手脚并用,把被子拽回来用身体压住,企图蜷缩起来获得一点暖意。

太清晰了。

我一向健忘,从没有做过如此条理清晰的梦。与其说是梦境,不如说是拿什么设备投影到我脑海的一段电影剧情。

枕边的手机就在这时震动起来,我眯着眼解锁,看到朋友发来消息说给我的原创角色画的立绘完成了。那是不久前我笔下诞生的一个新故事的主角,朋友说她愿意按照自己的理解给我画一幅她的立绘,为此我已经期待数日。

我点开图片,梦里那个飞鸟般自由的姑娘隔着一层薄脆的电子屏幕向我微笑,右下角龙飞凤舞地写着周寄二字,那是我给她取的名字。

于是我意识到在梦里我从未询问她的名字,就好像从一开始,我就心知肚明。

我听到自己急促惊慌的心跳。天哪,我希望我仍在梦里。

作者:聂晓雨,21级汉语言文学本科生。
来源:《青春》2022年第12期

父亲们的夜

邹应菊

（一）

拉下垂在墙上的一根绿色毛线，堂屋里的灯便亮了，二叔就静静地躺在那里。

白天从村长家背来的据说结婚时买的老音箱，一整天都在嘶哑地响着哀乐，尖锐嘹亮的唢呐声流窜在村子里，掰开各家各户的木门，把全村老小都带到了二叔家的瓦房里。

二叔病了快半年，恶性脑瘤，医生两个月前就让回家好好过过日子别去化疗白遭罪了。二婶婶一边挖空心思地给二叔做点好吃食，一边不得不抹着眼泪和亲戚们一起为白事做着准备。转眼真的到了这一天，村长熟练地安排着各家来帮忙，洗菜的，洗碗的，蒸肉的……二婶婶有些呆滞的坐在堂屋门前的竹凳上，旁边还有家里的三个孩子。二妹小云和三弟康康年纪还小，拉着大姐小兰号啕大哭，快十八岁的小兰姐咬着牙安慰着弟弟妹妹，大颗的眼泪却止不住的掉在自个儿沾灰的旧裤子上，各家的婆子也看得心酸轮番劝着。

白天这屋子里的悲伤与眼泪重得快要压垮屋顶，被时针和琐事一消磨，在夜色来临时，仿佛也只剩下蒙在心上的一层阴影。

门前菜地里临时用塑料布搭起来的棚子里也亮起了白得晃眼的灯光，婆婆媳妇们蹲在水盆边洗涮着油锅脏碗，亲热地聊着家常。姨父早已耐不住性子吆喝着在一旁的桌子凑起了牌局,桌子边围绕着越来越多的人,桌上四个盛着白酒的瓷碗下都压着一小叠零钱。有人谈天说笑,有人划拳喝酒,乍一眼看竟是热热闹闹的一片。

爸爸负责烧火,在菜地里泥砌的大土灶边,就着满地的烂菜叶坐着,喝着白天剩的包谷酒,盯着火苗半响不说话。

今夜是这样,一如既往的琐碎平淡。那昨夜呢?

昨天夜里,躺在床上的二叔突然闹了起来,吼叫着让二婶婶立刻送他去北京的大医院治病,双手在空中挥打着。二婶婶慌了神只得先安慰着二叔,但不一会儿二叔又在老木床上痛苦的打滚,胡乱的叫骂。在此之前,二叔一直觉得自己的病拖累了婶婶和三个娃娃,不愿意去医院情愿多留点钱给家里,再疼也不吭声,怕自己生病的模样吓着孩子就总是戴着帽子口罩。怎么今晚突然成了这个样子?披散着头发摁住发狂的二叔的二婶婶哽着说不出话来,全身都在发抖。

爸爸他们赶到帮忙时,二叔已经累得晕过去了,小小的房间里挤满了人。正商量着让姨父开拖拉机去把村诊所的蔡医生请来,二叔又清醒过来,整个人精神很多,眼睛里有了活气。二叔在床上坐起来,和屋里每个人都说了几句话,然后让小兰姐去把睡着的弟弟妹妹领过来。二叔怜爱地摸摸每个孩子的头发,拉着站在手边的二婶婶说:"玉芬,辛苦你了,娶到你是我的福气,要是这次能活过来以后我就好好赚钱给咱家修个砖房,送娃娃去镇上读书让他们成才。要是我不在了,你早点改嫁吧,找个依靠,一定找个对你对孩子都好的人。"二婶婶此时已是泣不成声。然后又拉着小兰姐说:"小兰,你是爸爸最懂事的女儿,你小时候采菌子卖了钱还给爸爸买了双胶鞋。爸爸谢谢有你这个女儿,以后一定要照顾好妈妈和弟弟妹妹哈,小兰最乖了"。小兰姐崩溃地哭着说:"爸,你别说了,你要和我一起来照管这个家啊,没有你我们怎么办啊"。"你放心,爸爸不走,爸爸不走"。两个小孩子站在地上,还没睡醒,懵懵的看着床上。"小云,康康以后要听妈妈和姐姐的话哦。"二叔说。"嗯……""小兰你快带弟弟妹妹去睡觉吧,我也困了得休息了"。众人看着二叔躺下了,也就各自回家了,路上暗暗念叨希望不会出什么事。

夜很短,天从屋里的小窗亮起来,二叔再也没醒。

二叔的夜就这样过去了,风吹灭了蜡烛。

(二)

"欣儿姐,姨父不是回来了吗,他在哪里?"

"我爸在那白色的塑料椅子上坐着呢,灯太暗了,你去找找有没有亮一点的灯泡?"

"知道啦!"嘴上回答着,我却愣愣地注视着那个消瘦的背影。

那是姨父吗?头发长过了耳朵,许多白发黏在泛着油光的头顶。身穿一件褪色的衬衫,肩膀耷拉着,整个人畏缩在塑料椅里,像是被顽皮的孩子用石头追赶后躲在角落淋雨的狗。

今天是村长家小华哥结婚,天黑以后点着灯给大家划拳玩牌,而往常玩得最开心的姨父却一个人坐在那里,一根接一根地抽着烟。

这不是我所认识的姨父。

以前的姨父是好玩乐的性子,爱穿点时兴的衣裳,脑子也活络,经常到城里找活做。后来因为会开货车,进了厂开车拉煤,虽然一趟下来得来十来天,但因为丰厚的工资也成了全村羡慕的对象。那时姨父是风光的,回到村里总有一群人围着他蹲在村口的石桥上,听他绘声绘色的讲城里的咖啡厅里带领结的服务员和一个轮子能买块地的高档车。那时候一到天黑,在明晃晃的月亮下,石桥上就满是姨父爽朗的讲话声和大家满满的笑声,桥下的小河不紧不慢的带着月光流走。

而后在阿婆们围着火盆的谈话中,我开始明白姨父为什么会变成如今的样子。

姨父这几年攒了些钱,本还想着能在城里买个一砖半瓦,没曾想表哥阿洪因为赌博在外面借了高利贷,几年的辛苦钱全赔了还不够。姨父没办法只能借钱买了辆面包车拉黑活,没成想第三天车就被派出所查到没收了。自己和儿子的债压在背上,腰板儿自然也就越来越弯了。

听说在这样一个夜里,姨父曾被高利贷那帮人逼得两天没吃饭,夜里哭着给快开学的欣儿姐打电话说对不起她,供不起她读书了。

听说在这样一个夜里,那是欣儿姐辍学去餐馆里洗碗把工资递给哥哥去还债时,姨父恼了拿铁铲狠狠地打了表哥,表哥力气大抢走铁铲,把铲子丢到大门外。这时候,姨父愣愣地站了会儿,突然直挺挺地跪下来给表哥磕了个头说:"我是你儿子,我叫你爹……"

我不知道在那些夜晚里的姨父是怎样苦苦熬过来的,我只看到如今的姨父已经换了个人,两颊瘦得凹陷,颧骨高高的凸起,长短不齐的青胡碴盘踞了下巴。有人拉着姨父到人群里,而他一直紧锁眉头,掏出手机自顾自地讲着,本等着听些新鲜事的众人也就各自继续耍着自己的牌了。这个夜还在很漫长,姨父的电话也还要打很长。

这里再没有姨父的夜,桥下的水依旧哗哗地向远方流去。

(三)

河的两岸里种着大片的玉米,交错的枝叶快要掩住了破烂的河堤,两岸的青色随着天色的暗沉越发浓重。怯怯地往玉米地深处看一眼,仿佛在那暗处就匍匐着阿婆说会吃人的东西。一阵风吹来,窸窸窣窣的声音从远处递过来,越来越响。

"快点回家,爸爸回来了"姐姐说。

"嗯,爸爸回来应该买了上次他说的县城里大门刷了红漆的那家香肠吧"。我加快脚步跟上走在前面背着背篓的姐姐。

"你这次考试得了第一名爸爸肯定会买来奖励你的,你来走前面小心别掉进河里。"

到了家门却见上了锁,阿婆和爸爸呢?天都已经黑了呀。

"小妹你困了先睡吧,他们可能去串门了,我出去找他们"。

"你们要早点回来哦,我怕。"

"嗯,我给你开着灯睡,回来了烤香肠给你吃。"

睡得迷迷糊糊,感觉姐姐躺在我的身边,我转过身看见她的眼睛肿着,脸上布满泪水。我却莫名地感觉到压抑,呆呆地看着流泪的姐姐。

这时,堂屋里有声音传来,我自己翻身起床出了房间去看。

堂屋门半掩着,有昏黄的灯光透出来,还没等我走到门前,一阵哭声传来,像是一根棍子重重地砸在了我的脑袋。

那是放开嗓子的大声号啕,不是呜咽不是啜泣,那是爸爸的哭声。

我一下子愣在了门口,不禁害怕得发抖,到底怎么了?我的家还在吗?

阿婆嘶哑地说:"小武啊,别哭了,今天就为了一点土地他们就这么欺负我们家,这么骂你,骂你有地种没人养,还是听妈的话和周丽离婚吧,咱们重新讨一个来生个儿子"

爸爸哭喊着:"妈,我爱周丽啊,我离不开周丽啊!"

八岁的我僵直地站在堂屋门缝透出的昏黄灯光里,脑袋里闪现着这些年阿婆和姑姑婶婶说让我好好读书,因为家里没有弟弟,别让爸爸被看不起的话。

我推开虚掩着的门,眼泪大颗大颗地掉出来,火盆的炭火在泪眼里成了一大团猩红的红光。我冲到爸爸的面前哭着说"我的成绩很好呀,今天老师还夸我呢,说我比男孩子强多了,为什么爸爸现在还会哭,是不是我做得不够好?我错了,小二错了,爸爸你不要哭,以后我会跟着姐姐干更多的农活,我还会拿第一名以后好好孝敬你们,给你们买大房子。爸爸你不要哭了。爸,你不要和妈妈离婚,我求求你了不要和妈妈离婚,我求求你了,阿婆我求求你了,求求你们了……"

爸爸一只手拉着我,一只手摸着我的头,然后帮我揩去脸上的泪水,粗糙的大掌刮过脸颊但却擦不完我不断涌出的眼泪。

"不怪你,不怪你,小二,你是爸爸的好幺儿"爸爸的眼泪也止不住地淌着,流进脸上深深的皱纹里。

姐姐抱着我裹着眼泪睡着,这个夜也就过去了。这个夜呀它到底在爸爸心口上砸了多么大的一个坑啊,坑里积满了泪水,像是冰冷的一潭泉却没有月亮照在里面。

过了十年,我考上了大学,村子里曾经的闲话渐渐没了。拿到通知书的夜里,爸爸带我去学校附近的小烧烤店吃点东西。火炭上烤着的小肠吱吱响着,偶尔爆几个油花,划开的烤茄子上撒着红圈小米椒和翠绿的葱花。爸爸拿着通知书在被油烟浸泡的灯光下凑近看了一遍又一遍。然后递给我说:"爸爸老了,眼睛也不好了"。这个夜里爸爸还是没有很多话,但一直微微笑着,慢慢嗦着杯子里的二两荞麦酒。风从外面吹进来,吹走了一些烟,灯光亮了一些,爸爸的眼睛也亮了一些。

夏天温热的风再多吹来些吧,一点点吹干那些心里积着水的坑洼,拂过带笑的脸颊。

父亲们的夜,就这样,一个又一个过去了,什么也没留下。

作者:邹应菊,2017级汉语言专业本科生。
来源:《中国青年报》2019年4月2日

春　待

邹应菊

从坝子里那条河被叫作黑鱼河开始,成小冬就和阿婆就生活在这里,记不清已经八年还是九年了。

成小冬今年八岁,或者九岁,是个又黑又瘦的闷葫芦。学校不上课的日子都跟着阿婆在坝子的三分地里忙活,春天种包谷,秋天埋萝卜。祖孙俩每晚就守在堂屋的火塘边,阿婆歪在斜斜的竹椅里,眼皮耷拉着,成小冬就缩在她脚边的小木头板凳上,呆呆地看着塘里红得发蓝的火炭。有时候火炭爆出一两个火星子,把阿婆的厚裤子烫出个小窟窿眼儿,她就眯着眼探出手拍拍衣服,咕哝着骂上一句。随后成小冬头上又传来微微的鼾声,呼出的热气直吹在他毛绒绒的大脑袋上。

这天成小冬放学沿着河走回家,到了村口的桥头,没见着阿婆在门口等他。到了门口,只见木门上了锁,好像从来都是锁着的一样。他挨着门蹲下,把书包紧紧抱着,盯着慢慢变黑的天。已经冬月了,天气冷得像挖地的锄头,能把人的脚指头敲掉。三婶过来找他去家里吃饭的时候,成小冬的脚指头已经和脚板连成了一块又小又硬的砖头。

"你婆今天在地里背萝卜的时候心口疼,被你三叔带去县城瞧病去了,这几天你就住我家",三婶往他碗里又捞了一大筷子的面条。

成小冬吸溜着,没说话,等放下空碗,就跑到三婶家门口垂着头站着不动。

"你要干啥？不想在我家睡？"

"你婆不在家，你一个住着没火，冷得嘞。"

"是你婆叫你住我家，她不会骂你的，三婶我也不会像阿婆那么凶的。"

"就这么站着？非要回去？"

……

拗不过这个闷葫芦，三婶带着他婆留下的钥匙，把成小冬送了回去。一路上，这孩子趿着双黑布鞋跑得飞快。

晚上，一个人蒙在冷得像隔夜的硬馒头皮一样的铺盖里，成小冬想起了堂屋里红得发蓝的火塘，火炭爆出来的火星子，还有阿婆褂子上密密麻麻的窟窿眼儿。他缩得更小了一点，等躺过了小半夜，脚指头才又慢慢地从脚板上长出来，一个挨着一个的有点痒。

半个月里，成小冬就在三婶家吃饭，回老屋里睡觉。他有时会去老屋干冷的堂屋里，屁股扎在木头板凳上，呆呆地望着火塘里堆着的炭灰，用手指压着鞋面。成小冬黑布鞋里的脚指头挨个长了冻疮，痒得很，又抓不着，只能用手使劲儿碾。

"你婆和你三叔可能明天就回来了"，三婶给成小冬碗里添了一勺炖萝卜。

他猛地从碗里抬起头，用黑梭梭的眼睛直望着三婶，眼珠子大了一圈儿，亮堂堂的，映着头上挂着的灯泡。

"真的？"他问。

"准没错了，你明天放学跑快点，一回家就能见着你婆啦。她肯定还给你带了米花糖。"

成小冬这顿吃了三碗炖萝卜，越吃越香，把肚皮都撑圆了。

夜里，成小冬蒙在被窝，用手搓着红肿的脚指头。他想起来自己往年拇指上长过一个冻疮,小小的巴在关节上。阿婆看见后照旧骂了自己一顿,接着取下自己热乎的手套给他套上。到了晚上,阿婆就在火塘边把白萝卜切成厚片,放在炭火上烧得直冒水珠,迅速把滚烫的萝卜片贴在他的冻疮上,拇指一阵钻心的疼。就用萝卜这么烫一个晚上,第二天巴在关节上的冻疮就好了。他想,等阿婆回来,自己这满脚的冻疮估计得用三个大白萝卜才行,萝卜要提前去拔回来,不用阿婆去背了。那萝卜要切得再厚一点,烧得再烫一点,还要问问阿婆烧过的萝卜能不能蘸糖吃……就这么想着烧萝卜,成小冬睡过去了。

放了学,成小冬沿着河跑,两岸是收割过后光秃秃的大地。跑到小半程,成小冬站住了,他发现自己就站在一条巨大的分界线上,前面是夕阳,身后是阴影。这条线从左边山头垂下来,连到了右边的山头,把河坝割成了两半。站在这线上远远望去,仿佛能够看到土坡上的老屋,坐在门口晒着太阳择菜的阿婆,她身上那件满是小窟窿眼儿的褂子,还有阿婆脚边放着一袋粘着芝麻的米花糖……等成小冬回过神来,他已经落在了大地的阴影这一边,夕阳早就往前面走了好长一段。他紧紧地抿了一下嘴,仿佛下定了什么决心,决心要和什么挑战似的。弯腰提了提黑布鞋,动了动一下十个脚指头,确认每一个都还长着,他向前面的夕阳冲了过去。一旦越过那条分界线,便能从冷飕飕的阴影里跑进了暖烘烘的夕阳下,仿佛一脚跨到了堂屋的火塘边上。

深冬的下午,日头在河坝里撤得飞快,一个黑瘦的小点儿也跟着日头,沿着向西的黑鱼河,在荒芜的大地上跑得飞快。那布鞋踏在泥巴上的声音响得出奇,啪嗒啪嗒地回响在河谷里。

成小冬终于到了老屋,大口地喘着气,突着三排骨头的胸口剧烈起伏,刚好还在夕阳里。但等在门口的不是阿婆,却是三婶。

"你婆这几天情况还不太好,可能过几天才能回来了。"

成小冬瞬间被身后黑压压的阴影吞下,夕阳飞速地向前面越去。他感觉自己的脚指头又不见了,和脚板连成了一块硬砖,紧紧地陷在脚下的土坡,动弹不了。

一天、两天、三天……又过了半个月,阿婆还是没回家。三婶只是说阿婆要好好休养,可能要过了冬才能回黑鱼河来。

成小冬又一个人睡在夜里的时候,迷迷糊糊地嘀咕,"过了冬、过了冬"。他感觉脑门发热,有点晕,大概是白天衣服穿少了。他想着,过了冬天堂屋的火塘就又烧起来了,烧得人浑身暖烘烘的,连倒春寒也不怕。过了冬天自己脚上这些已经长出水泡的冻疮应该自己就好了,那阿婆也不用烧萝卜了,只要歪在竹椅里打瞌睡就行。"过了冬,过了冬,快过了冬吧",成小东嘀咕着睡去了,蒙在薄硬的被子里哼哧哼哧地喘着气,一口气重,一口气轻。

天一亮,成小冬下床的时候觉得有点站不稳,但还是摇摇晃晃地去了学校。到了放学的时候,他一步一歇地沿着黑鱼河走着。脚上的冻疮肿成一片,冒出的白色水泡被布鞋磨破,已经不痒了,只是疼。而这深冬大地的明暗交界线又出现了,只是夕阳远远的在成小冬前面,他也没有一丁点儿的力气往前追,只能在又冷又暗的阴影里向前挪着,踩着硌脚的土疙瘩,身后跟着个淡淡的黑狗似的影子。

"小冬,你脸怎么这么红,过来,我摸摸看。"

三婶烫着了手似的,赶紧让他上自家床上躺着,端来热水和药片。成小冬睡了一觉醒来,晃了晃脑袋,已经不晕了,就下床到了三婶家的堂屋。

堂屋里也有火塘,这时正驾着三角铁,旺旺地烧着一锅水,三婶坐在边上。

"小冬,快过来烤火,肯定是冻着了才生病的。等着我给你下碗挂面,热乎的汤汤水水一送进肚子里,感冒就好得快啦。"

蹲在火塘边的成小冬接过三婶手里的瓷碗,细白的面条上撒了几颗嫩葱花,扑扑地冒着热气。热气一下子把小冬的眼泪激了出来,哒哒地掉进碗里,和面汤混在了一起。他赶紧把脸埋进碗里,拼命吸溜住清亮的鼻涕。

三婶手上缝着鞋垫,说,"小冬,别太担心阿婆啦。你三叔来电话说,阿婆已经好很多了。你乖乖地和三婶在家里等他们回家哈,这个冬就快过啦。"

这天晚上,他留在了三婶家里,三婶换上了又厚又软的棉被,应该是白天趁着日头晒过,棉花里有太阳的味道。成小冬终于沉沉地睡了一觉,梦里隐约闪过火塘的红光、滚烫的萝卜和在日头下坐在门口等自己的阿婆。

但第二天在三婶家吃过饭,成小冬还是要回老屋去住,三婶怎么留都不听。只能送他回去,顺便把晒过的厚棉被也带过去。成小冬开了门,屋里冷冷清清,就像从来没住过人。三婶叮嘱了他几句,把棉被交给他后回去了。他抱着棉被站在堂屋前,盯着被风吹得满地都是的灰白炭灰,默默地想,要是自己不回来,阿婆可能也不回来了,火塘就不会再烧起来了。

明天就是大年初一,三婶带着成小冬把两家的里里外外都打扫了一遍。三婶看着黑黝黝的成小冬,头发汗涔涔的扭成一股一股的,便准备在自己家给他洗个澡,搓干净再换上他婆以前给他做好放着的新布鞋,这样才像个过年的样子。但自家火塘偏偏潮得很,烧不起来还直冒烟。三婶只得带着他回了老屋。而老屋在土坡上,堂屋里不容易受潮,火塘里的炭火用明子(粘了松蜡的木片)一点就能烧得旺旺的。成小冬蹲在火塘边,守着炭火上烧着的热水,眼睛里映着红红的火光,不停跳动着。这是阿婆不在家这段时间,火塘第一次烧起来。

三婶拿来了自家的大盆和肥皂放在房间里,把盆里放好水,让成小冬脱光了进去。他拧着手站着门后面,一直不动,脸上有点红。三婶也没多说,把门一关,叫他自己好好洗,给背上多打点肥皂。

成小冬光溜溜地坐在盆里,看着自己脚上的冻疮破了水泡后都已经结痂了。脚好像长大一点,三婶也说自己长高了。他想,等到了春天,自己也应该十岁了,十岁的成小冬就是个大孩子,可以自己烧火塘,放学的时候也能跑得更快一些,在夕阳之前跑回家。

门外面传来三婶的声音,在喊着什么,成小冬屏住呼吸支起耳朵听。

"小冬他婆,回来啦!慢点走,别着急!"

成小冬猛地从水盆里起身,背上还挂着肥皂泡就冲了出去,看见沿着黑鱼河快步走来的阿婆和三叔。

阿婆老远就看到了光溜溜地跑出来的成小冬,中气十足的喊:"成小冬,你咋光着腚就出来了,也他娘的不害臊,看我回来收拾你!"

还是熟悉的骂声,还是健朗的步子,成小冬咧开嘴呆呆地笑了。他听见自己的脚裂开了一条缝,春天从冻疮里汩汩地涌了出来。

作者:邹应菊,2017级汉语言专业本科生。
来源:《中国青年报》2020年8月4日

附　未收录作品存目

《防溺水反封建迷信告家长书》
作者：李骏飞，2020级汉语言文学专业本科生。
来源：《作品》2023年第1期。

三

散文

睿 子
朱 立

睿子是我儿时的挚友,我与她相识已有十三年了。第一次见她是在小学开学的那一天。她扎着两个麻花辫,圆圆的脸,皮肤白白的,笑起来眼睛眯成一条缝。最让我印象深刻的,是她发出的响声。她的手一动,远远的便会发出丁零零的声音。我被这声音吸引住了,呆呆地看了好久,终于忍不住走过去问她,那是什么。那时我们虽不相识,睿子却热情地对我说那是她外婆给她买的银镯子,上面有两个小铃铛。我觉得很好玩,睿子说,我可以摸一摸。我们就这样认识了。

睿子是我对她的称呼,我也忘却了是怎样开始叫她睿子的。不过我想肯定与古代圣贤人的那一套称呼无关。她的名字是梁睿劼,认识她之前这三个字我都不大会认,尤其是后两个,认识之后也总是写不对,尤其是"睿"字。这一来,睿子在我的心中就变得十分特别,她有一个会发出声音的镯子,她还有一个很难认的名字。

她的确是个特别的小女孩。她不爱打打闹闹,她喜欢静,静下来时喜欢读书。她是个十足的书虫,每次老师发放同学们订阅的图书时,睿子的书总是最多的,堆满了她的抽屉。她才不像那些调皮的男生一样是奔着订书所赠的玩具去的,她爱书。上课时她把订阅的书夹在课本里看,下课时她坐在位置上读,就连上厕所时她也要带一本书去。我实在不能理解,像个大姐姐似的训她:"睿子,吃饭的时候要认真,不能看书,上厕所时就更不能了,还有上课时,我都看到啦,老师是不许这样的。"睿子的脾气很好,她很少恼,只说"我知道了,只是那些书太有趣了。"不过有次在她边吃饭边看书时,我径直走过去阻止她。"睿子,你又来了,爸爸妈妈还有老师不是都说吃饭时不要看书吗?"我从她手里夺过了她的书,她第一次恼了。"你还给我!"她叫出声来,她的声音很尖,刮破了空气中的宁静,整个教室里的同学都惊得扭过头来看我们,我也恼了,将书甩回她的桌上,扭头走了。睿子哭了。她哭得很伤心,用手不住地擦着眼泪,还不停地抽噎着,旁边的同学都在安慰她,她也不见好。起初,我生气不已,想着自己是为了她好,她倒生气了,我再不想理她了。可见她哭得这么伤心,我十分不安,有极强的罪恶感。心里一番斗争后,我找她去了。"喂!别哭啦,对不起嘛。"睿子抬头看了看我,还是在抽泣。"对不起呀,我都道歉啦,我以后再也不这样了。"睿子擦了擦眼泪,苦涩地说"没事了。""那我们握个手吧。"她伸出手,我与睿子又重归于好了。从此之后,我知道了睿子还是个爱哭的小姑娘。在我看来芝麻大点的事儿,她都会哭,诸如忘交作业啦,被同桌取笑啦,被男生欺负啦,总之但凡是有一丁点难过的事,睿子总是要哭的。我最怕她哭了,因为她一哭总是停不下来,一个课间都过去了,玩的时间也都被耽误了。而且她抽噎的时候是那样痛苦和难过。所以我总是劝慰她,要找出那惹哭她的罪魁祸首,替她"教训"他们一顿。我想我们的革命友谊就是这样慢慢建立起来的吧。

　　但睿子不爱分"帮派"。我想上小学时,小女生们总是免不了有拉帮结派的时候,但睿子不。三年级时,我、睿子、陈子组成了铁三角。可我与陈子都是极好强的人,为争谁的偶像更帅,谁的姐姐更好看我们总要吵架,一吵架,就闹着要"绝交"。这时就苦了睿子了,她成了我与陈子争夺的对象。"睿子,我与陈子吵架了,她先说我的偶像不好看,我不想理她了,你也不要理她,好吗?"陈子也是这样说与睿子听的。不过睿子从不做选择,她永远站在中间:"我要理你,也要理陈子。"她是和事佬,帮我和陈子传纸条。有一次她还从家里带来小小的砂糖橘分给我们,让我们吃了这橘子就重归于好,到底是小孩子,吃了那甜甜的砂糖橘,下午放学时我们又一起走了。

小学毕业的那天,睿子趴在窗台上给我唱《说了再见》,唱着唱着我们都哭了。我叫道:"喂!别唱啦,再唱我要打你了!"睿子转过身一溜烟似的跑掉了。待我擦干泪抬头,发现她又趴在了窗台上,红着眼圈,正朝我笑呢。她在我的留言录上写了好长的话,她说:"我们会到新的学校,遇见新的朋友,总有人会代替我们在彼此心中的地位。人总是会变的,不是吗?可是我不会忘记你的。等你成了巨星,我去听你的演唱会。"

后来,我们去了不同的地方上初中,开学的那天她给我发了一条短信:"亲爱的朱子,我走了,再见。"此后因忙于各自的生活我们渐渐地少了联系。幸运的是有一次寒假回家时,我在火车站遇到了她,那时我们已有两年没见了。她一眼看到了我,冲上来将我抱住,在我脸上亲了一口。还是那个睿子啊!不过那时出站的人太多,父母又等着,我们不过匆匆寒暄几句就道别了。再见她,已是高中毕业了。走在街道上我看着远远地似走来一个熟悉的身影,待近了,我的心微微一颤,确是睿子,她已剪了短发,我差点认不出了。"嘿!"我叫住了她。她停下脚步平静地看着我,一点也没有吃惊的模样。"我们都这么久没见了,你碰到我就不吃惊吗?""因为我认出你了。"她淡淡地说道。"怎么样?过得还好吗?"我竟也会这老套的问候语了。"还行吧。"她还是那样淡淡的。"你有收到我的短信吗?"我继续问道。"短信?什么短信?""就是去年元旦时我发给你的短信,写了好多话呢。""啊?! 没有啊!"她有些错愕。"真的吗? 可是我明明发了出去,你的号码没变吧?""没有变。那或许是短信太多我看了忘记了吧。"我的心沉了一下。"我爸爸还在等我,我先走了。"还没等我回过神,睿子便挥挥手,匆匆离去了。我站在原地,不知该怎样整理我的心情,我们曾形影不离,曾紧紧拥抱,曾说过要做一辈子的朋友,而我现在却好像不再认识这个睿子了。

回家后翻看手机,才惊觉她已不是我的 QQ 好友。重新申请,至今也无回应。或许如签名所说,弃号了吧。我所剩的只有一个冰冷的电话号码了,不过我却是没有勇气再拨了。我没能成为巨星,也便理所当然地失去了睿子。

我很想她。

作者:朱立,2018 级汉语言文学专业本科生。
来源:《青春》2021 年第 1 期

猫　痴

蔡思若

清晨,我来到距离公园入口不远的亭子里小憩。亭内仅有三两老者摇着蒲扇打趣儿,十分惬意。刚准备坐下,忽地,一阵金属碰撞的声响传入耳中,伴着什么碾过地面砖块沙砾的脆响,正向我的方向急促赶来。"哐当哐当……"笨重却愈来愈快的行进声让我不禁联想到超市满载的手推车,按捺不住好奇,我猛地站到亭前向远处看去,一个佝偻着背的老人正风尘仆仆地走来。

这是我与李奶奶的初次见面,却并非对她闻所未闻。

李奶奶是出了名的猫痴,人们常说,除了家里走不了路的糟老头子,她几乎把全部的精力都投喂在这些"毛孩子"身上。每天,她在小区鲜为人知的拐角、围栏摆放上新鲜的食物和水,为这些毛发脏乱的流浪猫们续上口粮。紧接着,她便扛起鼓鼓的蛇皮袋,半拽半拖着小推车向外走去,又在午饭前雷打不动地拉着空落落的车返回,风雨无阻。

"她准是喂其他的猫去了,她那破车一股肉腥味。""她是靠卖废品给老头子攒钱买好药吧……"不少扯家常的大叔大婶们揣测起她那颇为神秘的行踪来,也对这行动怪异,爱猫痴狂的老太太又恨又怜,不愿与她多言。当李奶奶引来的流浪猫们扎堆打架或发春,总能聒噪得吵上一整天,半夜凄厉的嘶吼也瘆得人惊醒,又难再入清梦。可谁都知道,在父母走后,膝下无子的她便只能和瘫痪的伴侣相依为命,一把年纪了还没享上福。想到这儿,就拿她没办法。

与传言一比对,我几乎一瞬便认出了李奶奶。一如很多年过七旬的老者,她看起来有些孱弱。宽大朴素的衣裤挂在她窄短瘦小的身躯上,头上的毛边草帽也显得黯淡,整个人像是蒙上了层灰蒙蒙的色彩。但她又很难不引人注目。只见她弓着腰,费劲地拖拉着一个深黑色的小推车,同时也努力地耸肩,力图用单薄的肩膀背住几乎比她宽两倍的蛇皮袋,步履匆匆地甚至像一个赶着打卡的上班族。

我偷偷打量着她,深深浅浅的沟壑攻陷了她裸露在外的浅褐色皮肤,总是耷拉着的眼皮、凹陷的颧骨与紧抿下弯的嘴唇一道,衬得她越发严肃,甚至透着几分生人勿近的威严。任何请求还没开口仿佛就会遭到她的无情拒绝,一时间竟让人不敢上前帮忙。传言中她的冷傲无理也成了我的绊脚石。

左右为难之间,她已冲到亭前。将小推车随意一靠,她便娴熟地放下蛇皮袋,拉开拉链,搬出1L装的桶装水,伸手将整袋猫粮一拎,就兀自往另一边走去。到达显然不是她最终的目的,只见她脸上着急的神色丝毫未减,边摩擦食品密封袋的边缘,发出簌簌的声响,边半蹲着叫唤道:"来晚啦,小白,小花,奶牛,吃饭了!"。"李老太太赶着喂猫呢。"亭内纳凉的老爷爷见我十分惊讶,笑眯眯地解释着,"喏,这推车里的水和吃的可是这附近流浪猫们好几天的口粮。"我恍然大悟。话音刚落,猫粮落入盆中利落的倾倒声从不远处传来,混杂着几声短促的猫叫。

"那这么多猫……李奶奶负担得了吗?"我忍不住发问。"还不是靠着那点退休工资呐,她男人腿坏了,还指着她照顾呢。"老爷爷摇着头,感慨着,"要我说那,这老太太实在是轴,除了照顾老头和喂猫,啥事也不干,想不开,更别提有什么朋友……"他的话不轻不重地敲在我心上,却传来了一阵闷痛。仿佛一瞬间她脸孔上的冷漠、异于常人的行径,都有所依据。心中更是涌起了一股替她打抱不平的冲动,想为她澄清小区里越发离谱的谣言。她一定很孤独吧。会对一成不变的生活厌倦吗?会就此失望吗?我凝望着那磨掉了漆的车柄与皱巴巴的蛇皮袋暗想着,心情似乎也低落了几分。

片刻过后,李奶奶已回到亭前,正打算将空空的塑料袋和水桶重新存入袋中,收进车里。重量骤轻的包袱驱散了忧虑与压力,她眉眼间流露出几分释然,衣袖上原本袋子的勒痕亦显得轻浅。"喵呜——"一声有些浑厚的叫声从低处响起,一只老态龙钟的白猫正坐在亭前,打破了宁静。那是公园里出了名的猫老头。李奶奶身形一顿,转过身,脸上竟是我从未见过的喜笑颜开,"小白来送我呀。"她嘶哑的声音中存着几分激动,颤巍巍地伸出手,顺着膝盖提着裤脚缓缓蹲下,轻抚那猫有些打结的毛发。白猫亲昵地蹭着她的手,眯起眼睛,卷翘着耳朵,全然享受的样子。

一人一猫间的温情像是创造出了一个旁人不可侵扰、独属于他们的空间。"要好好吃饭,知道吗?""不要吵架""保重健康",李奶奶有一句没一句的叮咛仿若和它达成协议似的,也像是在对着自己喃喃自语。她眉眼弯弯,透亮的眼睛在皱缩的眼眶内炯炯有神,很难读出为生活所困的痛苦或是旁人口中的偏执,取而代之地竟是无限温柔与愉悦。白猫慵懒地提起后腿挠了挠头,而李奶奶的笑容落在她浅浅的酒窝上,荡漾了许久。

一眨眼,炙热的阳光悄悄攀到她的头顶,在地面上印下了一个模糊的黑点。这团小小的黑影中寄宿了一个苍老的灵魂,却闪烁着一颗难以轻易觉察的赤子之心。

后来我经常与李奶奶打照面,虽从未交流,但每每看着她将一整车的心意与热情匆匆推来,又轻松地提着空空的小车快步离开,我便为当初同情的心情而羞愧。每一次固执的行进、往返以及他人的误解,貌似是生活施加的囚牢,但她自得其乐的步伐却从未被它束缚过,笃定,明朗,自由。

作者:蔡思若,2019级汉语言文学专业本科生。
来源:《青春》2021年第1期

妹 妹

沈逸辰

  妹妹住在我家往前数的第二栋楼，她妈妈带她出来的时候，总是喊她"妹妹"。我一开始不知道那女人是她的谁，她给妹妹整理衣服，拉好花棉袄的衣服下角，拉着她的手走过小区窄窄的马路，坐在松树下，帮她驱赶蚊子。妹妹在看向她的时候总是笑，我躲在奶奶背后，偷偷睨过一眼妹妹的面孔，圆滚滚的，扁扁的，好似磨盘，胭脂似的红飞上她的脸颊和鼻头，流鼻涕，常年如此，好似常年受冻那般，被风吹得红彤彤的。

  妹妹叫什么，我奶奶说过，但我忘记了，我觉得她可怕又可怜。你不能不怕她，她长得高大，比她的妈妈高出一个头，身材厚实，像是一个举重运动员，像是一座山，她的老妈妈有时候不知道去哪儿了，就留下她一个人站着，站在那棵广场的松树下边，穿着那花棉袄——洗得发白，袖子和胸口显得亮光光的，有些脏。那红红的双颊上边一双眼睛直直地盯着来往的人，人们都离她远远的，他们都害怕，我也害怕，我怕她像座山，像头熊，她失了理智了，我怎么不怕她来打我呢？虽然她从没这样做过。我从不敢抬头去看她的脸，我怕对上她的眼睛，但我已经想过这是一双怎样的眼睛了，漆黑的，纯粹的，深不见底的。她伸手去赶蚊子，像是个孩子，但是她已经三十多岁了。

  奶奶是个热心肠，常常搀扶邻里，与我们提起妹妹，只说她是谁谁家的姑娘，后来她妈妈又患了什么病，再无力照料妹妹，只能任由她一个人出来走。我听说,早上他们就将她放出来,晚上再把她叫回去,他们总是找得到她,是因为她从没走出过这个小区,没出过什么事情,因为她也知道自己要躲着车辆。她总带着手帕,会自己擦鼻涕,以前她妈妈帮她。她会说话,但是不成句子,没有意义,有时响,有时轻,有时候只说一个字,却像是雷落在地上那样响亮,有时啊啊呀呀地说一个长句,但我所听到的也只是啊啊和呀呀。她说得面红耳赤,但没人听得懂,孩子们好奇地要走近她,总是被爷爷和奶奶们一把拉住:别过去,别过去。有时候我从外边回来,就看见她站在告示牌下边,穿着肥肥厚厚的袄子,站在街沿上,背对着斑驳的广告栏,冲着我笑,她对谁都笑,但不笑的时候又让人害怕。我吓坏了,却又可怜她。一个人能这样活着吗?

妹妹有一扇窗,我本也不知道那是她的窗,只感觉这窗有别于其他的窗,有些奇怪。窗外部有铁栏杆,歪倒压瘪了几根,不锈钢的,窗户上安着的不是纱窗,而是木板,在边缘露出一条缝来。那时候我还小,问这是谁家的窗,奶奶告诉我,这是她的,她在不出去的时候就坐在房子里,从这扇木板封起来的窗里看着外边,下雨了,下雪了,刮风了,我在太阳底下跑着,她都看着,看着,但是默不作声。我猜想她是否真的只是看着,她对着外边的绿树和那轰隆隆的雷,她不大叫吗?不拉着木板要出去吗?但我从来没有听见过从那里传出来说话声,我朝里边窥去,看不见她的影子,只是一片漆黑。等我长大些,我去居委会参加活动,偶然间见她的老妈妈搀了她来,在楼下的广场上走,从小卖部门口绕去居委会后边,进去了。那天阳光如此强烈,地面都是白色的,我坐在二楼的空调房里,再透过玻璃往下看,她又不见了踪影。

有一年我去河边散步,她站在高高的栏杆后边看着河道和来来往往的拖船,夏天,她穿着灰色的 T 恤,汗湿腋下。

直到今天写下这篇文章的时候,我突然想起,我大概有足足三四年没见到过她了。

作者:沈逸辰,2019 级汉语言文学专业本科生。
来源:《青春》2021 年第 1 期

逛书店记

李昔潞

爸爸说了很久要带我出去玩，我总说学业太忙，这周写着读书报告，突然想起小时候常常和爸爸一起去书店，于是我跟他说："我们去书店吧。"他很高兴地同意了。我对此行有着难掩的期待，早就规划好8点出发去新闻路的书城，还要在门口的小店吃一碗馄饨，正好能赶上书城开门的时刻，就跟小时候一样。

在书城楼下的时候几乎看不到什么人，大概是新冠肺炎疫情的关系，周围的店铺都关门闭户，小馄饨店也是。上楼一看，原先整整两层的书店如今只剩一半，书架全都换成了及腰的矮架子，显眼的只有红红绿绿的《五年高考真题三年模拟题》。我挑了几本书就在书吧坐下了，诧异的是这回并没有人来要求我们购买饮品，想来也是，毕竟连经营书吧的人都早就不见踪影了。我好像忽然失去了什么，但也说不上来到底失去的是什么，只模模糊糊地仿佛看到了曾经的场景。那个时候这里人好多，因为离我就读的小学很近，每个周五爸爸接了我都不回家，吃了德克士就来书城。我爱来书城，不只是因为可以吃炸鸡。

第一层是童书和影碟，还有芭比娃娃，那里是我最最喜欢的地方。每次来到这层，我都要挑好多书，再抱着去第二层找爸爸，楼梯上坐的人很多，几乎让上下楼的人都无处可走。那个时候书架好高，重重叠叠把人都遮了不见，如今想来也不只是因为年幼时身高太矮。我一栏一栏地去找爸爸,然后坐在书吧里边喝果汁边看书。童话故事、名著经典、连环画亦或封面花花绿绿的言情小说都被我给抱在怀里,但并不是每一本书爸爸都会同意我带回家,爸爸会让它们比赛,那些令我心动不已的贴画书和笑话书总是进不了决赛圈,而《格林童话》和《草房子》却跟了我一年又一年。有的时候爸爸也会为我的漫画书买单,我曾以为是自己已经掌握了爸爸筛选书籍的标准,却忘记了那天是儿童节。

年幼时候我也难免偏爱芭比娃娃和动画片碟片,死缠烂打地让爸爸给我买了一整套《巴啦啦小魔仙》,每次新出的《芭比公主》碟片,爸爸也都照单全收,让我带回了家。我曾对这些玩具有了新欢忘了旧爱,再提要求时,爸爸却让我自己买单。一年级的我攒了半年才有八十多块的零钱,用月饼盒子小心翼翼地装着,等待着下次去的时候能换成芭比娃娃。现在大概没有人看DVD碟片了,我也没有再为什么东西那么渴望地存过钱。

春去秋来,第一层几乎都被我看了个遍,那大概是我至今人生中读书最多的时候,也是我最单纯快乐的时光。我已经很难回忆起那样的日子是在什么时候结束的了,仿佛只是在不经意的某一瞬间,童年就悄悄溜走了。我搬了家,生命开始被无数学业和生活的琐事填满,而它们太过霸道,霸道得让我根本没空回头向倏而消失的童年告别。凑巧的是,我人生的诸多转折,也都是在离开书店的那个时段发生的,日后更多的烦恼,也不再只是为了书里的情节。

时至今天,重回故地,我才意识到在遥远的过去,小小的我和那间书店一起悄然无声地走远了。回家的时候,我把头靠在爸爸的肩膀上,突然觉得释然。书店消失了,但幼时的我总会和现在的我在时间的洪流里不期而遇,不管我走到哪里,那种单纯的快乐都会给我永不枯竭的前进力量。

作者:李昔潞,2018级汉语言文学专业本科生。
来源:《新华书目报》2020年11月5日

记忆,穿越死亡和时空

徐 嘉

高铁驶过田野、穿过隧道,外面的天空渐渐变得灰蒙,远处的山峦渐渐展现出粗犷的地貌,深褐色的表面被离散的树丛切割成块,望去宛若一只只毛芋头被半埋在土里,不时掠过的城市群远远地隐现着,电线像是相片的边框一样随着地平线拉长延展,令人感觉自己不是穿梭于空间里,而是在时间里流逝。

穿梭在现代化的城市里遥想百余年前,第一次世界大战曾深深波及了这片土地,除了日本攻占山东一事外,有14万中国劳工被以商用名义秘密运往欧洲协助英法军队,他们尽管不是正规军队,却凭借吃苦耐劳的精神和强壮的体魄成为战争前线中不可忽视的力量,甚至和后来的五四运动以及山东权益的收回有着密不可分的关系。然而这段历史被或刻意或无意地抹去了,如此大量的人口流动却仿若一滴水注入汪洋大海杳无音讯,直至最近才被重新发掘。

由于欧战距今年代久远,加上战后英法并不重视纪念这些华工,大量劳工的身世被淹没在了层垒的地下,历史车轮卷起的滚滚尘土就像雾霾一样笼罩在眼前,令人看不真切。由于我和课题组成员曾无意中在网上看到上峪村牛泉镇上曾有12个人应征远赴欧洲,为了寻找更多的线索,我们来到山东,试图通过采访劳工后人的形式追寻先辈足迹的旅程。

"那个时候哪有路呀,去哪都是跑着去,跑过一个个村子,再跑过一座座大山。"在那个物质匮乏的年代，外出打工常常有生命危险，十二个人就这样无所顾虑地踏上了远征，一去便是整整三年。尘土飞扬的镇子和硝烟弥漫的战场在一百年前交错，像一幅灰暗色调的蒙太奇。家乡的人只能凭借偶尔寄回来的照片和政府发的津贴中遥想一下远方的世界。有一个老父亲已经接近失明，却常常拎着个小筐，筐里放着打工在外的儿子寄回来的照片，笑呵呵地问别人照片上的人像不像他的小儿子。

运载的轮船行驶在漫无边际的海上，劳工们挤在船舱里，很多人吐出胆汁或因为疾病被抛在海里，还有被敌军船只击沉的风险。踏上那片陌生的土地后，迎接他们的却是连绵的炮声。有的人死于哑弹爆炸，有的人得了胸膜炎，吃饭的时候，常常能听见大炮的轰鸣声。

我们无从得知，那些人们是如何为了补贴家用而下定决心远赴未知，他们是否在轰鸣阵阵的夜里睁大了眼睛不能入睡，他们是如何在脑海里一遍遍描绘自己的家乡，又是如何在岁月的涓流里抚平创伤，告诉自己的后代要报效祖国，我们只能从老人们点点滴滴的回忆里努力勾勒一些片段。普遍的是，当幸存者返回故土，对于往事，他们常常选择沉默，选择把记忆和自己一起埋葬。

或许是岁月过于沉重，或许，最疼痛的事常常不在眼泪里，而在那些未能说出口的话里。

战争总是沉痛的，可是这也正是象征性悼念一战士兵的虞美人愈发鲜艳的原因。我始终无法忘怀那些用炮弹制成的艺术品和照片上无比真诚的笑容，无法忘怀那些自己搭轿子、比赛武艺、在异国欢度春节的人们。

有的人说劳工是悲剧性的存在，然而或许就像约翰·麦克雷创作于丧礼时的诗句那样，有些力量会穿越死亡和时间——"我们还一起生活着,感受晨曦,仰望落日。我们爱过,一如我们曾被爱过。而今,我们长眠在弗兰德斯战场。"而那些虞美人,也会依旧绽放。

作者:徐嘉,2017级汉语言文学专业本科生。
来源:《东方教育时报》,2018年9月19日

当时只道是寻常

徐 嘉

终于等来暑假,一个上午在家里大睡两个回合后并没有如愿以偿的悟出人生真谛,双眼朦胧地翻了会手机便觉得了无意趣。

"还是去老地方坐会吧。"我看了看窗外渐小的雨。

雨淅淅沥沥地下着,我撑着伞拐进小巷子里,远远地看见曲阳图书馆紧闭的大门。我心中奇怪,今天也不是节假日,怎么会关门呢?等走近后,只见玻璃门后拉起了一块麻布,门上贴着闭馆通知。

我心底一沉,想起之前早就有闭馆的风声,当时门卫叔叔还笑着靠着门框:"闭馆?早着呢。"而现在,门卫曾经站的地方黑漆漆的,门里只看得见我的身影。

雨淅淅沥沥地下着,房间里亮堂堂的,衬得外面的天色格外暗淡。每个人都在默默地做自己的事情,空调机嗡嗡地吹着风,图书馆安静得像一座孤岛。木桌上的油漆有些斑驳,许多茶杯烫后的圆圈像是时间的邮戳,盖在每一张桌面上,昭告着自己的年代久远。

我竟然才发现,它是这样的年代久远。

从高三开始,我成为了曲阳图书馆的常客,那时只是懵懵懂懂觉得要好好念书,但整天的刷题实在是没意思,于是总是把该做的作业做完以后跑去旁边的书架一排排地看,从中国的逛到国外的,从军事的绕到养花的,心里乐得好像这些书都是自己的,最后再跑到相中的书架前挑出自己喜欢的书,一直看到饭点才回家。后来,因为高考失利,大一发愤图强开始准备插班生考试,常常开馆前就在门外排队,一直待到晚上阿姨吹哨子才回家。大一结束后,尽管已经没有太重的学业压力了,但还是会时常跑到图书馆来看看书,简直成为了幼儿园的时候小区里的游乐园那样的存在。

但是,奇怪的是,当看到闭馆的公告的时候,我脑海里第一想到的不是打雷后渐暗的窗子,不是站着背书时倚靠过的书柜,不是那袅袅的茶叶香,也不是那些斑驳的桌椅,而是一个又一个人。

我记得有一对老人家,老婆婆在看一些有关养花或者是厨艺的书,老爷爷就耐心地坐在她对面看她,时不时摩挲着手里的拐杖。老奶奶一起身拿书,他就会紧张地一直伸头望她的背影,等得久了,老爷爷也会催上一句,老奶奶就摆摆手说:"快了,快了"。"老是在看书。"老爷爷嘟囔一声,依然摩挲着拐杖坐着。等看完想看的书以后,老奶奶就给老爷爷披上毯子,搀起他走了出去。我只见过他们一次,但那个下午却总是留在我的脑海里,每每回忆,总觉得浪漫而又美丽。

我还记得有一个老爷爷,每天早晨都会把挎包挂在窗边,拉伸一番筋骨后,从包里掏出一个茶杯放在桌上,开始坐下来抄写英文诗;我记得一个好心的叔叔,看到我学得很晚以为我没有吃晚饭,便掏出一袋面包给我;我记得一个满头花白,嘴角总是挂笑的爷爷,拿着一个放大镜在看报纸,我坐在对面一抬头就看见对面的放大镜里有一只巨大无比的眼睛,因为不太礼貌,只好把书举起来遮着自己偷笑;我记得一个高三备考的女生,那时候我在准备插班生,两个人经常一起学到闭馆,尽管我们没有打过招呼,但我始终相信对方埋头备战的身影是彼此坚持的动力;我记得一个瘸腿的流浪汉,挂着已经不太像是衣服的衣服,每天下午一瘸一拐地走到最靠近门的桌子那边睡个午觉……

还有还多好多好多人和事,还有好多好多回忆,都安静地飘荡在那玻璃门后的黑暗里。

或许这就是所谓的故乡了,我们之所以怀念,从来不是因为那个地方有多么的特别,仅仅是因为那些人和事已经和自己的走过的路融汇在了一起,又或者,仅仅是因为感谢它接纳了一个又一个流浪的、寻求静谧的心。

我以为它会继续见证我走下去,没想到却是我先见证了它的落幕。

谢谢你,坐落在我平凡而琐碎的日子里。

读书消得泼茶香,当时只道是寻常。谨以此文,纪念那些因为你而不那么平凡的日子。

作者:徐嘉,2017级汉语言文学专业本科生。
来源:《东方教育时报》2019年11月13日

路口的温暖

徐 嘉

冬天来了。名人大道旁的树焦虑地掉起了"头发",不久前举行的菊花展如今仅剩下一丛丛快要"咽气"的菊花,在风中尽可能收缩自己的枝叶。

北方的风像狗,来势凶猛,呼啸声挤压着房屋和街道,而南方的风更像是猫,阴冷绵长,仿佛要将脊髓一并冻住。

我使劲蹬着自行车,一手把着龙头,一手揪住自己的衣领,尽量合拢帽子的边缘不让风刺入脖颈。身旁的树木飞速掠后,我的眼睛里只有街道尽头的岔口,脑子里满是路线规划和预计到达时间,除此之外,全身的感官聚焦只剩下了快要冻僵的手和膝盖。

校园有一个公园的大小,每次上课都要提前个十几二十分钟出门,而去往东区的路更是连想一想都让人精疲力尽。

车骑至路口,灯跳红,车急刹。

我单脚支地,等待信号灯转成绿色。

一股暖洋洋的味道就这样飘来了。

这味道扩散极快极广,却没有侵略性,而是像暖空调悠悠送来的暖气那样包裹住你,这味道极具辨识度,夹杂着一股甜甜的清香和泥土的黄,甚至让人回想起诸多过往。

我伸长脖子环视四周,果然,在街对面的信号灯下站着一个老农和他卖烘山芋的推车。银色的车身已经被黑色的焦黄覆盖,上面摆着一圈刚刚烤好的红薯和玉米棒,四周飘着一层淡淡的白雾,看起来像是烫手的样子。

我突然忆起吃烤红薯的日子来。

冬天里,烤红薯的香味总是吸引人的,就像《猫和老鼠》里面食物的味道可以钻到鼻子里指引方向一样,空气中细微的香甜都足以诱使众人探寻。从前,家里附近的家乐福门口放了两台烤山芋的机器,机器里面放着一排排像摩天轮那样旋转的烘烤架,烘烤架上躺着大大小小的红薯,外皮表面已经渗出了糖分而泛着焦糖色。每每这时,我都会央求妈妈买烤红薯来吃,卖山芋的阿姨便笑眯眯地用纸袋子包好递给我。刚出炉的山芋总是格外烫手,但我又贪恋那份温暖和香甜,不肯放在包里,怕压坏了。于是,红薯便在我左右手之间不断快速交换着。我一路走,一路捧着红薯,听妈妈说小时候怎样把山芋放在柴火堆里烤,火燃尽了,山芋也就可以吃了。脚下的落叶被我们踩得咯吱咯吱响,路灯睡眼惺忪地亮了一条街,感觉浑身都暖洋洋了起来。

回到家,我总是急不可耐地把红薯从纸袋子里掏出来,站在餐桌旁就开始剥起皮来。由于糖分附着,表皮有些黏黏的,轻轻撕开,红薯皮便粘连着有些微焦的肉质,像花瓣绽开一样被剥离下来,红薯内芯上有一丝丝的纤维,色泽金黄,还带着氤氲的潮气,入口是微焦而又韧性混杂着软糯和香甜,想来,是冬天最幸福的事。这个时候,爸爸总要拿我开一番玩笑,说山芋是闹饥荒的食物,小时候吃山芋都吃得厌烦了,哪像我这样当成宝贝一样。

细细想来,上了大学之后,已经许久不吃烘山芋了。

信号灯跳转,我踩起踏板,路过贩卖车旁时,深深地看了一眼,老农的脸皱而焦黄,安静地在路口等着驻足的顾客。

也许下次,当我徒步丈量这所校园的时候,当我不再将时间压缩成一团,我会再买一个那样纸袋包着的山芋吧!

作者:徐嘉,2017级汉语言文学专业本科生。
来源:《东方教育时报》2019年12月11日

也悠然,你我共栖南山

徐 嘉

"每一个人都有一段无法忘却的岁月,太多的敏感、偏执、荒唐、颓废、甜蜜与欢乐,使日子变得寂寞又温暖。站在一望无际的碧绿色麦田中,我想起了一个曾经的坏孩子。"

——《麦田里的守望者》

六月,暴雨后的天气晴空万里,街上熙熙攘攘,几乎已经看不到疫情的影响。长久不出家门,连走在酷暑的街道都觉得惬意。为了陪同学办事,我们路过了阔别半年的上海大学,长长的铁门昭告着开学依然遥遥无期。蓝天下,大片的梧桐叶盛开在两边,寒来暑往,一如三年前的夏天。

一

三年前的我第一次踏进这扇门是什么样的心情?

那时候的自己,有些许失意,有些许好奇,不甘心里又夹杂着一些期待。

想来,每一个少年人的奋发,似乎都是在这样不甘心的眼神下开始的,我也不能例外。

2017年的夏天过得很是辗转反侧,先是高考失利,然后是纠结专业。高中语文老师语重心长地劝我不要学文,毕竟"兴趣不能当饭吃"。我不由想起《麦田里的守望者》,书里,霍尔顿唯一喜欢的老师告诉他说:"一个不成熟的男人的标志是他愿意为某种事业英勇地死去,一个成熟的男人的标志是他愿意为某种事业卑贱地活着。"

我自然是明白老师的关切的,热爱的道路上同行者往往不多,有时甚至还会迷失在荒漠里。可是我想了想今后还很漫长的日子,心里总是觉得,比起孤独地走在熙熙攘攘的人群中,追求热爱或许更能抵挡岁月漫长。

后来,我又经历了大一一年的插班生,终日埋在文史哲和英语的考研书目里,偶尔看看走出图书馆时的月亮,倒也有很多纯粹的快乐,也渐渐地坚定了自己学汉语言文学的想法。

再后来,我就来到这里,成为了中文系的一份子。

二

家附近有一家图书馆,近日已经关门了,在它还开着的时候,每天都有很多男女老少在这里消磨一天的时光,茶杯在桌上烫出斑驳的圆圈,像一个个时间的邮戳,留住飞逝的日子。偶尔,这里会走进来一个流浪汉,趴在最靠门的桌子上小憩一会离开。

我常常感到,中文系就是这样的存在:不是我们选择了这里,而是文学接纳了一颗又一颗敏感、流浪的心。

依然记得大二的秋天,刚刚分流的我被古代文学的背诵篇目震惊,后来又加上外国文学,考试周的时候每天都抱着自己不太灵光的脑袋念经。然而到底是"读书百遍,其义自见",醉过才知酒浓,背过才知字里行间皆是情深义重。

依然记得在厚重的冬天读陀思妥耶夫斯基,地下室人的狂热和老师的话语一个字一个字地敲在心上,常常是三节课下来,听得脸热手凉。老师自己也说,由于心神太过投入,以至于不能同时再开一门课讲托尔斯泰。

依然记得春日的宝山寺之行,一圈人在明媚的草地上坐着读《枕草子》中的《清凉殿的春天》,远处传来阵阵钟铃声响。我们盘着腿,听老师念诵着,只觉得其可爱胜于春天:"年岁过去,身体虽然衰老,但看着花开,便没有什么忧思了。"

也还记得学古代汉语时初逢"精清从心邪"的奔溃;学现代汉语时舌面在口腔里的推敲;学古希腊语时的痛并快乐,然而由于学艺不精,到现在也只背得出这句人是微小的宇宙……

还有好多好多的回忆,就这样流转在四季轮回里。

我有时会想起那家图书馆,好奇昔日常常遇到的人有没有各自找到新的栖息地。我想,等毕业了,我们也会这样收拾行囊各奔东西,但有一些东西是不会散去的,比如回忆,比如热爱和信仰。

春天来了,有春天的美景。春天过去了,有四季的美景。

三

五一期间,我有幸被邀请给杭州师范大学的同学讲讲自己做挑战杯的经历,起初还有些惶恐,担心自己不足以为人师,然而细想之下,又觉得确实有些心得,便答应下来。讲座那天,直播间人数达到四百多人,点赞也超过五千。看着屏幕上不断跳出的"谢谢",过去的日子在眼前一一掠过,恍如昨天。

进入项目组是大二的时候,彼时的我常常因为老师们信手拈来的博学和浩如烟海的书单而叹为观止,每天都"日暮客愁新",也不知道是谁说中文系看看书就能毕业,好像看书很容易似的。至于学术研究,那更是一件眼观鼻鼻观心的事情,写不写得出来全靠缘分,更不要说挑战杯要研究一段所知甚少的历史。

一开始，我们只能从百年前的期刊报纸入手，那段时间终日钻在竖排繁体的电子文档里，做梦都在搜集材料，乃至于醒来发现笔记全没了的时候还大惊失色了一番；市赛前半个月，得知要将成果册从现有的一百页再翻个倍，感觉自己真是要不久于人世；由于成果册反复修改了几十版，在某一个寂静的夜晚，电脑终于和大脑一样内存不足而彻底罢工，于是又是一场兵荒马乱……然而，因为始终没有放弃，如今才终于可以带着戏谑的口吻回忆这些经历。所幸，摸爬滚打的路上有很多老师都给予了悉心的指导，也渐渐体会到看着零散的材料凝结出线索的快乐。

去年暑假时，我有幸跟随学院一起去欧洲调研，得以亲自踏上那片曾经战火纷飞的土地。在伊泊尔小镇，历史和现实宛如蒙太奇一般交错，人们在原一战西线的路径上种下了曾经毁于战火的榆树，树木每生长一点，记忆也就更牢固一些。

我们沿着狭窄曲折的楼梯一路攀登至塔尖，远处的小镇和森林尽收眼底。领队的工作人员告诉我们这里曾一度化为废墟，森林燃起熊熊大火，吞没了无数生命。然而，你不能不注意到生命的顽强：化为灰烬的树木重新生长，城堡再次巍然屹立，逝者终于入土为安，古老的钟声长久地回荡在广场上方。

现在，重回故土的人们在这里树立起纪念碑，虞美人盛开在大街小巷，泛黄的档案里保留着那个年代的爱与恨，悲伤和希望。

于是你明白过来，生命是不朽的。

历史专业也好，雕刻绘画也好，学习文学也好，或许我们这些人都是在不断地怀念，我们走过先人走过的路，抚摸过他们的脚印又继续前进。

而未来也会继续这样下去，我们将永远怀念，我们也将永远向前。

四

初中有一次参加作文比赛,题目是什么早已记不清了,只记得写的是奶奶给我们做馒头的故事。后来拿了奖,父母带着我去告诉奶奶这个消息,由于奶奶不识字,我就把文章念给奶奶听。等我读完抬头,却发现奶奶竟然泪流满面,一瞬间,我几乎是有些手足无措了。毕竟,这是那个拉扯四个孩子长大的奶奶,是那个骨折了都不愿意别人搀扶的奶奶。

石黑一雄说自己写作是为了"To console the unconsoled."我常常觉得自己是渺小而微不足道的,但文字却似乎有着超越我本身的力量。它是我的一身铠甲,也是我向世界伸出的一双手。

"作者"曾因为商业化而从无名游吟者走向士人阶层,如今似乎又因为商业化而显得有些衰微,但我相信,文学从没有失去过自己的力量。只要世界上依然有为文字流泪的眼睛,文学就不会失去自己的力量。

或许有人要嗤笑说理想主义的人是因为生活太过一帆风顺,然而事实并非如此,真正的理想主义是在经历了诸多疾病、变故、挫折之后,仍能固守心中的乐土。曾经,一位一直乐呵呵的朋友认真地告诉我他如今最感谢的是自己的一身顽疾。疾病曾经让他不得已在家休学一年,他却依然热烈地拥抱这个世界,宛如赤子。

对此,我深以为然。

加入中文系后,我有幸见证了文学院的四十周年纪念,也有幸见证了文学院专属公众号的诞生。三年来,我遇见了许多有趣的灵魂,也算是慢慢认识了那些另一个自己。未来,这里一定还会有很多带着同样希冀的眼神的少年人在此留下足迹,于是就这样薪火相传,生生不息。

司汤达的墓志铭这样写到:

"米兰人阿里戈·贝尔长眠于此。
他写过,
爱过,
活过。"
但愿你我此生也都能这样无怨无悔。

作者:徐嘉,2017级汉语言文学专业本科生。
来源:《东方教育时报》2020年6月29日

附 未收录作品存目

《童年的院子》
作者：罗佳宁，2018级汉语言文学专业本科生。
来源：《上海大学校报》2020年11月13日

《登山观海，咏而归》
作者：徐嘉，2017级汉语言文学专业本科生。
来源：《上海大学校报》，2020年6月10日

《找春天》
作者：徐嘉，2017级汉语言文学专业本科生。
来源：《上海大学校报》，总第951期

《萤火炽烈，晨光破晓》
作者：唐沁雨，19级汉语言文学专业本科生。
来源：《把上大说给你听》，陆瑾主编，上海大学出版社，2022年6月版

《春眠》
作者：邹应菊，2017级汉语言专业本科生。
来源：第四届上海大学生原创文学大赛获奖作品集

《为生民立命,为万世创新》

作者:徐嘉,2017级汉语言文学专业本科生。

来源:获得上海大学本科生"我的上大我创新"征文一等奖,后刊载于《创新时代,青春出彩》,顾俊 主编,上海大学出版社2017年10月版

四

诗歌·儿歌

徐小冰的诗

以春天为戒

野云无时不在越过，山与海
记下它翅膀的形变，
      未能醒来的都以春天为戒。
从泥巴里掘种籽，
农孩子第一次握着，
      树枝像鹿角，
游戏着多余的造字能力。
      幼兽们相互嬉咬，若有吻，
都在此地了。
      野荠花绵绵地送出歧路，
我们一跑，水洼也跳起来，
空气充满此与彼的缝隙，
      春从寂寞里起。
目光长久雀跃， 互认如赐雨，
新枝只能越来越坚硬，如
镰刀，   从我们温顺的毛皮中冒出。
敢于谈论爱与性灵。

来源：《星星诗刊》2021年6月

护飞行动,或鸟的象形

网眼黑洞洞地试探,群叶奏起哭声。雾起乡村音乐会,一次出巡就展开一张曲谱,写下——林间匿有鸟网,森森骨或交欢喙开合,抖落一个吻,枯荣此地唯剩鸟的象形。

岁寒折翅,应激状态的冠羽如耳,反写鸟网的窃听。长耳鸮亮出国家二级保护生灵的利爪,此乃唯一的合法触手。

警力驯服年兽有余,轻抚垂死者不足。飞羽掠回贴紧大地的颤音,问——何谓仇敌?圣繁殖羽嘶吁发响,长耳鸮一瞪眼,金属般贲惰的不言自明。

护下飞羽者,谁又能随之览长风?夕阳重又投身泥沼,鸟的象形越过一个我们谁都看不见的上空。

来源:《星星诗刊》2022 年第 2 期

春 天 主 义

春天主义就是在背上放一匹马,任它去寻找悬崖。

1

她从哥哥走过的河边捡起弹弓。泥泞泥泞着,根须开始布道,一些隐秘的绒毛充满空气。群星把夜空跑成一匹猎豹,眼纹指着地平线索要黎明。她抚平裙裾,立住阵脚,芦花在风中鼓出更细密的升力。

她们在地上站立成群,风像世事一样丰腴。地上爬满了道路,如桨,探入马儿跃入的地方。那里核果轰隆着坠地,地鹬微撑翅羽,喉咙里就涌出野地的枯声。她蹲下身,分得了水仙的寂寞与暗香。

2

她的头颅是一种非凡的水晶,每当古书吞云吐雾,扭头见尖锐的脸们瞄准树上的幼鸦,风就发出更加尖锐的,哨声。

她走在河边,万物像灯一样亮着。

烽火的心脏透明,每向前一百步,都是春天有理。马儿在城墙下旁敲侧击,如落红沉浮水间,贡献出自己的节律。她们是天使安置在人间的时机,桀骜得将黄河的履历熨平。

一年蓬和月见草各拥有一个星星一样的核心,此光中无人被化简。绿皮肤在风中木质化自己,泥土高声流入你。河道编写着崭新的光谱,所有的涟漪都在重获姓名,一切池边草成为血亲。任凭彼此在层袭的浪花中认出自己,再任凭它流经。

最初的大地已伤痕累累,我们并非为了安宁。

3

投石之后,她早已无玉可碎了。周身是完美的锋利。

她每踏出一步,都唤亮脚下一丛死草,头顶一亿颗星星在轰鸣。她贪恋黑河里突然跃出的鱼,草丛里瞪视天敌的蛙鸣。她在天上画蛇,串联起未命名的星座,画野云无数朵,却整天想着要探入深渊。她周身是渴针的穴位,是坟地上的荒草连接天地,独木绵延成岛屿,枝蔓贯穿发痒的陷阱。

她经过的山林溢出屏风,散去了昨夜白霜。佛门半敞,洒扫古寺里的钟磬音。白腹鹞重回空中,树枝弹回笔直的尖锐。忘了是因为观看还是被观看,泽蛙跃出藏身地。

人们听见漫天的梦话从黑夜的七窍涌出,她是上了弦的琴,所有掉落在身的星芒,都被她贪嘴地奏起。乌云散去,将来的事也在眼前了——雪,燕子一样回到天上,感时萌连翘,金灿灿的舞鞭降

轻风拂过泮池

世,为春天主义放行。

成 虫 记

此林站立翻看经书婆娑默念,她跟着打开喉咙,却没有资格成为注脚中的一个。

1

此次寻访,我不再谎称故人。一只斑鸠的轻巧,是在黄昏替人间卸下行李,就随即回巢安息。落日号召群山垂下翅膀,放平呼吸。我习惯在这样的时刻放下自己。

舐吸、刮吸或咀嚼,关于如何品尝浆满的世界,昆虫们焊上口器,各有高见。水位涨起来,底栖动物隐身如复眼。螽斯乔衣在野,在无尽的黑色谜面中坐牢自己的山水。锹甲与它的天敌安伏枯枝的两端,蜘蛛打磨故技的弹性,蝙蝠倒挂暗语,露水在新的腐朽上酝酿,蜉蝣握紧前夕。学习哪一种语言将来可以说出真理?

护林人哑然失笑,把儿歌的尾音拖得很长。

2

略重于老树发新芽,湖心不急于递来的下一浪,也并不太轻盈。蝉蜕紧握古旧的枝干,翅膀不见踪影。此刻的风轻于湖水,我安静地想到你。想到这风尚缺一支飞羽的反面,或一片不太轻盈的落叶——只要被我送入水中,就能去相信,它已抵达你。

我学着伸出另外的两条腿,去轻踏腐泥、纤枝,去把自己粘上蛛网,又在蜘蛛赶来之前脱险。白头翁停在事物的轻巧顶部,于是我也突然想起,玫瑰也在我的花园里,抽象地生长了二十年。

还不到繁殖季,傍晚的草地里只有我的赫兹,清冷很有些危险。不过,像鳞翅目一样舒摆身上闪光的部分,兴许就能学会飞翔。

乌鸦带一朵乌云飞来,没有谈到所谓的理想。

为了窃取情报,我成虫多年。天又突然凉下来,但我从未见过甲虫示弱。

它们向来,反穿骨骼。

来源:《诗潮》2021 年 10 月

池 中 物

众雨滴被一汪静水轻易默认为内人,洗下一鳞一鳞的名姓化为池中物,留下触手古怪的生活。

试探飞往何处能把自己撑成一只风筝,与风共谋——直到上帝发问,你在担心什么?孩子,我听不清你的风声。

毕竟一种罪责是将流浪的迷宫钉死在墙上,供人们优雅观看。黑线在金光之上,抑或反之,线索爬满了左右两翼,启示否?人们伫立当面,自我教育。

散落四下的踟蹰都逃不过一朵荠花的眼,一点洁净就足以让它认出你。认出徘徊就是在岔路口被困住的无限留白,龟缩于无声无息的一面骰,俄狄浦斯咽着尚未降临的余辜。

不如就在落叶野餐处成为反光的那一个,子房之上众翼相接,花冠团簇如熟练的天使。

而所谓明天,就是相信池里有神也是鱼嘴里的泡泡,判断词一样毫无营养,游戏般开合,在突然的渔网降临之前,它们不会老去。

原载于《中国诗歌·2021 年度散文诗选》

一 碗 冬

知了。"岁寒,然后知人间抱慰少……"

迟天使来取最后一趟投递。你竭力重申身上的绿信封,根须紧握一小把净土。他说那些诗不过是些折叠的青峦,牡丹瓣相互揭发成秘密。

信纸正面停满老去的鸟,咕咚咕咚地喝眼泪,喝你浮尘一样廉价的在意与不在意。执意写诗,他们揣着一些落单的词在你乍亮的金黄间,找喻体。墨语蛇从窗口端进面孔,案上伏着两朵针尖火,风开书页之前,锦缎上烫金着赐死之前的消息。

无名的黄金在绿影子身后藏起缺席的眼睛,绫罗爬上无娘无父一柄细脖颈,轻雨慰,不曾踏足的泥巴路,尚是美丽的。

我们靠着你坐下来,弯下脊骨,靠着心里一漾又一漾的爱情。可总有些时节新瘦,并芽儿萎了莫不成沥青胭脂水,毛颖们空皴无人议价的青山,满满当滑脚的山石,往满窗婆娑里再加一个女儿。

一想到你会在明亮处隐去身世,一些风就光滑得发紧,任你轻易地在众身影中给出自己美妙的舌头,发颤的子房悄束起一段更为倔强的光阴。

降雪处来,更刺眼的红往春起去,路上将结而未孕的花房,你敬她一碗冬。

与 城 书

今天我把一些巷子沿着奔过了,只觉过路百姓一瞥瞥冷得逼仄,建筑它庞大地疯长如六尺白绫愈惨白,正一声声亲切地唤我来赴亡。大厅中央,你们的西服新漆过一样静谧,我蓬头素面,大理石地板上遍地找不见落叶同侪——珠颈斑鸠,我只尚且认得你,你美丽的黑底白点点围脖还温暖胜过贵重,天生的抒情还在初级飞羽上,拥有在乍寒时节迁徙的能力。

可如今我周身迷宫,城,你在我尺步近的地方厚血敷一层"赤子心",高高的山上架起自取其辱的供桌,奉足那预先许下的寿桃。我初不懂得K在城堡外所遭的心寒,如今只觉朋友也认错,敌人也认错。

可我仍旧热爱遭你唾弃的脏冰湿雪,仍旧企望你在命名春天的时候承认这一小条脖颈粗的河流,可看看你热气球一样膨胀而拥挤的冰血管,城,你浑身爬满了人他们紧攀玻璃楼和立交桥,大地之上他们掏出心里的星星来充饥,甘其冽啊,湿润的月亮,还出没吗?

来源:《上海诗人》2022年第1期

树

果肉在甜美的池塘里游泳,
愿这个世界缺少美——
你不断地因为疼痛,放弃一些叶子
说,这个季节的暖不过是一种
因无助而饱满的抒情。

我提醒你别因为一些看不见的颜色
烧毁自己,你转过身去,那边
路灯在柏油路上繁衍,像一种离群的语法
在群山外用一种更为萧瑟的野兽哭泣。

我曾向许多人打听过,醒来的蛇
会不会长上梦里的大脚,
歌声像星星一样坚硬。
长久负雪,你的后背白得耀眼,
许多美偷偷滑过去。

后来,每天我都能看见
你鞋底的螺纹逆时针刻在云的边上,
咖啡日复一日地鞭打同一个梦——
那一天,城市尽头
风在你身上自我报销,
广袤天使答应的那片海,
迟迟都没有涌来。

生日歌——致 J

荒风从犄角间簌簌落下
蹄声近了,你面孔定居的镜子
四下里开花。金鸡菊与铁线蕨
开始分泌各自嗅觉,你说爱的译名
是哪个词?对错属于搔痒的隔靴
考古学,是非井深不及你方圆间或的
蛙蛙脸,鼓鼓唱,久居水边习得
间或清凉。绿肌肤吐纳湖面
层叠变调,小荷尖尖着引我
跃下去。清火花报废着黑沉默

久违。你送了我鞋子一场舞蹈。

濯足前池杉顶一只乌鸫高帽子
逗弄你,风在鸽子和麻雀之间
来回翅膀。我扶迎春的绿鞭,
踏葫芦藓衣滑石岸,凭着虚空
编织道路。自行车每天都在试探
触角,笨拙似一群鲜果篮子里水蜜桃
内外水灵灵的痒。细叶子摇下
太多肉身作补,漩涡袅袅
环抱你的无边曲线岸河床
开阖北冰洋与小池塘。

剩下的蓝明亮得湿漉漉,我们紧挨着。
月亮坠崖处,漫天雪白翅膀拉扯你,争要
更为切骨的东西扑闪着,凝望着,
祝福着。

来源:《江南诗》2022 年第 1 期

浪尖之哭

我们能再次分享彼此的静默吗?
那静得几乎灼目的风声。

我们已经酝酿了周围的湖,
三番五次地,它呜咽着

吞吃历史和阴影。

芦苇荡放纵地呼吸。

镜头在远处嬉戏永恒,反之
不可信。日子正松开厚重阳光

一起品尝的,我们还将一起忘记。

摇晃如不甘心的小小信物,
芦花散尽前,它还将带着我们,
溯回浪尖之哭。

来源:《中国校园文学·青年号》2021年5月
作者:徐小冰,2018级汉语言文学专业本科生。

罗摩的诗

极乐迪斯科剪影

疼痛的天体垂下小夜光,瑞瓦肖
正期待两个冬季间的空白。一整晚,
酒水就这样淋过阳台,默许
不定时熄火的悲哀。旧意象
呼救新生活,倾倒醉意里久违的语义。
但生活也逼仄,浅尝倦怠和静默,
挑衅般对峙必老的激情。
上海太暖了,让人汗涔涔,想起
在地理课堂挑拣回归线,
而今宿命似受潮。简直发烫。
请您共饮吧,只是如何形容
明日愈见苍白的缺席?或许一切
就像电子游戏:迪斯科是梦,用水面
承载您冷艳的肺腑,不多也不少,
奇迹如前夏待您共赏的冰雹。

来源:《建安杂志》2022年第12期
作者:罗摩,2017级汉语言文学专业本科生。

多好的诗

Her

美好的事物需要仰视
所以镜头常常从裙底开始
在她的身体中寻猎一种局促:
过紧的短裙,过薄的白色衬衣
过早的丰腴压低骄翘的睫毛,紧咬嘴唇
她始终因身体而低人一等

她想起十二岁时,榕树下阿婆
侧目,指点她隆起的胸脯
阴影的厚重不断吞噬逆光下轻巧的曲线
羞耻中她的生命扣紧了背后的搭扣
也在那时,榕树下男同学如常地招手
她却中止了童年的追逐

从少女的自赏中剥离,经验对她来说仅剩隐喻的交织
就像此刻,陌生男人、榻榻米、缺席的丈夫
熟练地设想一间待启的空房间,幻想
每一种招待的姿态都将书写她的放荡。设想
她同时是贞洁,是淫荡,是拒绝,是放纵

设想她推开的双手中把玩的迫切
熟练地
她幻想每一种场景中都有自己的一种脏

每晚她洗澡时,水流勾勒俏丽的曲线
在颈窝的柔和里发疯,她懂得自己
也隶属于某种完美的造物。可她的美
是目光之源,同时是暴力的钥匙和锁孔

那目光在每个夜晚熟练地打开网页:
男人激动地捧起她的腰,他早已
深深地埋下去,朝圣般举起她的赤裸
仿佛在献祭。这时她想起那句话
"美好的事物需要仰视",而镜头
正从裙摆处向她逼近

来源:《建安杂志》2022 年第 12 期

无 名 者

> "我的名字叫'无人',我的父亲母亲
> 和我所有的同伴都用'无人'称呼我"
>
> ——《奥德赛》第九卷

我出生之地,人们摘取自然
为自己命名。我将生命赋予
花瓣,瞳孔常覆玫瑰色的幻想。

轻风拂过泮池

当我念出我的名,人们相信。
世界在嘴唇的柔软中开合。

直到我辗转至那有姓的世界,
无姓之人围困在旧日的仓房,
那父强硬地插入她的名。

那世界以这样的逻辑运转:
有姓之人无身体,无姓之人
只剩下身体。

几年了,我以他姓饮食,
那锁链之下,我原有的名
行将枯死。进入了新时代的人们
拍摄我的面容,以及,以我之身
增殖、以他之姓存活的那些人丁。

那象牙塔之上的人谈论我,以
他的姓名。他们谈论我犹如谈及
他人檐下的畜狗:为了便利而舍去我的名。

那宝座之上的人提及一些姓名:她流星般
滑过冰雪。与她相比,我将向你们显示
拥有姓名意味着什么。

有姓之人言说着自我。无姓之人

存活于他人的讲述中。我呼喊着
原有的名,回音中传唤着却是他姓。

我累了,颈上的冷渗透着意识。
某一天,我发现记忆里的花影模糊,
方格里的字,早已长进了肉里。

     来源:震雅诗社社刊《01年》

     作者:多好,2018级汉语言文学专业本科生。

李骏飞的诗

治 小 鲜

　　脚手架上种菜,铁锈如藤蔓蔓延。工人顶着农夫的草帽,别着灯笼和火,是天赋使鸟播种,使水泥堆成钝重的谷堆,使洞穴风化且脆,孕育金黄色的太阳般的卵来自人间的巢,于潮湿的苔藓上的羽毛与羽毛中被产下,于淋了热油的煎锅之上膨胀,早餐的馒头一色的白,并且滋滋作响。

2021.9.26

黄昏的几何学

黄昏只存在于不被测量之时

水面暴涨,平静的鱼群翔集于
破损的屋瓦之巢,即产下
密密麻麻的灰烬之卵
第二天的太阳就
将从中诞生

有无数个圆
包裹着庞大钝角

从内部迸溅出的闪电
撕裂试图捕捉的解析之笼
月亮作为原点,在拟合中上升

暮色总是比诗更迅速地降临

2021.10.6

入 夜 而 返

在使天空完全地暗下去
回返的人们走下屋檐之角
静谧的花丛在树顶
攒聚,湿漉漉的
河与好些衣服

在门楣上悬起符,燃香
更深处的大雨风尘仆仆
亮灯时用上新鲜的火
拥簇灼烫灰尘,而碎得更细
小的孪生之盏,正拥吻
于波折的重重之洼

将以了结此夜的方式破窗而出
密集的群众多而远
水面湿滑

非沉醉者不得行走于上

2021.10.7

敬 礼 者

骨肉以血铸。借来九鼎中的
八个,八角与八爪鱼,八成未曾谋面
而相拥投水。煮一锅火锅时需要
一面凸透镜,太阳火,一把碎胡椒,和更多的竹简

卦象浮现于铜镜表面,冻住的水面被切下
一块,光泽很多次游动,如冷的金属鱼群
安眠群星之下的山林兽,梦见人间者
与他们粗糙的犁和长枪,跳舞
使面具剥落,使壁画震动于狂热眼神,使
不知名的灵于洞穴吹出大块的风并将自己升腾为雾

明亮的地面影。多言者吐出劣质钉
子,曰,某某,某某,很多人,某种
子,长出淋酒的干净白茅,敬重的流火奔行于壤土,或昏暗的头发
盘起,聚为矮丘。而头颅在帽子下面

2021.9.26

来源:《诗林》2022 年第 1 期

观 鸟 记

鸟的阳台在第七层,铁栏杆仍空心
只是更细,不曾刷漆的金属苔藓
以野生锈迹的形式更红,伪饰为疤癫样的铜

被念作水的吻痕。干,燥,但
鸟的爪子以止停姿态,附着潮湿之体,上色,死皮
在唇上开绽,磨损用于飞翔的皮革
旧的鸟无法飞远,上紧发条的
鸟在释放的挣脱中——,——,——
崭崭如新

承受滴状坠落
此三条围困的边
勾股隐蔽,斜顶只显示不平的近似的
弦,使雨在前往幕的途中
更遥长,且反复触及不纯的短暂的天空。而鸟
非雨,因其不溶于水中,因其不涸于日下,因其
从不平等地降临于每一弧红瓦

这上苍所允的衔草工程

    2021.11.17

    来源:《北京文学》2022年第6期

    作者:李骏飞,2020级汉语言文学专业本科生。

黎雨萱的诗

含 羞 草

小朋友
小手摇
轻轻碰着含羞草
叶片羞得躲猫猫

来源:《农村孩子报》2020年12月8日
作者:黎雨萱,2019级汉语言文学专业本科生。

李昔潞的诗

小 树 苗

小树苗,迎风摇
每天清晨对我笑
勤浇水,发枝条
我和小树齐长高

来源:《农村孩子报》2020年12月8日
作者:李昔潞,2018级汉语言文学专业本科生。

罗佳宁的诗

小 羊

小羊小羊咩咩叫
跑到河边把脸照
一身雪白蓬松毛
头顶两个弯弯角
抬头向天问声好
跟着妈妈来吃草
摇头晃脑吃得饱
心满意足漫山跑

来源：《农村孩子报》2020年12月29日
作者：罗佳宁，2018级汉语言文学专业本科生。

刘庄婉婷的诗

小 麻 雀

小麻雀
地上跳
啄食面包肚儿饱
行人来
忙躲避
飞上枝头喳喳叫

来源:《农村孩子报》2020年12月29日
作者:刘庄婉婷,2017级汉语言文学专业本科生。

张杏莲的诗

小 锦 鲤

小锦鲤,肚儿红
太阳一照亮晶晶
风轻轻,水清清
奶奶观鱼笑吟吟

来源:《农村孩子报》2020年12月29日
作者:张杏莲,2017级汉语言文学专业本科生。

旦增索朗的诗

小　藏　獒

小藏獒,汪汪叫

看家护院本领高

小藏獒,性格好

认真牧羊真乖巧

来源:《农村孩子报》2020年12月29日

作者:旦增索朗,2018级汉语言文学专业本科生。

附　未收录作品存目

《米》
作者：多好，中文系 2018 级本科生。
来源：震雅诗社社刊《01 年》

《九月二十五日关于爱的札记和挽歌》
作者：韩宁致，中文系 2020 级本科生。
来源：震雅诗社社刊《01 年》

《无题》
作者：韩宁致，中文系 2020 级本科生。
来源：震雅诗社社刊《01 年》

五 童话・民间故事

星星的王子

汤昊天

连绵的雨淅淅沥沥地下了一个多月,在这干燥地区实在是少见。星一族的孩子们从来没经历过这么漫长的雨季。喝饱了水的她们,又浸润在如同大水缸般的潮湿空气里,早已不再如前些日子那般有精气神儿了。

"受不了了,这黏糊糊的土壤、湿的要滴下水来的空气!受不了了!"星妹妹垂下了脑袋,原本红扑扑的小脸蛋也变得有些泛起菜色。雨季就是这样,让习惯了阳光、温暖的人儿,浑身不自在进而丧失斗志。

"妹妹,别这么想,我听下面的姐姐说过一个关于我们一族人命运的故事。"星姐姐望向自己怀中的星妹妹说道。

"命运的故事?姐姐你别卖关子了,快告诉我吧!"星妹妹突然来了兴致,昂起她小小的脑袋又往上窜了窜。

"她在我还小的时候和我说:'当我们往上爬一些,再往上爬一些,直到能头顶秋夜银河浩瀚星辰的那一天,会有一个从星星化身而来的王子,他将身披满天繁星织成的长袍,从天上宫殿缓缓走下来,带我们去那遥远的星云上摘星星。'"星姐姐回忆着,幻想着,仿佛自己已经置身在星海中,挑选着属于自己的星星。

星妹妹可喜欢星星了。她还记得,在一个无云的夜晚,恰巧一阵风拂过了她的面庞,她感觉到脸上的绒毛都在微微颤抖,面前层层叠叠的枝叶也被缕开来。此时黑色的天幕上,远远的有一个小小的斑点在闪烁,像是有谁在忽闪忽闪地眨动他的眼睛。"那可真是只美丽的眼睛啊……"星妹妹直到后来才知道,原来那晚自己看见的是颗星星。自那一眼后,她便爱上了星星。

她听着姐姐讲述的故事,自己好像已经在望着王子星辰般清澈闪耀的眼睛,她轻轻地牵起王子向她伸来的手,一步跨入星空。夜幕是她的裙摆,群星是她的珠宝。在秋蝉谱写的圆舞曲中,星妹妹依在星王子的怀里旋转着、雀跃着,跳着一支又一支舞……

"星星化作的王子!"星妹妹从故事里如梦初醒,脸竟有些发红了起来。

"该会是多么英俊的王子啊……那他什么时候来接我们呢?"星妹妹等不及了,她多么想让王子殿下现在就下来接她,把她从这个一切都湿漉漉的悲惨世界里拯救出来。她甚至觉得,王子殿下再迟一天,可能她那只小小的胳膊就要泡软断掉了。

星姐姐没有说话。她何尝不是盼星星盼月亮,盼着王子来到,不过当年她的姐姐也没有告诉她何时王子才来,只告诉她要往上爬一些,再往上爬一些,那一天就会来到。

"当我们攀得足够高的时候。"许久之后,星姐姐仿佛想到了回答妹妹问题的答案,这般说道。

妹妹的小脑袋又垂了下来,她不知道自己还有没有力气向上生长。即使卯足了力量向上爬去,离摘星星的日子也将是那般遥远。她的心刚刚分明已经飞在银河星际间,如今又重重地摔下,摔回到了着低贱的泥土里。

可星妹妹的心从那之后,便始终是向着星星的。雨季一过,太阳显现身影的那一刻,星妹妹就拼劲了全力,时刻昂首直视太阳,不放过一丝饱饮阳光的机会。她还将根深深地扎进原本被她嫌弃的地底下,贪婪地汲取土壤里每一点儿养分。只有在静谧的夜里,她才敢稍稍休息,抬头望向那颗星,望向王子向她眨着的眼睛。

一年过去了,星妹妹生得茁壮起来;两年过去了,星妹妹怀里长出个妹妹来,她也讲了王子的故事给自己的妹妹听;三年过去了,星妹妹托着怀里的妹妹们更往上攀去,竟已经比身边小树枝高了几分……

就这样一年又一年过去了,王子终没有来接她们。但星一族的孩子们仍在一点一点地往上、再往上爬一点。

终于,那一天,她们摸到了星星,她们竟成了自己的王子。

作者:汤昊天,2018级汉语言文学专业本科生。
来源:《青少年科技博览》2020年4月

阿罗找布谷鸟

张杏莲

导读：《阿罗找布谷鸟》是张杏莲根据哈尼族故事创意编写的，描写细腻，情节曲折，带我们走进了哈尼族古老的故事与传说。

在第 37 届世界遗产大会上，红河哈尼梯田被成功列入世界遗产名录，哈尼族人依山而建的壮观梯田，宛如大地之镜一般镶嵌在群山之中，展现着他们的勤劳勇敢、吃苦耐劳。然而，在这个古老的哈尼族故事里，很久以前的哈尼族人生活得非常贫苦，那时的他们不知道如何分别四季，虽然每日辛勤劳动，但耕种的作物却总是因为不合时节而收获甚少。哈尼族小伙阿罗在老一辈的族人那里听说有一种会报日子的布谷鸟，为了让族人不再受苦，他决定踏上寻找布谷鸟的旅程。翻山越岭，阿罗四处打听，终于在与天帝女儿娥玛的偶遇中得知布谷鸟的下落；心怀赤诚，阿罗走向高山，请求天神阿牛赐予钥匙；不畏艰险，阿罗求助娥玛，飞往天上放出布谷鸟。整个旅途难关重重，一关刚过一关又至，曲折离奇，又充满智慧和勇气。

这个故事跌宕起伏，也感人至深，阿罗走后的第二年，布谷鸟果真从天上飞了下来，他向哈尼族人播报着日子，指引着他们耕种和生活，然而这位寻找布谷鸟的青年英雄却再也没有回来，有人说他和娥玛在天上结为了夫妻，也有人说天上本没有布谷鸟,是他化成鸟儿飞到了人间。

在西南绵延不绝的群山之间,如果登上高高的山顶,能看到层层叠叠的梯田顺着山势从山顶往山谷铺去,小块小块的梯田里积满了上天馈赠的雨水,宛如一面面镜子铺在这大山之上,清澈明亮的大地之镜映着清晨的天空染上蓝色,映着傍晚的彩霞褪去红衣。这一大片高山上的梯田是哈尼族人世世代代开垦的杰作,他们勤劳勇敢,吃苦耐劳,但在很久很久以前,英勇果敢的哈尼族人却生活贫苦,食不果腹,因为他们不知道如何分别四季,也没有节气指引他们生活和耕种,因此生活总是糊里糊涂,播种的作物也总是因为不合时节而收获甚少,这在很长一段时期里让哈尼族人吃尽了苦头。

在哈尼族人聚居的地方,有一个叫阿罗的青年小伙十分出众,他四肢健壮,一身肌肉像牛儿一般有力;他也聪慧机敏,一双眼睛如明星一般闪烁;他还英俊潇洒,一张脸庞带着山一般的硬朗。他从老一辈的族人那里听说有一种鸟儿名叫布谷鸟,会报日子,会分四季,会告诉人们过节和耕种的时间,他不忍心看到自己的邻里乡亲们在这样的贫苦中饱受折磨,于是便决定去寻找这会报时的布谷鸟。

阿罗在春暖花开的日子里出发了,他走啊走,翻过了一座大山,在一棵枝繁叶茂的多依树下遇到了一位拄着拐杖的阿爷,阿爷的头发已经全都白了,胡子也长长地拖到了胸前,阿罗心想:"这位阿爷年纪已经这么大了,走过的路比我吃过的盐还多,这么长的时间里,他肯定见过许多别人没见过的东西,听过许多别人没听过的事情,向他打听打听,没准他能知道布谷鸟的下落。"

"阿爷,您听说过布谷鸟吗?"阿罗凑到阿爷的耳边恭敬地问道。

"什么？鹧鸪鸟？喏，那树上歇的不就是一大群鹧鸪鸟吗？"阿爷声音沙哑地回答。

"不是鹧鸪鸟，是布谷鸟！"阿罗提高了音量，又往阿爷耳边凑了凑。

"什么？织布鸟？那鸟可会造窝了，一棵树上能造好几个呢。"阿爷眯了眯眼睛，笑呵呵地说着。

这位阿爷年纪太大了，耳朵已经不好使了，阿罗大声解释了好几次他也没有听清到底是个什么鸟儿，阿罗没有办法，只好不再问了，又向着前方继续走去。

阿罗在穿过一片树林时，又遇到了一个捕鸟人，他在树与树之间扯了细细密密的丝网，等待着鸟儿撞到网上被缠住，然后再将鸟儿抓下来。阿罗想："捕鸟人一生以捕鸟为业，他见过的鸟儿肯定数不胜数，他一定见过布谷鸟。"

"这位阿哥，我看你手法娴熟，一定捕鸟很多年了吧！"阿罗上前问道。

"我六岁就跟着我阿爸捕鸟，现在已经二十多个年头了，无论是什么样的鸟儿，只要在我头顶上飞过，我便能叫出它的名字。"捕鸟人自豪地说。

"那太好啦，不瞒你说，我正在找一种叫布谷鸟的鸟儿，阿哥有没有见过？"

"布谷鸟？"

"对，一种知道四季、会报日子的鸟儿。"

"我捕鸟这么多年，见过会捉虫的鸟儿，见过会抓鱼的鸟，见过会学人说话的鸟儿，但会分别四季、会报日子的鸟儿我可从来没见过，这世间恐怕没有这样的鸟儿吧！"

阿罗听了以后非常失望,连捕鸟人也不知道的布谷鸟真的存在吗?如果真的有,那它到底在哪里呢?日子过了一天又一天,大山翻了一座又一座,阿罗始终没有找到这只传说中能为哈尼族人民带来福音的布谷鸟。他累得走不动了,最终在一片湖泊旁的石头上歇下了,在烈日下跋涉了这么久,他渴极了,大口大口地喝着这清澈的湖水,喝够了便躺在这大石上看着满天的星星。天上繁星遍布,像碎钻一样缀满了整个天空,突然一颗星星从天际滑落,伴随着一道光坠落进了湖中,阿罗吓得往石头后面一躲,藏在了草丛里。睡眼惺忪的阿罗用手揉了揉眼睛,在升腾的水雾里,他看见了一个极为美丽的女子,秀发乌黑如夜,明眸璀璨如星,华衣绚丽如霞,它刚一落入湖中,湖中的鱼儿便仿佛听到号令一般,都摇着尾巴一起朝她涌去,同她一起在水中嬉戏,湖边草木也格外生机勃勃,同她一起在微风中舞蹈。这仙子是天帝的女儿娥玛,容貌美丽,气质出众,她常常喜欢到地上的湖泊里戏水,同这些可爱的小生灵嬉闹玩耍。

阿罗被这仙子绝美的脸庞和淑雅的气质打动了,一时看得出神,没能扶住身旁的那块石头,"扑通"一声跌进了草里,阿罗吓得不敢动弹也不敢喘气,心想:"这下糟了,我虽不是有意冒犯这位仙子,但要是被她发现我躲在这儿,我肯定也没什么好果子吃。"湖里的娥玛听到了岸边的动静,先是一惊,但一想自己有法力在身,也没什么好怕的,便把头伸进草丛里,拨开茂密的杂草看到了蜷着身子的阿罗。

"你是谁",娥玛瞪大了好奇的双眼,"为什么大半夜的躲在这种地方?"

阿罗见自己已经被发现,心里咯噔一下,连忙站起来解释道:"请仙子恕罪,我叫阿罗,从远处哈尼族人住的高山上来,我的族人们不知道怎么分别四季,耕种总是错过时节,辛苦一年却常常收获不了几粒米,日子过得太苦了,我听说有一种布谷鸟,能分四季,报日子,便想去寻找它,可是,唉,我找了好多地方,没人见过这样的鸟儿,我走得实在是太累了,便在这湖边歇下了!"

"你说的这布谷鸟我知道,我是天帝的女儿娥玛,我常到这人间玩耍,总是看到哈尼族人在田间劳作,却没想到你们还不知道如何分别四季,日子过得这样苦",娥玛为哈尼族人的境遇感到伤心,又看到眼前的阿罗正直善良,就接着说,"离这里很远很远的地方,布谷鸟被关在一个竹篓里,而这竹篓又被关在一间屋子里,要找布谷鸟,就得先找天神阿牛拿到钥匙。"阿罗没想到自己竟在这样的奇遇中打听到了布谷鸟的下落,激动得蹦了起来,他谢过了娥玛,独自踏上了寻找天神阿牛的道路。

阿罗连夜准备了一口袋干粮,天空刚刚破晓便背上干粮上路了,他一路上翻过了很多座巍峨的大山,渡过了很多条湍急的河流,衣服被路上的树枝扯烂了,脚也被路边的茅草划破了,但他一点也不敢懈怠,不停地寻找着天神阿牛。

一天,阿罗来到了哀牢山的北部,在那山上,有一座小庙,此刻正是正午太阳最毒的时候,烈日火辣辣地灼烧着大地,阿罗在小庙外的屋檐下蹲坐着,尽量蜷缩在屋檐阴凉的影子里,然后从包里掏出一根玉米啃了起来。这时一头小牛从小庙的后面走了出来,这小牛毛发光亮,体型匀称,脖子上拴着一颗闪闪发亮的铃铛,它在毒辣的太阳光里慢慢悠悠地走着,脖子上的铃铛也慢慢悠悠地响着,它静静走到阿罗的身旁,不攻击他,也不哞叫,只是静静地待在那里。阿罗啃完了手中的玉米,便轻轻地将残留着几粒玉米的玉米棒子递到了小牛嘴边,小牛用舌头把玉米棒子卷进了嘴里,嘴巴一下一下慢悠悠地嚼着。阿罗看着这头小牛,想起了自己在家中日日为伴的牛群,想起自己已是许久没有回家了,心中不免有些难过,轻轻抚摸着小牛叹息道:"小牛啊小牛啊,你可知我那遥远的家,哈尼族住于高山上啊,成天耕田做活不归家,可怜没有时间指引啊,日子总过得饥寒交加,我想寻那天上的布谷鸟啊,却迟迟找不见天神的家,上天何时能听见我的呼唤啊,放出布谷鸟拯救大家!"

小牛静静地听着阿罗的故事,在咽下最后一口食物时,它突然张口说话了:"好心肠的阿罗啊!天帝不准许,谁也不敢放出布谷鸟。"阿罗看到眼前的小牛竟然张口说话了,吓得把放在牛背上的手收了回来,小牛依然慢慢悠悠地晃动着尾巴,说道:"但是哈尼族人这样贫苦,我还是把钥匙给你吧,你把我脖子上的铃铛取下,铃铛里发出声音的铃舌就是可以放走布谷鸟的钥匙,不过关布谷鸟的房子在天上,你要找它,还要到天上去才行!"阿罗轻轻取下小牛脖子上的铃铛,取出了里面金光闪闪的钥匙,他紧握手中的钥匙,十分感激天神阿牛的帮助,激动得满眼泪水,向小牛拜谢之后,便拿着钥匙急匆匆地离开了。

阿罗虽然拿到了钥匙,可这布谷鸟被关在遥远的天上,他一个凡人,如何去到天上又让他犯了愁。阿罗眉头紧锁,望着远方出神,突然想到了天帝的女儿娥玛,于是他便急匆匆地拿着钥匙又来到了湖边,想向来到人间的娥玛求助。他等啊等,累得依在湖边的树下睡着了,娥玛来到湖边,看到睡得正香甜的阿罗,不忍将他吵醒,便坐在一旁陪伴着他。也不知是哪里的小野猫在草丛里大闹,窸窸窣窣的声音吵醒了阿罗,阿罗一睁眼就看到了娥玛,以为自己还在做梦,使劲揉了揉双眼,才敢确信这并不是梦中的幻影。阿罗立马挪了挪身子坐好,把天神阿牛的话告诉了娥玛,他请求娥玛能带他到天上去,将布谷鸟送到人间。阿罗对哈尼人的一片赤诚之心使娥玛十分感动,她拉住阿罗的手,轻轻摆袖,阿罗顿时感觉脚下轻飘飘的,在一阵清风里消失在了黑色夜幕之中。

转眼已是第二年的二月,地边的旱芹菜已经长得勾下了头,绿色的芹菜叶在微风中轻轻点头,就在这万物蓄势待发,将要生长的时节,美丽的布谷鸟从天上飞下来了。

一开始,布谷鸟飞到了汉族人居住的地方,汉族人正在屋前安置着日晷,他们对布谷鸟说:"一年四季的日子我们都已经计算出来了,还有了历书和测量工具!"于是,布谷鸟便飞走了。

后来,布谷鸟又飞到傣族人居住的地方,可是它发现傣族人生活的地方太热,稻谷都是一年两熟,不能按着它播报的节气来耕种,于是布谷鸟又飞走了。

最后,布谷鸟飞到哈尼族人居住的地方,叫着:"二月蝼蛄叫,布谷!布谷!布谷!"哈尼人听到了,忙说:"布谷鸟来叫我们种谷啦,不是坐着的时候啦!"于是哈尼人都马上忙活起来,到山上采来韧性十足的藤条拧成鞭子,天空刚刚擦亮便用鞭子赶着公牛,肩上扛着锄头和犁耙到田里去耕田、播种。

三月,布谷鸟又叫着飞来了:"三月水满田。秧苗无爹无娘想哭泣,认那蒿枝嫩尖做爹娘。"于是人们又赶忙到田里去拔秧栽秧。拔秧的时候,一定要先往田里插一些蒿枝的嫩尖。

四月,布谷鸟叫道:"四月生杂草。"于是人们就赶紧到田里去除草,不让杂草夺取了稻谷的养料,也不让杂草遮了稻谷的阳光。

五月,布谷鸟叫道:"五月长青草。"于是小娃们就成群结队地赶着牛到山上去放,让它们尽情享用这满山多汁的青草。

六月,布谷鸟叫道:"六月要翻年。"于是家家户户就忙着杀猪宰牛,准备着要过哈尼族的六月年。

七月,布谷鸟说:"七月谷子黄。"哈尼人就忙着修寨子脚下的路，准备收好谷子抬回来。黄澄澄的谷子酣睡在宽阔的地面上，粒粒饱满，懒洋洋地享受着日光浴，空气里都弥漫着丰收的喜悦，把这些谷子收回来，哈尼族人们就不愁吃的了。

在哈尼族的村子里，有两个懒汉是出了名的好吃懒做，从前哈尼人没有时间的指引，因此总是收成很少，和他们俩这不怎么劳作获得的收成相差不多，可现在天上飞来了布谷鸟，别的人家在布谷鸟的带领下都获得了大丰收，但他们却仍不听布谷鸟的提醒——在布谷鸟已经催促着人们去播种的时候，其中一个懒汉仍在家里睡大觉，结果等他去播种的时候，催发万物生长的春天已经快要过完了，秧苗只发出了一点点，又小又弱，结不出太多稻穗；在布谷鸟已经喊着人们快去收稻谷的时候，另一个懒汉却还在村里慢悠悠地乱逛，等他玩够了去收稻谷的时候，稻谷已经熟得太透了，风一摇稻穗就大串大串地散落到田里，捞也捞不起来了。别的人家已经不愁吃的了，可这两个懒汉还是没有很好的收成，又挨了饿。

布谷鸟给哈尼人分清了四季，有春天，有夏天，有秋天，有冬天，它说："有了谷子，不怕五黄六月；有了绵羊皮，不怕天寒地冻。"这样一月又一月地叫着，布谷鸟的嘴叫出了血，但它看着哈尼人大片大片丰收的稻谷，看着哈尼人灿烂的笑容，心里比蜜还甜，自此以后，布谷鸟每年都来报时，没有一次迟到过。

布谷鸟每年都来，但阿罗自走后就再也没有回来过。有人说，他已经在天上和娥玛结为了夫妻，一起在天上过日子了。也有人说，天上本来没有布谷鸟，是他化成鸟儿飞到了人间……

作者：张杏莲，2017级汉语言文学专业本科生。
来源：《少年儿童故事报》2020年11月5日

猫、狗和松鼠

汤昊天

导读：《猫、狗和松鼠》是汤昊天根据乌孜别克族民间故事创意编写的。这个故事语言活泼、故事情节生动且紧凑，体现了编写者较强的故事讲述能力，将一个略带奇幻色彩的民间故事讲出了深意。

这则故事以三只动物为题，小动物们也因为它们足智多谋、知恩图报的品质而显得尤其可爱。不过，这个故事的主人公另有其人，是在故事最开始救下这几只小动物的男孩。男孩三次将小动物们从小混混处救出，并且他为了不给贫穷的家庭增添负担，男孩每次都主动担了起喂养动物的责任，他的善良与正义是显而易见的。在后来小动物们意外获得有求必应的"鱼腹宝石"后，男孩用宝石帮助了许多人，而不是用来满足私欲。贪婪的国王和巫女也觊觎神奇"鱼腹宝石"，利用了男孩的善心骗走了宝石。三只小动物此时各显神通，机智地闯入王宫夺回宝石。男孩最后的许愿希望鱼腹宝石消失，像是将潘多拉魔盒关上，将这场闹剧终结，恢复平静幸福的生活。

读完这个故事，读者将会感受到故事情节冲突的内核——有关善与恶的较量。这是一个传统的故事题材，不过故事中许多光怪陆离的事物，巫女、宝石、黄金城堡、会说话的动物都为这个既定的主题注入了新鲜血液。因而这个有关惩恶扬善的小故事也能引发更多诸如对防备心、责任心、正义感的深思。

很久很久以前,有一对靠种田为生的母子。他们住在偏远的郊区,过着辛劳、贫苦的生活。但母子二人没有因为穷苦而怨天尤人,相反,他俩相依为命过着幸福的日子。

一天,母亲递给一口袋钱对儿子说:"孩子啊,你去镇子上买袋大米回来吧!"男孩点点头就往镇子上赶去了。

在米铺旁,只见一群五六岁的小孩子正围在一旁,嬉笑打闹着。男孩也想和他们玩耍,就把钱袋往怀里一塞,把买米的事先忘在脑后了。

"你们在玩些什么呀?我也……"男孩挤上前去才看到他们一群人正提着一只小猫的两只前爪,吊着摇来摇去地玩呢!听见那瘦小的小猫嗷嗷的惨叫,男孩的心里揪揪的疼。

"来呀来呀!"孩子们邀请男孩一起玩耍。

"不要,你们听这猫在说它疼呢,放了它吧!"男孩说道。

"那可不行,我们玩得正欢呢,除非你买了它!"孩子们依旧扯着小猫扔来扔去,丝毫没有停下来的意思。

男孩望望米铺又望了眼可怜的猫咪,咬了咬牙从怀里掏出钱袋递给他们说:"诺,给你,把猫给我吧。"最后,男孩从那群调皮孩子那里买来了猫,抱着它回了家。

母亲见小男孩怀里抱了只猫,不见米袋子,便问道:"买来了吗?"

"买来了!不过不是米,是这只小猫。"男孩垂下头把经过和母亲讲了一遍,他不敢望向妈妈的眼睛,生怕被她责怪。谁知道,母亲只是叹了口气,摸了摸男孩的头说:"没事的孩子,你没做错什么,只是这两天我们得饿饿肚子了。"

过了几天,母亲让男孩去集市上买肉去,结果这次他又看见上次那群野孩子在用石子砸一只浑身直发抖的小狗。男孩这次没有犹豫上前说道:"停下!把这只小狗也卖给我吧!"

孩子们嬉笑到:"哟,又是这个傻小子,给给给,拿走吧。"男孩子把钱袋给了他们,抱着呜咽的小狗回了家。

"孩子,你回来啦!今天可以吃上肉啦。"看着母亲欣喜的笑容,男孩惭愧地低着头,把怀里的小狗举到妈妈面前:"妈妈你骂我好了,我又在那群孩子那里买下了这只小狗。"

"唉,我这个善良的蠢儿子啊!"母亲放下手上的活,望着儿子叹息到,"我们辛苦了这么多天才赚到这点钱,自己都没有东西吃了,你又怎么养活它呢?"

"我再少吃点,就留下他吧!"男孩眨着他水汪汪的眼睛,小狗也可怜巴巴地坐在地上摇着尾巴。母亲摇了摇头但还是答应了男孩去收养这只狗。

再过了一阵子后,男孩又拿着母亲给的钱,上街去买油回家。结果好巧地再一次碰到那群孩子。这次他们正拿着小树枝戳一只被困在笼子里的小松鼠。孩子们看见男孩走近,朝他吹着口哨说:"嗨,傻大个又拿着钱来啦。"

男孩想起母亲上次无奈的表情,摇了摇自己的脑袋想:"这次不能再伤妈妈的心了,我假装没看见吧。"于是他扭头转身,想要赶紧走开。一声撕心裂肺的尖叫从身后传来,男孩忍不住转回身去,只见孩子正拿一根树枝想要戳瞎小松鼠的眼睛。

"快别戳了!松鼠给我!"男孩朝那群孩子吼道,他一边夺过装着松鼠的笼子,一边把钱币扔给领头的小孩,头也不回地回家去了。这一次,母亲没再说他,只是让他自己要负责照护好小猫、小狗和松鼠。

日子过得很快,男孩一天天成长成一个健壮帅气的小伙子,小猫、小狗和松鼠也都已长大。每天小伙子晨起去耕作,三只小动物就跟在他身后,小狗帮他刨土、小猫帮他捉鱼、小松鼠帮他爬树叼果子,谁都没有闲着。

一次,小伙子把小猫叼到的鱼奖励给它吃的时候,小猫从鱼肚里吃出一颗闪闪发光的石头来。小伙子从来没有见过如此耀眼纯净的石头,他捡起宝石,在手中把玩正思索着这是什么时,突然小猫张嘴说起话来:"鱼腹宝石!鱼腹宝石!"

小伙子吓了一跳,呆滞了半刻说:"小猫,你……你怎么说起话来了?"

"喵呜,鱼腹宝石!碰了鱼腹宝石就能说话。"小猫舔着自己的爪子说道。小伙子把鱼腹宝石递给小狗和松鼠挨个碰了下,果然它们叽叽喳喳都说起话来了。"我的乖小猫儿,快快告诉我,这神奇的宝石还有什么别的用处!"

小猫说道:"传说鱼腹宝石可以实现人所有的愿望,喵嗷,你快试试。"

小伙子便把宝石捧在手心:"鱼腹宝石,你能给我顿好吃的吗?"话音刚落,他的面前立刻出现一张华美的桌子,上面摆得都是小伙子连做梦都不一定能吃到的珍馐。他咽了咽口水,忍住了想要坐下饱餐一顿的念头,赶紧拿着宝石跑回家,把鱼腹宝石的事和母亲讲。从此,因为这块宝石,他们的日子一天天得变得富裕起来。

有一天,小伙子进城的时候,看见街上来了辆华贵的马车,风吹动帘幔,里面坐着一位绝美的女子,是这个国家的公主。小伙子瞥见公主的容貌后,就深深地迷恋上她,他和自己的母亲说:"我一定要娶到我们如仙女般貌美的公主殿下啊。"

母亲一脸不相信的神情:"那么高贵的公主殿下,怎么可能和你这个无名的穷小子在一起呢?"

"妈妈你相信我,我这就去和国王提亲!"小伙子就这样信誓旦旦地出发前去皇宫。

费了好大工夫小伙子才来到国王面前,国王坐在高高的宝座上正眼都不看一眼他说道:"你来做什么?"

"我是来向公主殿下求婚的!"小伙子跪在地上,真诚地说到。

"胡说!"国王听后勃然大怒,"像你这样的贱民怎么可能配得上我的宝贝公主?我要砍掉你的脑袋!"

"陛下何必这么着急杀了他。"丞相上前在国王耳边低声说到,"还不如给他安排个难办的事,若是能办成自然是好的,陛下到时候就佯装不曾许诺过他,办不成再杀他也不迟。"

国王点头,望向朝廷上跪着的小伙子,笑眯眯地说道:"你先去给我拿来四十峰骆驼的金子作为聘礼!"小伙子起身,许诺国王三天内必送来这么多金子。朝堂上的人听后都哈哈大笑起来,国王自己也捧着肚子仰面笑了起来并说道:"有勇气,只不过你要是犯了欺君大罪,是要砍头的!"

小伙子应声答应,回家后就拿起他的鱼腹宝石许愿到:"鱼腹宝石呐,你能给我四十峰骆驼的金子么?"第二天,小伙子就骑在一匹骆驼背上,身后牵着浩浩荡荡的四十匹骆驼,个个背上都载着满满的黄金,穿过拥挤的前来大街上围观的人群,整整齐齐地排列在皇宫前。

国王来到皇宫前,被眼前的阵势吓了一跳,他望着下了骆驼跪在面前的小伙子,又看了眼小伙子身后围着的里里外外好几层百姓,不敢当众毁约,急中生智想到一个小伙子绝对办不到的事,他支支吾吾地说："嗯……好！现在，再去给我的宝贝公主造一个纯金的宫殿去！"

半个月过去了，小伙子那里一点动静都没有。国王正偷乐着他肯定被难倒了，再也不会来烦自己时，结果有一天，在皇宫门前的小河对岸，突然拔地而起出现了个闪着金光的宫殿。国王随着兴奋的宫人们一同涌出皇宫，看到那纯金的宫殿时震惊得差点吓掉了下巴。他从没见过如此气势恢宏的宫殿，只想把它挪进自己的皇宫里，心里想得直痒痒。

"连我举全国的力量都无法建成的金宫殿，为什么那个穷小子能短短一个月不到就做到？"国王做梦时，梦里都在想那小伙子究竟怎么办成的，越想越觉得不对劲，只觉得其中肯定有鬼。于是他派宫中最富经验的巫婆前去调查这个小伙子，看他究竟有什么秘密。

自从那善良的小伙子有了鱼腹宝石后，他常常去街边给那些流浪街头的人们送去热腾腾的饭菜，有时甚至会救济那些老人孩子去自己家歇息。那巫婆也听说了这件事，于是她也混入那群流浪者之中。

一日，小伙子照常来街边给这些流浪汉们发放食物和衣服，来陪他们谈心聊天。伪装混迹于其中的老巫婆便颤颤巍巍地上前来，扯着小伙子的衣袖说："年轻的好心人呀，能把我这个可怜的老婆婆带回家吗？我被我那不孝子赶出家来，已经三天没有在榻上躺过了！"

小伙子见她泪眼婆婆蹒跚着的样子很是可怜，于是把她接回家了。巫婆天天一步不离地跟着小伙子，除了时常在他身边看见一只猫、一只狗和一只松鼠很是奇怪外，巫婆始终没能弄清这孩子究竟有什么秘密。在一天吃饭的时候，巫婆假装漫不经心地感叹：

"孩子,你家里的饭菜可太好吃了!这饭菜是怎么来的呀,是你请来了技艺高超的大厨,还是你亲手做的饭菜呢?"

"婆婆啊,这是我的秘密。"小伙子犹豫了下,四处看看并没有旁人又叹了口气,"唉,不过如果是您来问我,我就告诉你吧,其实我有个宝物叫鱼腹宝石,我把它藏在了舌根下,它能帮我实现所有的愿望。"

巫婆没有想到自己能那么快就打探到小伙子的秘密,兴奋的神情都要跃上她的眉毛了,不过她还是强忍着喜悦说道:"那可真是件好事!你这么好的小伙子值得这宝石。"嘴上说着,巫婆心里已经在琢磨着怎么把鱼腹宝石偷到手了。

就在当晚,小伙子在里屋酣睡打呼时,巫婆悄悄潜进了他的房间。趁着小伙子打鼾的时候,眼疾手快就从他嘴里把鱼腹宝石取了出来。恰巧他身边的猫、狗、松鼠也都酣睡,没有谁发现巫婆的潜入,她就顺顺利利地拿走宝石趁着夜色赶回了皇宫。

"鱼腹宝石,我命令你将那金宫殿运进皇宫里去!"巫婆捧着鱼腹宝石刚说完,只听轰隆一声巨响,纯金宫殿就乖乖跑到皇宫后院去了。国王见此很是高兴,他带着公主很快就入住了这辉煌的宫殿,还特别礼待这个夺鱼腹宝石有功的巫婆,准许她也入住黄金宫殿。

而另一边的小伙子,一觉醒来却突然发现自己又躺在了之前住的茅草屋里,舌头底下的鱼腹宝石不见了踪影,母亲在身边哭泣。他一下子也慌了神,安慰母亲的时候自己也急得落下了眼泪:"完了,完了,鱼腹宝石不见了,这可怎么办啊!"

猫、狗和松鼠见到小伙子焦心的样子,也替他感到着急,小猫喵喵地说:"喵嗷,小主人别担心,交给我们来找回宝石嗷!"小狗和小松鼠也跃跃欲试地上前汪汪、吱吱直叫。小狗低下脑袋,鼻子贴紧地面,东嗅嗅西嗅嗅,没过一会就锁定了"嫌疑人"是那巫婆!

天刚蒙蒙亮的时候,小狗就顺着巫婆留在地上的气味,从小伙子的茅草屋出来,一路嗅着走上了大街,小猫和松鼠紧紧地跟在它身后向前走。它们兜兜转转竟来到了皇宫门口,抬头一看,只见后宫的上空正泛着闪闪金光。猫、狗和松鼠恍然大悟:"果然是巫婆用了鱼腹宝石把金宫殿给挪走了!"。

它们在宫墙上挖了一个洞,猫率先穿了过去,松鼠紧跟其后,身型过大的狗则留在了宫墙外负责把风。

猫和松鼠趁宫中守卫发呆的片刻溜进了金宫殿,它们每层每层地奔跑寻遍了整个宫殿,最后终于在公主的寝房见到了熟睡着的巫婆。她窝在公主的大床旁边的躺椅里,即使睡着了也紧紧闭着嘴巴,生怕谁会夺走她嘴里的鱼腹宝石。

小猫见此慌了神:"喵呜,那可怎么办呀,她闭着嘴神仙也拿不到宝石。"

小松鼠跳进公主的寝宫说:"看我的!"它蹑手蹑脚地跳到巫婆的躺椅边,用力一跳一摆尾巴扫过巫婆的鼻翼。

"阿嚏!"巫婆一个喷嚏,鱼腹宝石就从她嘴巴里一下子吐了出来。还没等她睁开睡眼,小猫眼疾手快就跳过去衔起宝石,和松鼠顺着来的路赶紧飞也似的向小狗守着的宫墙洞口跑去。

巫婆这时从睡梦中清醒过来,也察觉到鱼腹宝石不见了,她跑到金宫殿的大厅里高呼:"捉贼啦! 捉贼啦!"宫里的宫女、侍卫每个人都急得像热锅上的蚂蚁,四处奔跑着找贼,可此时的三个"大盗们"早已跑得影子都不见啦。

"鱼腹宝石,拜托你让金宫殿和你一起消失吧!"小伙子从猫的手中接过鱼腹宝石,立即对它许下了最后这个愿望,他害怕鱼腹宝石会有一天落到恶人手中,那样的话不如让它消失。

"砰"的一声,小伙子的手中一阵金光闪过,鱼腹宝石消失了,连同那金宫殿甚至是金宫殿里的国王、公主和巫婆一并化为乌有。在那之后,没有了鱼腹宝石的小伙子靠着自己的双手辛勤地生活着,和他的老母亲、已经不会说话的猫、狗和松鼠在安静的乡间度过了安稳的一生。

作者:汤昊天,2018级汉语言文学专业本科生。
来源:《农村孩子报》2020年12月7日

智慧果

张杏莲

导读：远古之际，山林之间，没有掌握太多知识的彝族人过着极其艰苦的生活。人们相传，在第九十九座山的山头上，生活着开天辟地的彝族英雄支呷洛，在他那里，有着能让彝族人生活得更好的智慧。彝族村寨里一个勤快的青年听到了这个传说，为了能让族人过上更好的生活，于是便下定决心，踏上了寻找智慧之路，一段奇幻旅程也就此展开。在无数的清晨与日暮，青年跋山涉水，不肯停歇；在漆黑的雨夜里，他结识了受伤的懒汉，成为同行的伙伴；在第九十九座山的山头上，那扇神奇的门与他对话；在支呷洛的手里，他与懒汉接下了支呷洛赠予的智慧之种。历经千辛终于获得了种子，可更多的困难却接踵而至——懒汉犯了懒不肯播种，青年虽然勤快，可当时只会狩猎摘果的彝族人完全不懂得如何种植。怀着对智慧的敬仰，彝族村民们最终聚集到一起，你一言我一语，用自己的思考和实践，造出了犁具，学会了除草，知道了施肥，懂得了赶鸟。当秋天降临大地，彝族人在智慧果的丰收中获得了智慧与幸福，而那个放弃播种的懒汉呀，在吃下了许多智慧果后依旧脑袋空空。当我们深入故事，我们会发现那智慧果并非神物，它传递给一代代人的是这样一条智慧真谛："天底下的智慧都没有获取的捷径，只有劳动的双手才能创造无穷的智慧。"

很久很久以前,彝族人都群居在山林之间,那时天地初开不久,人们掌握的知识和技术都非常有限,只能在山林间靠打猎摘果艰难地维持着生活。

在彝族村寨里有一个手脚勤快的青年,他每天都起得很早,又是打猎又是摘野果,可就算这么勤快了,日子依旧过得很辛苦。后来,他听说在开天辟地的英雄支呷洛那里有着可以让彝族人过得更好的智慧,于是便想找到他求取智慧,让大家的生活都能过得更加安稳一些。

为了攒够一路上所需的食物,青年起得更早了,天还没亮就起床准备。天边刚刚泛白的时候,他就已经在野外搜寻野果了;直到天边已经挂满晚霞,他依旧还在树林里捕捉野兔。筹备了几天,青年终于准备得差不多了,他不敢再拖延下去,匆匆收拾好行李就踏上了行程。

青年走啊,走啊,翻过了这个山头又是另一个山头,他累了就爬到树的枝杈上歇一会,渴了就喝一喝山里流出的泉水,他一刻也不敢慢下来,刚刚走过了一片草地,接着又走进了一片森林。

太阳渐渐落了下去,黑夜渐渐蔓延了上来,不一会儿,一整片森林就都沉睡在浓墨一般的黑色里了。突然,一阵大雨从天上落了下来,豆大的雨滴打得树叶嗒嗒作响。青年在黑色的雨幕里被淋得四处逃窜,跑了好久,才终于找到了一个没人的破屋躲了起来。

屋里黑洞洞的,青年把门口的枯枝叶都堆起来,生了火,温暖着冰凉的身子。一点闪闪的火光从森林的缝隙中透出,刮进来的风偶尔吹动着火苗,照得屋里人影闪动。

屋外的大雨还在下,雨声盖住了屋外所有的声音,哗哗啦啦地响个不停。突然,又一个湿淋淋的人用手撑着门框走进了破屋,他全身的衣服都止不住地往下滴水,仔细一看,腿上还带着鲜红的血迹。

"哎呀!这位大哥,你这是从哪里来,怎么流了一腿的血?"青年看到闯进来的陌生人,虽不像坏人,但还是提高了警惕。

"今天早上我想到这片森林里找些东西填填肚子,结果野果野菜什么都没弄到,我正郁闷呢,不知道从哪里窜出来一头野猪,发了疯似的,我躲也躲不及,被它一口咬在了腿上,好不容易才死里逃生跑出来",那人一边整理着脸颊两边凌乱的长发,一边向青年解释着,"我本来就拖着一条受伤的腿,结果还遇上这样大的雨,路实在太难走了,我看到远处有一点火光,撑着最后一口气才找到这儿的。"

青年借着火光又仔细打量了他一番,终于认出了这是隔壁村寨那个游手好闲的懒汉,估计是没东西吃饿得不行了,到这林子里觅食来了。青年看他如此狼狈,于是把懒汉扶到火堆边坐下,让他烤烤身上湿透的衣服,又从自己的衣角扯下一块布包住了他腿上的伤口,然后拿出自己的食物让他填填肚子。

"小伙子,天这么黑了,你怎么也在这森林里不回家?"懒汉看青年形单影只,觉得非常奇怪。

"大哥,我是在赶路,遇到大雨没法继续走了,就找了个地方躲雨。我在家的时候听说在第九十九座山的山头上住着开天辟地的大英雄支呷洛,你听说过他吗?当初天地一片混沌的时候,神鹰掉了一滴血在蒲么列日女神的身上,女神便生下了支呷洛。他嫌眼前太黑,便造了金屋、银屋和铜屋献给天神,使黑暗中有了日月星辰,然后又不辞劳苦地在天地间创造万物。我听说在他那里有着无穷的智慧,我觉得我们彝族人懂的东西太少了,总是挨饿,又饱受各种灾害的折磨,我想到支呷洛那里求取智慧,让我们在强大的自然面前能够立足。"青年越说越激动，好像要跳起来了一样。

"我好像也在哪儿听说过支呷洛的传说，既然是开天辟地的大英雄，那肯定有数不清的智慧，听你这样一说，我也想让支呷洛能赐我一点智慧，好让我不要天天挨饿，反正我闲着也没什么事，要不你带上我吧，咱俩一起去，也好给你做个伴儿！"懒汉吃完了手里的最后一颗野果，满怀期待地恳求青年。

虽然这位大哥是个好吃懒做的懒汉，但青年觉得一路上有个伴也挺好，说不定还能趁这个机会让懒汉锻炼锻炼，改一改身上的毛病，于是便答应和懒汉一同回家养伤几日。这几日里，青年又准备了一些吃的，在几天后的一个清晨，他们便在淡淡的晨雾中出发了。

他们一直走啊走，虽然懒汉总是时时犯懒，但在青年的带领下还是一路上走了过来，不知道过了多久，他们终于翻过了九十八座大山，登上了第九十九座大山的山头。

在第九十九座山的山头上，是一片茂密的森林，树木高大粗壮，苍翠欲滴，而森林的深处散发着淡淡的光芒，青年和懒汉小心翼翼地走过去，发现森林深处处立着一间隐隐发光的房子。

青年看到这房子非同寻常，于是轻轻敲了敲门，这门却突然说话了："远方的朋友啊，你为何到这天边的山上来，你是想献给支呷洛你的宝物，还是想向支呷洛求取一笔财富？"

青年被这门吓了一跳，定了定神后恭敬地回答道："伟大的支呷洛啊，我没有宝物献给你，因为我已经做事勤快却还是吃不饱饭；亲爱的支呷洛啊，我也不想向你求取一笔财富，财富再多也终究有限，总会有吃光花完的一天。我们不远万里到这里来，是想向你求取智慧，智慧无穷无尽，比财富更要珍贵，我们什么也不懂什么也不会，希望你能赐给我们生存的智慧。"

智慧果

从前也有不少人到这里求过东西,但求取智慧的,支呷洛还是第一次听见,他又惊喜又感动,于是便穿过屋门,来到他们面前。支呷洛从屋里拿来了两袋形状不同的种子———一种细长椭圆,一种有棱有角。支呷洛给他们每人都分了一些,语重心长地说道:"这是两种智慧的种子,你们拿去种在地里,明年秋天它就会结出智慧果,你们把这些果实吃了就可以拥有智慧了。"

他们二人原本还想接着问这些智慧果该怎么种,可支呷洛话音还没落,就化成一缕轻烟消失了。青年看着手中智慧的种子,心中十分感激,连连向着空中道谢,可懒汉拿过种子后却有些神情沮丧。

返回的途中,青年激动得热泪盈眶,紧紧握着手中的智慧种子,视若珍宝。可是懒汉却不太高兴了,把种子揣在兜里边走边想:"支呷洛为什么不直接把智慧给我们,还要种出来这么费事!这种子种下,竟然还要经过一年的时间才能吃到智慧果,况且我们从来也没种过东西,支呷洛只说要种在地里,可怎么种却只字未提,能不能种出来还不一定,我才不干这种倒霉事呢!看样子,小伙是要老老实实听支呷洛的话去种种子,唉,勤脚快手的人就是太老实,不过反正都是种,不如让他把我的也一起种了,来年分我一些智慧果吃不就好了。"

于是,懒汉便对青年说:"小伙子,你看我陪你来这一趟,跋山涉水的,实在是累坏了,回去不知道要睡上多久才能回过神来呢,完全没有精力照顾这些种子呀,要是我一不小心把他们弄死了,那多可惜!你这么细心勤快,要不你把我的种子也一起种下去吧,来年我到你的寨子里找你,你分我一些就可以了。"

青年拿懒汉没办法,也怕他糟蹋了这来之不易的智慧果,只好答应了。可是,青年也不知道该怎么种这些智慧种子呀,彝族人那时还只是到山林里打猎和摘野果,只会抓现成的东西来吃,根本不知道种地是怎么一回事。

青年回到家里,想了又想,实在不知道该怎么办,心里又着急又害怕,便召集了寨子里的乡亲们,对乡亲们说:"阿叔阿婶们,我不在的这段日子里,走了好远的路,从支呷洛那里求来了几颗智慧的种子,支呷洛说把它们种到地里就可以长出智慧果,而吃了它的人就能拥有智慧,可是支呷洛只说应该把它种到土里,可究竟应该怎么种啊,种子只有那么一点,可不能浪费,大家能不能一起想想办法?"

大家听说是能结出智慧的种子,都十分好奇,你一言我一语地说着自己想到的办法。争论了一会儿,一个阿爷挂着拐杖站出来说:"土地都被人和动物踏得硬邦邦的,种子就算种下去,也很难冒出头来吧,我觉得,在种之前,把土弄得蓬松一点会更好!"

大家都觉得这话有道理,于是都开始想办法,讨论怎样才能使一大片土地变得蓬松。大家的想法在一起碰撞,不断选出有用的意见,然后又不断地改进现有的方案,最终他们用硬木做出了最早的一把简易的犁,省力又省时地把土地犁得非常松软,种子种进土里也能吸到水和空气,嫩芽也能轻松地从土里钻出来。

大家每天出去摘野果时,都会到地里看看有没有嫩芽冒出来。终于有一天,一个小孩到山上玩耍时,看见地里冒出了星星点点的绿色。他激动地向寨子里跑去,一边跑着一边叫喊着:"长出来啦!长出来啦!"听到消息的人们都激动地跑到地里去看,果然很多种子都已经冒出了绿芽。

智慧种子在众人的呵护下长得很好,才过去一两个月,它们便都挺直身板,变成小嫩枝了。在阳光雨露的滋润下,嫩枝不断拔高,但生命力旺盛的杂草也感受到了阳光雨露的滋养,一个劲儿地往上窜,浓密的杂草几乎快要遮住了智慧果的嫩枝,和它争抢着养分。

青年和村民们看见嫩枝被杂草遮得好长时间都不长高,觉得应该是杂草夺取了智慧果的养料,于是就到地里把周围的杂草全都清干净了。杂草一清,智慧果又恢复了迅猛的生长势头,于是彝族人便知道了种地要及时除草。

彝族人把除掉的草堆在了地边,他们发现草堆慢慢腐烂进土里,而地边的智慧果长得比其他地方的智慧果要壮实得多。这是怎么一回事呢?他们便试着将这些腐草撒在整块地里,果然所有的智慧果都开始长得越来越好,于是彝族人又学会了给作物施肥。

随着时间的推移,已经有小小的智慧果挂在枝干上了,可是这个时候天上的鸟儿又来捣乱了,它们飞到地里啄食这些果实,好多果实要么被啄烂了,要么被抖掉了,人们心疼极了,于是轮流到地里来赶鸟儿。

可是智慧果要到秋天才能吃,他们不可能每天都守在这里赶鸟儿啊,于是他们便用硬树枝绑上很多软枝条,然后把树枝插在地里,风一吹,枝条便被吹得四处飞舞,地里的鸟儿被吓得飞了起来,再也不敢来啄地里的果实了。于是彝族人又学会了如何为作物驱赶鸟儿。

要想获得智慧果还真不是一件容易的事情啊,但是人们集思广益,做一点学一点,经过一年的辛苦劳动,智慧果终于结果了,这些果实粒粒饱满,颗颗香甜,彝族人从来没见过这样的果实,他们如获至宝,丝毫不敢浪费。

其实,当初支呷洛给他们的种子就是我们今天所吃的燕麦和荞子的种子,并不是真的会从枝头长出智慧的种子,支呷洛告诉他们的智慧并不在这些果实里,而是在他们劳动的双手上。彝族人在栽种的过程中不断地动脑子想办法,手脚勤快地去实践,在这个过程中,他们已经获得很多的智慧了。

虽然第一次耕种结出的智慧果不多,但是,凡是参加了劳动的人都觉得已经收获了不少智慧,只要今年再种下去,明年再种下去,他们一定会找到越来越多的智慧。从此,他们便一年比一年更加辛勤地培育着智慧的果实,日子也在这些智慧中越变越好。

一片片黄叶被风吹落,懒汉知道秋天到了,他来到隔壁寨子找到青年,看到寨子里每个人的脸上都洋溢着幸福的笑容,心想:"大家这么高兴,肯定都是吃了智慧果得到智慧了,我也赶紧去找小伙子,让他把我的那份智慧果给我,让我也聪明聪明!"

可是,当懒汉拿到了属于自己的那一份智慧果吃下去以后,发现这果实好吃是好吃,可他仍然同从前一样脑袋空空,什么智慧也没有得到。

于是懒汉便咒骂起来:"什么英雄支呷洛嘛,简直就是个大骗子,我就说这智慧种子靠不住,他肯定是不想把智慧分给我们才故意拿这种子来骗我们,我吃了它还是一点智慧都没得到啊,还好我没辛辛苦苦地去种它,不然白忙活一场!"懒汉心里还暗自庆幸没有上当受骗,可他哪里知道智慧早就装进了这些勤快人的脑子里,而他只是吃了个肚子饱饱。

勤思肯干的人智慧总是越来越多,而懒散的人却什么智慧也得不到,天底下的智慧都没有获取的捷径,只有劳动的双手才能创造无穷的智慧。

作者:张杏莲,2017级汉语言文学专业本科生。
来源:《少年儿童故事报》2020年9月3日

六

剧本

《阴山迷雾》剧本梗概

景庆宜

一、剧本构想

　　故事发生在阴山这个常年浓雾笼罩的虚构城市。21岁的少女陶菲突然失去了远在阴山音乐学院求学的姐姐陶萱的音讯。因幼年父母双亡相依为命，陶菲开始担心姐姐安危，再三思虑前往学院。然而在进入阴山市之后，沿路她看到多张寻人启事，失踪者都是本市二十岁出头的少女。陶菲焦急前往陶萱公寓，却得知姐姐已经几天没回宿舍了。她又接连询问住在隔壁的女生，大家听到"陶萱"名字意外统一地躲避忌讳。阴山的愁云浓雾、同学的冷漠疏离，姐姐的杳无音讯以及相似的少女失踪案让举目无亲的陶菲万分惶恐无助。

　　迅速报案后，陶菲赶到警察局等待，邂逅了前来约局长见面的神秘男子尹川。在和局长慌乱说明情况时，尹川诧异地询问她和陶萱的关系。经过谈话陶菲得知尹川是姐姐的朋友，莫名的信任感让她稍微平静了一些。尹川建议她暂时在自己隔壁的待租公寓借住，自己和警局熟悉，可以帮她一起寻找陶萱下落。在人情寡淡诡异阴森的阴山，尹川的出现让陶菲看到唯一希望，几天受他照顾并拜托熟人查找线索的过程里，内心回暖的她不觉产生依赖。

　　彻底确定姐姐失踪后的陶萱重返音乐学院寻找线索。她首先拜访姐姐所在乐队的队长——也是陶萱电话反复提及的男友谭子风。谁知对方听说陶萱失踪不仅不担忧,反而态度恶劣,告诉她陶萱上周就和自己提了分手,发生什么都毫无干系。陶菲想继续询问,谭子风却以乐队行程为由拒答离开。不久乐队助理、干练阳光的安琪走出训练馆,在得知陶萱失踪之后,知无不言地与陶菲聊了很久。通过安琪的叙述陶菲终于了解到,姐姐在这几个月一直遭受流言蜚语的攻击,不仅有传她被大款包养得来"校园玫瑰"头衔,甚至校论坛铺天盖地的帖子猜测前段时间失踪的李玲熙是被她所害,同班同学时常看到她俩吵得很凶。陶菲翻遍帖子,几乎所有评论发帖都清一色断定陶萱是为争乐队主唱和荣誉称号,不择手段上位害人。

　　陶菲气得直打颤。她能想到优秀自尊的姐姐在遭受这些诽谤时所承受的巨大痛苦,但和自己聊天的所有夜晚,陶萱从未提及任何难过,致使陶菲一直以为姐姐过得非常快乐。她回到公寓大哭一场,这时尹川正好回来,听完哭诉,他欲言又止,表情凝重,劝她先好好睡觉,明天带她去找邱局长和市长了解进展。

　　陶菲做了个梦,梦见自己眼睁睁看姐姐被所有人包围捅死,尖叫着惊醒再未入眠。早晨尹川开车带她来到市长家。李文央开门看到尹川满眼笑意,称他是大贵客,坐下亲近询问最近商机如何。尹川不自然地敷衍几句,陶菲这时才发觉从未详细了解尹川的工作背景。当发现同行陶菲的身份时,李文央立刻难掩厌恶。陶菲急忙向她解释自己姐姐绝不是害李玲熙失踪之人,她们都是受害者。李文央哽咽说不信任何一面之词,只看证据和案情结果。陶菲在尹川安慰市长的时候去洗手间方便,竟听到头顶传来哭泣和摔碎东西的声音。诧异观望间,市长敲门告诉她该离开了。陶菲和尹川驾车前往警察局,她将目睹的怪事告诉尹川,对方安慰她是市长养的小猫。陶菲继而询问他的职业,尹川随口说在当地做生意而已。陶菲愈发觉得他谦逊低调,心里踏实了几分。

在警局,邱局长助手周城声称在陶萱公寓垃圾桶发现被撕碎的和李玲熙的数张合影,对方的脸还被涂黑,此外还有几包大麻残迹。陶菲震惊难当。邱局长向两人抱怨市长和相关学生家长对调查不配合,以及警局当下人手不够造成的效率低迷。陶菲对姐姐的信仰开始坍塌,莫非真像学生说的那样,姐姐因染毒品和李玲熙争吵,害对方失踪,所以害怕之中逃离了这里?越想越害怕的她回到音乐学院,找到队里的另外两名成员杜柯和白洋。杜柯坦言陶萱人很好,但的确感觉最近两个多月变得很极端,时常和别人为小事歇斯底里。白洋则生气地说陶萱表里不一,他本来很支持她和队长在一起,不料有几次亲眼看到她坐进富二代豪车,自己还拍到过照片。陶菲在他手机上看到一张模糊的上车照片,竟发觉那辆车莫名眼熟。她再次找到安琪,求证"富二代"的更多消息。安琪尴尬地说自己也不愿相信这件事,但陶萱确实一直受到尹氏集团的大力资助,为此还和谭子风吵过好几次,后来貌似就是因为这事两人才分手的。陶菲陷入巨大的挣扎漩涡。难道关于姐姐被包养的流言是真的?她不愿相信姐姐是这种人,但在贫困无依的巨爪下,她还能一直保持曾经的纯白简单吗?阴山的流言和歧视的目光是否会改变一切?

与此同时,陶菲在回公寓的间隙意外看到楼下停着白洋照片中富二代的车!原来熟悉感来自这里。她冲过去想一探究竟,这时尹川走下车。两人对视刹那,陶菲脑海回闪过"尹氏集团"——尹川对家庭的讳莫如深、神秘离谱的人脉资产、不是学生的他和姐姐的熟络、毫无来由的热情帮助……一切突然有了清晰对应的解释。只因自己在无助中盲目抓住这唯一的救命稻草,竟从不曾对他有任何调查怀疑!不等尹川解释,她害怕地狂奔回公寓,一切浪漫可靠都像提前布好的局,而自己当下毫无挣脱的可能!

尹川焦急敲门,窗外电闪雷鸣。在没有一人可信任的阴山,陶菲感觉比刚来时更深的恐惧无助,可她绝不能抛下失踪的姐姐一走了之。危急关头,她接到邱局长来电,对方通知已找到陶萱下落。欣喜间,邱局长继续说河坝旁涨水惊现一具女性尸体,各项比对基本确定是陶萱。陶菲五雷轰顶,同时尹川用备用钥匙强行打开房门,陶菲尖叫着拿出水果刀防卫,在躲闪纠缠中,陶菲滑倒撞在柜角晕了过去。

醒来的陶菲躺在医院,尹川趴在身侧。她想起噩耗和二人争执猛地坐起,尹川惊醒欲解释清楚。他无奈坦白自己是尹氏集团老总私生子,和陶萱在资助项目时结识。问及传闻中包养姐姐的富二代,尹川异常愤怒,斥责陶菲不应相信子虚乌有的流言,并称她对陶萱和自己的不信任让人寒心。尹川离开后,陶菲拖着病体来到警察局,走程序见到尸体后号啕大哭。

阴山尸检程序冗长,后续一周里陶菲决心亲自找出真凶。她坚信姐姐绝不是轻生之人。她重返音乐学院找安琪,此时出租车由于故障恰好停在市长家不远处。心乱如麻的她意外看到别墅二楼窗边站着一个眼熟的女子。她不顾危险溜到花园树下观察,看清女子就是声称失踪近一月的李玲熙!手机快要没电的陶菲呼叫安琪,当对方听说李玲熙在家并未失踪后,愣怔半晌让陶菲在对面巷道等她过来。陶菲激动到发颤,原以为真相即将揭晓,十分钟后李玲熙竟面带诡异微笑站在她身后!李玲熙面色枯黄眼窝深陷,消瘦得吓人。陶菲颤声问她为什么假装失踪让姐姐陷于流言,李玲熙邪笑称陶萱自视清高多管闲事。两人言语间,安琪到达,陶菲正朝她挥手示意帮忙,安琪快速走进,微笑着举起电击棒打晕了陶菲。

苏醒过来的陶菲惊觉自己被捆绑在乐队后台的废弃仓库。她

《阴山迷雾》剧本梗概

终于意识到李玲熙和安琪就是姐姐案件的凶手。她强制自己镇静下来寻找逃脱方法，挣扎着扭动身体靠向不远处的衣柜，找到一个比较尖的柜角用力磨蹭背后的绳子。在久到手腕被磨出血之后，她挣脱了麻绳，将衣柜毕力放倒推到高窗下跳出去，一路顶着惊险克服艰难到达警局。在看到焦急寻找自己的尹川时，奋力拥抱着说出这段经历。

随着新任市委书记丰毅走马上任，协助发小邱鹏合力推进案件，安琪被抓，李玲熙也未能在李文央的羽翼庇护下逃脱被拘禁的命运。原来李玲熙和陶萱最初关系十分要好，后李玲熙染毒，陶萱劝告她戒掉，两人随即产生矛盾。李玲熙希望陶萱装作不知道，但陶萱坚持要告诉老师监督戒毒。情急之下李玲熙和母亲李文央坦白，虚荣爱女的市长想出假装失踪的法子，将女儿藏在家中阁楼密室里，向外声称其失踪。与此同时李玲熙给安琪打去恐吓电话，称自己知道对方偷卖陶萱原创曲谱的事情，如果她不想法子使陶萱身败名裂，就把借母亲的权力将此事告诉校方和媒体，并让她无学可上。始终将自己利益摆在第一位的安琪恰好又暗恋谭子风许久，妒火与威胁合力下她实施了网暴行动，同时暗中挑拨陶萱和乐队成员的关系……

后续尸检报告鉴定陶萱系自杀，死于镇静类药物服用过量。陶萱在媒体突如其来的争相采访中痛骂阴山学院学生和媒体的无知愚蠢、虚伪自私、对于谣传的病态关注和为自身利益不顾他人死活的丑恶嘴脸——这一切都是将优秀的姐姐推向自杀深渊的罪魁祸首。陶菲和尹川回到公寓，尹川在聊天中袒露爱意，希望结案后陶菲可以允许自己陪同离开阴山。就在陶菲感动落泪之际，市长披头散发地到访，威胁尹川对案件罢手，否则就将尹氏集团更为下流肮脏的黑暗秘密公之于世。陶菲错愕地看向尹川，从他毫无反驳的悲戚里察觉到什么。市长言说陶萱之死也有尹氏集团的参与,因为尹氏正是前四起少女失踪案的真凶,其旗下连锁酒店默许不法分子拐卖住店少女到偏僻山村,并从中抽成。因利益相关,尹氏集团和市长都对几起失踪案避而不提,同时也控制着阴山舆论封锁消息、干涉警局断案。陶菲听完市长振振有词的长篇大论,面色惨白。在市长离开后,陶菲心如死灰,尹川辩解说作为私生子根本没有掌握经营实权,这都不是自己的主意。陶菲反问哪怕只是知情又怎可置之不理,面对失踪少女们的家属毫无愧疚?难道金钱的魔力就那么大吗?可以让人对正义置若罔闻,对生命漠然轻视?事不关己地追求所谓的利益?尹川落泪,沉默离开,陶菲也在邱鹏局长的协助下,住进另一所公寓等待结案。

　　一段时间后,陶菲前往警局跟进姐姐案情的完结,得知尹氏集团的阴谋完全败漏,尹氏总裁——尹川的哥哥尹皓被上级公安局逮捕,阴山媒体迫于关注也开始全方位跟踪报道全部失踪案。陶菲通过邱局长得知,这次匿名报案人正是尹川。陶菲触动于他大义灭亲的举动,邱局劝说她临走前可以再见尹川一面。但想到之前的争吵和阶级的差距,陶菲理性地摇头,订好了离开的车票。下午,陶菲带着姐姐的骨灰和行李乘上前往阴山车站的大巴,途中开窗看向外面的森林,浓雾终于散去,她第一次感受到阴山的阳光透过树叶缝隙洒满脸颊。抵达车站,不远处熟悉的身影让她顿住脚步。望着消瘦憔悴但面露笑容的尹川,她也终于绽放许久不见的笑容,在阳光下朝他走去。

二、主题立意

　　(1)阴山这一终年迷雾阴冷的小城市里,"事不关己高高挂起"的心态似乎成为普遍原则,只要自身利益不受到损害,他人如何和自己没有任何关系。小说中失踪少女鲜有人问津、陶萱失踪数日却无人关切反遭恶意谣言攻击、陶菲的线索之路阻碍重重……这些无不反映着人心的冷漠。在故事结局可以看到，哪怕有一个人多关心一次受害者，有一些市民关注讨论一下失踪案件，就不会让财阀集团和邪恶掌权者的黑暗交易得逞，也不会有接二连三的少女遭遇厄运。迟到的正义都不算真正的正义，雪崩时没有一片纷飞的雪花是无辜的。

（2）人性善恶的多重面和因果之辨证。从前者剖析，小说人物均设置为二元统一，即罪与爱，显与隐。世上没有任何一个人是完美的，也不存在绝对纯粹的善与恶、美与丑，他们都相互依存，共生共长。陶菲看似美好无暇，实则极易主观臆断轻信他人；尹川乐善好施绅士温柔，却为隐藏自己身世的不堪、维护家族的利益，对拐卖少女的黑暗交易置若罔闻；陶萱在妹妹眼里是完美优雅独立坚强的女神，实则内心极度缺乏安全感，在处理他人名誉相关的事情上太过冲动鲁莽，遇到困难一味通过压制内心痛苦独自消化，最终用药过量酿成悲剧；李玲熙虽威胁恐吓他人，但归其原因却是家庭教育和权力庇护下的成长畸形；安琪所有的嫉妒和恨都来源于自身的缺失，面对强权威胁时的为虎作伥推波助澜，导致自己也化身为罪恶的影子……每个人物都不是片面化的，可爱之人有可恼之处，可恶之人也有可怜之处。这便是真正的人性。此外，因果之辨也悉数上演，任何善意都会种下阳光，而任何恶念都必然招致恶果。所谓天有常数因果循环，没有任何人可以逃离审判，因此切莫将错就错，知错能改善莫大焉。

（3）金钱的黑暗诱惑和既得利益团体的肮脏丑恶。故事中前几个失踪少女是由于尹氏集团被利益蒙蔽双眼助长恶行。"钱权无所不能"，这在当今社会成为某些人的信条，无数食品安全问题、酒店信誉问题、官员腐败问题——无一不源于对金钱权利的贪欲。当人心被贪婪蒙蔽，邪恶就会不断滋生。故事结局也是想警醒任何欲望的满足都要付出代价，"纸里包不住火"，所有一时的一手遮天并不代表一世的福乐太平，金钱是魔鬼，一旦不克制，最终就会吞噬人性泯灭良知，将自己送向炼狱之中。

（4）媒体良知的匮乏和大众对八卦的热衷。陶萱的自杀起因于媒体和大众对于流言八卦的病态迷恋。现今网络发达，小报以撰写明星八卦为核心，大众以欣赏他人八卦为乐趣，"吃瓜"居然变成一个无可厚非的热门词条。多数人将自身低俗娱乐建立在他人痛苦上而不自知，都觉得区区一个点赞、一句议论并没有实质性的伤害，却无视"语言暴力"是毁人于无形的最大凶手。你听到的不一定是真事，你看到的也不一定是真相——如果大多数人都能选择对流言八卦置之不理，那么舆论媒体就没有了牟利的市场，言语暴力也就没有了滋生的土壤，更不论会有那么多承受能力弱的人选择放弃生命、酿成悲剧。这也是剧本迫切想要传达给观众的。

三、结构解析

《阴山迷雾》剧本分为三幕：铺设悬念渐入佳境——回环穿插险象迭生——高潮爆发迷雾渐散。整个故事围绕"阴山""迷雾"这两大背景展开，一开始就以女主人公乘车驶进阴山公路营造氛围，剧本以主人公的视角开始叙述，先是看到接连失踪的少女寻人启事，然后确定姐姐失联无影，将无依无靠的主人公完全抛掷在处处都是危险和未知的陌生阴森环境里。这时男主的出现使得女主和观众同时在恐惧中松了一口气，浪漫气氛开始注入进来。但是悬疑依然在加重，人们的古怪言论和姐姐形象在同学口中的失真让心再次悬起来,谁可信谁不可信?这是第一部分最大的看点。

紧接着,第二幕开始,闪回倒叙和案情的扑朔迷离为重中之重,通过各种人的交替叙述和女主的观察思考,线索似乎明朗起来又似乎更加迷离。阴雨和浓雾持续不退,也加重了恐怖悬疑的氛围。观众随着主人公的判断逐渐被带到陷阱之中,因为剧本以主人公为视角,所以"你只能看到她选择看到的"。而这选择看到的部分必然与真相有巨大偏差。本幕也是爱情进一步滋生的关键,陶菲和尹川似乎在朝夕相处中对彼此产生好感,观众也逐渐安下心来,疑惑的无依无靠仿佛因浪漫氛围找到暂时安全的支撑点。就在这时,剧情进入大反转——陶菲通过他人之口得知尹川的真实身份,而此身份与姐姐的流言大有瓜葛!两人产生争执,陶菲恰在此时得知姐姐已死,为了自我防卫拿起水果刀,男主闯进来(制造要杀人灭口的刺激感),女主意外撞晕过去。在这一幕不断紧绷至反转的情节中,观众预先设置好的信任完全被击碎,一切又重归于最初阴森恐怖迷雾弥散的氛围中去。

最后一幕,悬念依然存在,女主开始对男主设防并独自寻找对策,全局第二次高潮即关键转折来临:女主发现之前与姐姐关系密切的另一失踪少女竟然还活着!且就在市长家中!她打电话给比较信任、也是观众不易设防的热情女配——姐姐队友安琪,对方答应帮她解开疑团。眼看悬着的心落下,真相即将水落石出,谁知转身市长女儿竟站在她背后!这时大众必然呼唤安琪出现,但当安琪到达时,却站在对方阵营一起绑架了女主。所有悬念的聚合在女主被关进仓库时达到顶点。好在她急中生智成功解绑,危急时刻脱离虎口来到警局,与尹川重归于好。之后的一系列调查揭穿两个女生的阴谋,也牵连出关于市长和媒体的丑恶。本在真相大白、男女主获得圆满时,市长跳出来反咬一口,揭露男主家族企业涉黑的人口贩卖,引出前几起少女失踪案的真相。爱情面临考验、正义急需伸张,血缘、情感的选择也横亘在男女主面前。最后迷雾散去、男主和女主在告别车站相视一笑,故事也戛然而止。剩下的无论是两人对感情的选择、正义审判的最终结果、既得利益集团的后续下场……这些就留给观众去思考设想,在黑白交织的世界基于自己的三观交互完成结局——心中所想,现实所行,即为众势所趋,吾等所得。

作者:景庆宜,上海大学2020级汉语言文学专业本科生。

来源:上海文化发展基金会2016年度第2期资助项目作品

附 未收录作品存目

《大楼对面的眼睛》
作者：周沁儿，2017级汉语国际教育专业学生，参与剧本主创。
来源：2018年"第十五届上海市大学生话剧节"中获得初赛入围作品

七

非遗口述史[1]

---

[1] 本版块文章选自《海上生遗珠：上海静安非遗传承人口述实录》，张众、竺剑主编，上海大学出版社，2022年1月。

永不落幕的记忆：王家沙本帮点心

蔡逸敏

讲述人：虞仁瑛
时间：2021年1月8日
地点：上海市常德路319号2楼

虞仁瑛，江苏常州人，1962年9月出生于上海，上海市非物质文化遗产"王家沙本帮点心制作技艺"市级传承人。自1981年10月进入王家沙学习本帮点心制作技艺，从事"王家沙本帮点心制作技艺"工作已达39年。热爱烹饪事业，长期坚持在生产第一线。2002年，外派到香港任王家沙点心总监。2004年获香港第二届"食神争霸"赛点心组金奖。领衔制作的蟹粉汤团、蟹粉小笼、八宝饭在2007年分别获得上海市"点心大王"殊誉。2009年，获得"新中国60年上海餐饮行业技术精英"的最高荣誉。

结缘王家沙

我1962年出生在上海，是家里的老小。小时候我从没想过未来会做什么，也没有想到过自己会去王家沙工作，最终还能成为非遗项目的传承人。但自我出生，"王家沙"三个字就一直陪伴在我左右。我与王家沙的缘分，其实来源于我的父亲。

在我父亲那个年代,家里面一般都很穷困,孩子需要早早地出去工作赚钱养活自己,父亲十七八岁就去闯上海滩了。他的第一份工作,是在王家沙做学徒,后来就一直留在那里,他可以算是王家沙元老级的人。因为父亲在王家沙工作,街坊邻里都认识他、喜欢他,那个时候王家沙是一块相当响亮的点心招牌。邻居看到我时,总会喊我:"侬就是王家沙大厨家的女儿啊?"小时候的我,虽然不太懂,但是心里对这样的称呼很自豪,我想我与王家沙的缘分也就是那个时候结下的。

1981年,19岁的我正式进入王家沙开始做学徒。能够进入王家沙工作其实是比较幸运的,那时的王家沙实行顶替制度,家中子女有一个可以接父母的班,在父母退休后顶替他们的位置继续工作。我们家有五个孩子,三个姐姐都已经有各自的工作,哥哥当时在苏州医学院读书,只有年纪最小的我刚刚高中毕业,还没有后续的安排和规划,属于待业青年。所以我父亲思来想去,觉得还是我比较适合去顶替。然后他来问我愿不愿意去,那时我其实对这份工作的具体情况都不了解,但是依然蛮兴奋的,几乎一口答应下来,我说我要去。

那个时候年纪小,没什么想法,对这个职业也没什么概念。只有一个念头一直在我脑子里,就是不能给我父亲坍台①。父亲一辈子都在王家沙兢兢业业,恪尽职守,口碑非常好。我想我也要负起责任来,既然做一行,就要努力做好它。父亲也蛮信任我的,他没有什么过多的嘱咐,也几乎什么都没帮我准备,只给我买了一个闹钟。他跟我讲:"做我们这行很辛苦的,你要做好思想准备哦。"后来我正式进入行业才了解到,做餐饮嘛,都要起早

---

① 上海话"丢脸"。

班的。我当时跟姐姐住在四川北路,每天早上要坐21路公交车去上班,早上5点的早班,我4点半肯定要从家里出发。我那个时候年纪轻,肯定是贪睡的,这么早根本醒不过来,父亲买的闹钟就派上了用场。

在王家沙的那些日子

1981年,我正式进入王家沙,跟着第二代传承人蔡立新师父开始当一名学徒,学习各种点心制作技艺。那个时候做学徒,规矩是非常严格的,一开始我们连案板都不能上,得从洗碗、搞卫生做起,学技艺反倒是先放在第二位。其实大家都知道我是虞大厨的女儿,但是也没有受到任何优待,和大家都一样,规规矩矩从头做起,从简单的做起。

做了一段基础工作后,我才开始慢慢接触点心制作,先从最基础的和馅开始学起,然后再到王家沙的四大名旦:虾仁馄饨、豆沙酥饼、两面黄、鸡肉生煎。那时人心不浮躁,即使一开始接触不到案板,轮流在做洗碗、洒扫的活,我也没有心生不满,反而一直勤勤恳恳地做着应该做的事情。但是一有机会让我学做点心,我就立马冲到前面,非常积极地去学。一旦有机会,哪怕只是简单的和馅工作我做得都很开心,觉得师父是认可我,才让我上案板。所以没过多久他们就提拔我,觉得我做事情很积极,脏活苦活累活都不怕也不嫌弃,跟师父学习也很虚心,配合也很默契,我就这样当上了小组长。

有了机会我当然是越干越有劲,觉得被认可。单位里面也是蛮重视我的,想要好好培养我,这个时候就迎来了一个比较重要的考证书机会。我们行业有职业资格证书,分初级、中级、高级。我属于非常积极的，单位里面每次有考证的机会，我都非常踊跃地去报名。那个时候店里面没几个人意识到考证的重要性，或者干脆觉得没必要，不想花心思去做这件事情。但是我觉得这是一个很好的机会，是一个能够检验阶段学习和工作的机会，所以我每次都为自己争取，然后每次都花心思准备，想着一定要一次考过，不仅要一次考过，而且要以优秀的成绩考过。在这样积极的心态下，我自然就一级一级顺利地考出来了，一直考到高级。而后来，这个高级证书成了促进我人生路上重大转折点的因素之一。

心有重担，毅然"上阵"

在2002年底的时候，我的人生发生了一个重大的转折，我可能要被外派到香港。

2002年的时候，香港专门做上海点心的店是相当少的，所以就有香港的老板看到了商机，想要在香港开一家专门做上海名点的点心店。当时在香港有一个做法拉利生意的老板，叫洪斌，他专门跑到上海来考察，试吃上海点心，对比了很多家以后，觉得我们王家沙的点心相当有特色、味道也好，符合他的标准。他就到我们老板那里去谈合作，一拍即合，接下来就是要选派去香港的技师。

当时被派去香港有一个硬性条件，得有高级证书，这个条件一下子就刷掉了很多人。而我之前一直都很积极地考证，资格证书这一关我顺理成章地就过了。所以说，工作的时候一定要积极，有什么机会一定要抓住，不要嫌麻烦，因为你不知道什么时候就能派上用场。通过了有证这第一关后，集团和我的领导、经理又反复商量，一致觉得我的技术过硬，而且在团队合作、为人处世各方面都蛮好,最终决定选择我。

决定是我后,领导也来征求我的意见。当时的情况真的是很艰难的,我唯一的女儿那时才11岁,小学快毕业,刚刚要上初中,我非常舍不得,想到要外派去香港,肯定要错失女儿最关键的成长时期。但转念又想到,大家对我都那么信任,这次的外派任务是百里挑一,而且是个锻炼自己、开阔视野的好机会。况且,家里人听说我要被外派,心里都觉得是一件非常光荣的事情,都很支持我去做。我就咬牙下定决心去香港,把上海点心带到香港去传承、发扬光大。现在回想起来,一方面觉得当初的决定肯定没错,现在的自己受益良多;另一方面也觉得,自己还是放弃了一些比较珍贵的东西。

14年的香港"旅程"

我们在香港的第一家王家沙开在黄浦新天地的蔡澜美食坊。团队一共是5个人,1个冷菜师傅、1个炒菜师傅、3个点心师傅。当时店一开,生意火爆得不行,谁都没有想到。去之前我们一直怕香港人吃不惯口味比较重的上海点心,因为香港食客的口味是偏清淡的,没想到他们对上海点心的接受度其实是非常高的,我们的各大名点卖得都相当好。

当时觉得最好玩的是香港的食客都不会吃小笼,刚出锅的小笼,里面的一包汤水非常非常烫,香港的食客不知道该怎么吃,一口放到嘴巴里面,那肯定是要被烫坏的。但他们一边被烫坏了猛喝凉水,一边还要坚持吃。后来我们专门在每张桌子上都贴上吃小笼的步骤,提醒客人里面有汤水,情况就好多了。这件事情给我们挺大的鼓励,香港的食客对王家沙出品的点心十分认可,哪怕被烫到了还想继续吃。但也给了我们提了醒,要考虑到香港食客和内地食客的差异性,适当地做出调整,提供更加贴心的服务。

困难肯定是有的,当时最大的两个问题就是供不应求和人手不够。我们确实没有想到生意会那么好,所以刚到那里几乎每天的备货都不足,而且有些东西在内地的价格是很低的,但在香港价格就翻倍地上涨,食品原材料就成了一个很大的问题。但是我们从来没有想过要降低标准,王家沙最重要的精神就是要确保食材的品质,这也是我们长盛不衰的秘诀。像做点心所用到的红豆,都是从海门的基地购买,用大红袍人工炒制的。我们必须要确保食材的货真价实,这是王家沙的原则。所以店里后来就商量决定要空运食材,从内地将一些需要大量使用的食材运到香港,以此来保证我们原材料的品质和供给量。

人手不足也是个蛮严重的问题。刚开始开店的时候,几个大师傅也都有带徒弟过去,但是面对高强度的工作,徒弟没有那么快适应节奏。而且到了后面生意越来越好,人手越发不够,大家的精力体力都吃不消,我们就考虑在当地招人。这就出现了另外一个问题,在香港一下子招不到合适的人。因为香港之前是没有卖上海小吃的,大家对这个工作都没有基础,需要从头学起。所以那个时候蛮辛苦的,一边要做好手头上的工作,竭尽全力为香港食客提供高品质的上海点心;一边还要培养新的点心师傅,一点一点从头教起。在港期间,我毫无保留,手把手地传授操作要领。一方面,我利用休息时间积极地备课,为香港的青年学徒们上理论培训课;另一方面,我会定期到6家分店,在岗位实践中带教培训,每个月进行单项技能训练,每年组织开展技能比武活动。就这样,我2002年到香港,2016年正式回内地,在香港的14年里,我为香港培养了一大批点心技术人才。这样既工作又教学,肯定是劳累的,但是我心里的宗旨就是既要保证王家沙为香港食客提供的产品品质,又要使王家沙的点心技艺传承后继有人。

那个时候人在异乡,通信技术又没有现在这么发达,非常想念家人,我只能和家人打电话,想他们了就翻看他们寄过来的照片。一开始去的那几年,女儿成长得飞快,而我几乎只能从照片上见证她的成长。家里人也不太方便飞过来看我,大多数都是我飞回去,一家人团聚一下。一般情况下是三四个月回去一趟,一年也就回去个三四次。因为那时人手实在不够,而且我又是主力,肯定不能长时间地离开店铺,在生意最忙的周五到周日我是肯定不能走的。每次我都赶在周一一早飞回去,周四晚上之前肯定要飞回来,只有短短三天的时间能够和家人团聚,而且大部分的时间女儿都在上学,只有晚上回到家才能真正地团聚。每次回去一趟,在这么短短的三天时间,能够看到女儿和亲人们我都觉得很满足。从忙碌的香港短暂地飞回上海,在自己的小家里面待上几天,再回去的时候感觉斗志满满、又有活力了。

非遗之荣誉,传承之艰难

当初在香港,我接到电话,说我可能要被评为王家沙本帮点心制作技艺的非遗传承人。一开始我都有点懵,在我的印象里非遗都是一些很高大上的东西,而我自己就是一个尽力把好吃的上海点心做给大家吃的那么一个普通人,所以我当时一下子就很有压力。但是我的领导跟我讲,本帮点心制作其实是一件非常重要、不可缺少的工作和技艺,是需要得到传承和发扬的。我对经典本帮点心制作的功底和基础是非常纯熟的,而且我在上海和香港都工作了蛮长时间,有了不少点心制作的心得体会。所以我也就开始转变我的心态,认为这是一种荣誉,同时也是一种责任。传承人身份既肯定了我的技术,同时也提醒我一定要将本帮点心的制作技艺传承下去,要让地道的本帮点心永远地被喜欢它的食客所享用到。

当下,网红小吃店层出不穷,这个现象对我们传统的本帮点心店肯定是有一定的影响和冲击的。但我认为这种影响是双面的:一方面,网红店越来越多,肯定对我们的生存和发展有一定的挑战;但另一方面,它们也激发了我们的危机感。我们一定肯定要坚持自己的品质,留住老顾客。比如说,每到过年的时候,大家就会想起来到我们王家沙买八宝饭、汤团,我们要坚持把原有的经典产品保留住,并且发扬光大。

与此同时,我们还要跟上节奏。网红店能够火起来,肯定有它的原因,我们还是要虚心向人家学习,取长补短。我认为重点在于要不断创新。创新不仅仅是产品口味上的创新,更是宣传、售卖途径的创新。我们的研发部门一直在对市面上热卖的美食进行研究,也在不断地尝试着去融合中西口味。我们之前就针对鲜肉月饼冷后吃口较油的问题,对榨菜鲜肉月饼等提出技术创新的想法。我带领周永清、熊仲杰、张林等人首先改良了制作工艺,用电饼铛烤烙和烘箱烘制的方法替代原来油煎的方法,制作出的产品吃口是不油腻了,但却出现了开裂现象,影响了产品的颜值。于是我又会同王芳、蒋兰等人研制面皮制作,调整了配方比例;同时会同吴兴将馅料中的榨菜更换成了更为优质的斜桥榨菜拌入馅料中提鲜。这样既解决了吃口问题,又不影响产品的颜值,同时增加了月饼的口感,平衡了色、香、味与消费者日益注重的健康饮食之间的关系,使这款榨菜鲜肉月饼更加健康、美味,得到广大食客交口称赞。

在宣传包装和售卖途径上,我们也一直研究,看怎样才能给到顾客最好的感官体验,怎样能够吸引到顾客。像我们现在就根据四季推出了"春""夏""秋""冬"系列的产品。在售卖途径上,我们也是一改以前传统的门店线下售卖,推出了线上订购,当然也是因为这次疫情,网上的销售额也是非常好的。

但是现在本帮点心制作技艺的传承和王家沙门店的运营都碰到一个问题,就是越来越少的人愿意坚持做这一行,人员的流动性实在是太大了,导致这个技术的传承现在处于一个青黄不接的状态。我们那一代人工作,其实更多的是使命感推动着我们坚持下去,所以我们的动力会更强。一旦入了一行,不会轻易想着要放弃的,总归想我要把它做做好、做出个名堂来,那个时候我们会更纯粹一点。而现在的人找工作比较看中工资回报,当然这个肯定是没有错的,毕竟每个人都要挣钱养家。做学徒其实各方面都是蛮艰苦的,需要你静下心来去钻研、去学习。当薪资、条件各方面达不到他内心标准的时候,他可能就会离开,而这种情况其实是蛮常见的。另外一个就是,上海本地的年轻人都不太愿意做这一行,可能觉得做餐饮实在太苦了。而从外省市来的学徒们可能会出于很多原因,学成之后就会离开上海,比如生活成本过高、回乡成家等,这样人员的稳定性就更弱了。所以很少的人能够坚持从学徒做起,留在这一行。我们王家沙现在也在调整员工待遇,条件允许的情况下,每年都会上调工资待遇,也会解决住房、保险等问题,争取加强学徒和务工人员的稳定性。

想要促进传承,我认为很重要的一点就是要传播它。如果现在的年轻人根本就不知道有本帮点心制作的技艺,那他们又怎么会对这个产生兴趣、怎么会来学习呢?我们要从根源上去解决传承难的这个问题,要把我们好的、有魅力的那一面积极地展示给大家,要让大家都知道还有这么一个非遗技艺。只有让人家感受到了其中的魅力,他们才会爱上这个技艺,才会主动、沉浸地去学习,本帮点心制作技艺才能一代一代地传承下去。

访谈人:蔡逸敏,2019级汉语言文学专业本科生。

雅韵戚毕，流芳百年

袁嘉璐　郭心薇　费逸滢

讲述人：傅幸文
时间：2021年1月22日
地点：上海市静安区文化馆

　　傅幸文，越剧名家，戚派嫡传，上海市非物质文化遗产"越剧"代表性传承人，中国戏剧家协会会员，上海市文学艺术界联合会会员，农工民主党党员。母亲是越剧戚派创始人戚雅仙，父亲是剧作家傅骏，幼小受家庭熏陶而走上戏曲的道路。1981年3月考入上海虹口越剧团，女承母业，成为戚派传人。主演越剧电视连续剧《玉蜻蜓》《金缕曲》，荣获全国戏曲电视剧"飞天奖""天安奖"等奖项。2020年，被聘请为"大世界城市舞台中国魅力榜"专家（名师）团成员。已录制出版《血缘恩仇》《王老虎抢亲》《玉堂春》等CD、VCD音像制品。在长期的演出工作实践中注重保留戚毕越剧的经典风格，同时与时俱进，为其注入时尚元素。

所幸为文，幸入戏门

　　我出生于越剧世家，母亲是越剧戚派艺术创始人戚雅仙，父亲是剧作家傅骏。短片《越剧人家》,记载了我的父母亲健在的那段时光,我的父母是夫编妇演的越坛伉俪组合。社会媒体都称我们为越剧人家。我就降生在这样一个有着艺术氛围的幸福家庭中。

我的出生非常有故事可讲:在20世纪60年代初,我的母亲作为上海市文艺界代表去北京参加全国文代会,当时同机前去参加会议的越剧大师袁雪芬老师见我母亲在飞机上一直不停地吃零食,便半开玩笑地说:"小妹妹这么爱吃零食,不会是怀孕了吧?"不想这句玩笑话却提醒了我母亲。她到了北京抽空去做了检查,果然怀有身孕,这让她感到意外地高兴。除此之外,参加这次文代会还发生了一件更令人意想不到的事情:在一天下午的会议中,国家主席毛泽东以及刘少奇、朱德等领导同志一起接见了参加会议的全部代表并合影留念;当天晚上在人民大会堂还举行了一场晚会。晚会上我母亲正和上海的几位参会朋友坐在一起聊天,突然从广播里传来了敬爱的周恩来总理的声音,他说道:"上海的越剧演员戚雅仙同志来了没有?可否上台来为大家唱一段?"这一下所有人都惊呆了,大家都看着我的母亲,等着她上台演唱……后来我母亲曾多次跟我们讲述、并在整理出版的书里也有记载写到:当时自己感觉无比激动又非常地紧张,心扑通扑通地跳,也不知怎么走上舞台的。母亲当时唱的是《梁山伯与祝英台》中的"楼台会"片段。这一"战战兢兢"的演唱迎得了大家热烈的掌声。演唱结束后,周总理亲切地走上前,迎她入舞池,邀请她共舞一曲。母亲回忆说他们当时跳的是三步舞曲,总理一边跳舞还一边问她最近团里的排练演出情况以及工作生活等。因为周总理先前已看过她们团里的几出剧目,留下了深刻的印象。母亲后来常会说起他们当时的舞步配合非常协调。当晚,母亲给父亲写了一封信,告知他自己已有身孕以及参加文代会的两件幸运大事,她感到激动兴奋的同时,更感到了浓浓的荣誉感和幸福感!为了纪念这次意义非凡的文代会,她决定要为将来出生的孩子取名为"幸文"。因此,幸福地参加文代会,便成为我的名字——"幸文"的由来。

如今,作为越剧人家的女儿,我果然女承母业,成为了越剧艺术传承人!

可能是由于我出生之前在娘胎里所受的熏陶吧,我从小就喜欢文艺,小学到中学都参加舞蹈队。高中毕业后,我就一直想进戏校去学习。然而在当时,我的母亲和父亲对我的这个决定持有不同意见。当时我母亲已50岁出头了,正在和当年合作剧团黄金团队的先生们一起重建静安越剧团。那时需要把许多经典剧目重新整理复演,剧团工作非常忙。她作为亲历者一路走来,认为这是一个很艰难的旅程,希望我不要尝试。但是当时的我非常喜欢戏曲文化,又很想学习演绎越剧艺术。记得我还和父母有过一些争执。母亲作为静安越剧团的一团之长加主演,本身有很多的演出和工作需要处理,大概也是无暇顾及我了吧,最终便向我妥协,同意我去考剧团。当时上海有虹口越剧团、卢湾越剧团和静安越剧团三个区级剧团。1981年,我如愿考入了上海虹口越剧团,并进入上海市戏曲学校越剧班学习……今年正好迎来我从艺40年!

回想当年的戏校生活,俞振飞先生任戏校校长。我所在的虹口越剧团和另外两个区级剧团学员以及上海越剧院的部分学员一起进入了戏校越剧班接受培训。戏校的老师还是很严格的,特别是给我们上毯子功的老师都是教京昆的武功老师。我一直是比较瘦弱的,那个时候练习倒立时手都会发抖,后来练习翻前桥、钓鱼等都要求软硬劲结合,我就是软度还可以但力度不足,还曾被老师批评过;还有乌龙绞柱的训练也是非常辛苦,一堂课下来第二天腿部两旁都是淤青……当时练功确实是非常艰苦的。但正是因为有了戏校规范的教学,我们才能打下比较扎实的基础,给以后的舞台演出呈现独特的神韵!

从戏校回团以后排练的第一个大戏是传统越剧《沉香扇》。当时虹口越剧团还是蛮注重培养青年演员的,和其他几个区级越剧团比起来,我们剧团这一代年轻人的演出还是比较多的。那时候我们刚从戏校毕业不久,都只有 20 岁出头。继《沉香扇》之后,我们排演的第二部戏是《画龙点睛》,讲的是唐朝李世民和书生马周等人的故事,我当时饰演的是长孙皇后一角。这出戏我们在上海的好多剧院,从延安剧场到长江剧场,从中国剧场到群众剧场,还有北京影剧院(美琪大戏院)、南市影剧院以及沪东工人文化宫、沪西工人文化宫,东南西北各个剧场都有演过。此剧还参加了上海广播人民电台的戏曲广播会演出。除了《沉香扇》与《画龙点睛》,我们还排练演出了很多作品,如《沙漠王子》《盘妻索妻》《天长地久》《流浪王子》《青云梦》《重阳山恩仇记》《血缘恩仇》《侠义恩仇》。

跻身戚派,如沐春风

我最初在戏校的时候,基本每个越剧流派都要学习的,比如折子戏《盘夫》《梁祝·楼台会》等,都是必须要学的越剧传统骨子老戏。从戏校回虹口越剧团的几年里,我尝试着在《盘妻索妻》《流浪王子》《重阳山恩仇记》等剧中用戚派的旋律来演绎剧中角色。但正式开始传承戚派艺术,应该是在 1988 年我母亲的"戚派艺术研讨暨演唱会"活动中,我作为戚派传人,从虹口越剧团被借到我母亲所在的静安越剧团,参加演出《相思树·待郎归》一折。《相思树·待郎归》选段当年由刘如曾老师重新作曲配器,我母亲有录制磁带出版,这次由我来首次学唱并演绎这一选段。通过导演、技术指导老师们的精心排练,我顺利地完成了这一曲以比较新颖的表演和唱腔结合的选段,演出圆满成功。之后这个片段作为戚派艺术的经典选段被传唱及录制碟片。2002年,我们母女还合作拍摄了《相思树·待郎归》的戏曲MTV,在电视荧屏滚动播放并获奖。这首戏曲MTV选段也是我们越剧人家共同合作的作品之一。

20世纪90年代中的几年里,我们越剧人家三人行有过好几次合作演出活动,比如一起赴香港演出《玉堂春》《白蛇传》《玉蜻蜓》等剧,共同上北京录制节目……

后来,通过对《血缘恩仇》《玉堂春》《王老虎抢亲》《梁祝》等剧目不断的舞台实践以及电视连续剧《玉蜻蜓》《金缕曲》的荧屏亮相,我对戚派艺术的演绎日趋成熟!

青出于蓝,再续经典

我常听老师们说我的母亲是一位智慧又很有远见的人。她20世纪50年代初成立剧团,形成有自己特色的流派艺术;她和父亲结为夫妇,夫编妇演,共创越剧事业;退休以后,他们俩又共同为我策划拍摄了几部电视艺术片和戏曲电视连续剧。

越剧电视剧《玉蜻蜓》是我父亲和电视台的编剧傅歆老师合作改编的一部戏曲电视连续剧。舞台版《玉蜻蜓》是我母亲与毕春芳老师在20世纪80年代合作的最后一部作品。1993年,我和萧雅合作拍摄了越剧电视连续剧《玉蜻蜓》,当时,拍摄戏曲电视剧还是比较新颖的一种记载宣传形式。我的父母精心地参与了前期整个的策划统筹过程。他们看到了戏曲电视剧在荧屏播放的创新之处，也为我们青年演员提供了更好地进一步刻画剧中人物形象的一次荧屏尝试机会。通过导演张佩利老师、音乐贺孝忠老师以及整个剧组演职人员的共同努力，越剧电视连续剧《玉蜻蜓》拍得非常成功，一举荣获全国戏曲电视剧"飞天奖"！

《玉蜻蜓》获得成功之后，1995年底，我和韩婷婷合作拍摄了越剧电视连续剧《金缕曲》，这部电视剧也是由我父亲做编剧的。有了先前拍摄积累的经验，《金缕曲》的化妆、头饰、服装各方面都更加精致了，演员的表演也更加成熟了，整个拍摄过程还是比较顺利的。此剧获得了全国戏曲电视连续剧"天安奖"。记得当年播放以后，我母亲非常高兴，她说她非常喜欢这部电视剧，《金缕曲》是母亲对我最满意的一部作品。

通过几部越剧连续剧还有电视艺术片《血缘恩仇》以及中央电视台、东方电视台等各栏目的多次录制播映，我在社会上有了一定的影响。好多戏迷朋友们也是通过这几部作品认识了我，也对我们越剧人家有了更深一步的了解。记得当年《金缕曲》热播的时候，有几位戏迷小妹妹见到我，都喜欢叫我"秋娘"（金缕曲中的人物），现在回想起来还是觉得非常亲切。这么多年来，这些作品还一直被各大电视栏目、媒体网络、民间戏台包括抖音等平台播放传唱，久演不衰，影响力不断提升。

风光胜旧，岁序更新

20世纪90年代末期，戏剧艺术出现了滑坡的严峻形势，戏曲界掀起了出国、转业热潮，三个区级越剧团也经历了不同程度上的改革，剧团名存实亡，没有了剧团班底，好多人都下岗被分配到电影院、图书馆、文化馆等；没有户口的外地人直接没有了工作，出国的、经商的、嫁人的、回老家的都有……这一时期大家都感到很无奈、迷茫。

面临困境形势，我还是克服重重困难，始终坚守越剧艺术阵地，从未离开和放弃对越剧事业的传承和发扬。

2000年，戏曲文化开始逐渐回归到人们的生活中来。2000年底，我母亲的剧团迎来了"合作·静安"50年纪念日，我参加了纪念演出活动。记得那时，我们戚毕弟子联袂演出了《玉堂春》全剧和"戚毕经典折子戏专场"两台节目。

2002年，我们策划举办了一场《情缘未了》的演唱会。当初三个区级剧团的前辈老师和主要演员都有参加这场演出，我母亲由于生病没能到场，记得当年我还代替母亲读了一封她写给这场演出活动的各组织部门和到场观众们的感谢信！

2003年，我母亲去世。我们策划了一场纪念母亲的"雅歌满江南"戚派艺术演唱会。从那以后，一系列的纪念演出、拍摄录制等活动就有好多场。

2004年到2006年，上海市委宣传部发起了对戏剧老艺术家作品进行音配像的抢救录制工作。戚毕两位老师当年有蛮多的唱片被制作成CD保留了下来。我们积极地申请为戚毕的几部经典作品进行音配像，我连续配了两部大戏以及几个片段。特别是《玉堂春》和《王老虎抢亲》两剧的拍摄录制，我收获很大，因为我可以边听着母亲的原唱，边回味她当年塑造人物时的情感以及曾经对我的教导；加上毕春芳老师当场的指教，毕老师不断地提醒我《王老虎抢亲》中的王秀英是一个16岁的思春少女，需要我的表演保持一个少女的感觉……两位慈母恩师的谆谆教导至今仍在我脑海里回响。

2006年,在越剧迎来了百年华诞的大喜日子里,我们举办了"雅歌春韵"越剧戚毕流派演唱会,记得当时"雅歌春韵"四个字还是由我父亲提名的。

2007年,我应邀到上海越剧院重新排练舞台版《王老虎抢亲》。此剧2007年首演以后每年都会有公演,特别是每年的元宵节都会赴江浙一带演出。2018年,《王老虎抢亲》迎来了首演60年,我们策划了《王老虎抢亲》江南行,到江浙一带与当地团体合作巡演,效果非常好。2019年,《王老虎抢亲》参加了国际喜剧节在共舞台ET剧场的公演。此剧是一个非常接地气的作品,1962年由这出戏改编的音配像电影《王老虎抢亲》至今广为流传。

2008年,在上海市戏剧家协会及社会各大媒体的支持下,我们又举办了一场"雅韵·仙声"越剧戚派艺术研讨暨演唱活动。

2009年,来自江浙沪的戚毕弟子共同演绎了戚毕经典剧目《玉堂春》。

2013年是我母亲逝世十周年,我们又策划举办了一场"慈母恩师梨园情"的纪念演出活动。

在各个流派的《梁山伯与祝英台》都复排重新上演时,我们想到了戚毕的《梁祝》也非常有特色,于是2012年、2018年,戚毕弟子联袂把戚毕的《梁山伯与祝英台》重新整理搬上舞台,并分别在江浙沪三地公演。

感怀恩师,贵在传承

民族文化旨在弘扬,戏曲艺术贵在传承,舞台演绎需要履历。所以对我们这代人来说,承上启下是我们的职责。首先必须是踏踏实实地传承,经典的作品不能轻易去改动,乱改反而会画蛇添足。经典作品之所以成为经典,这其中积累了前辈老师们不断打磨、不断完善的集体创作智慧和共同合作结晶。

1951年,自从我母亲和毕春芳老师合作的《龙凤花烛》一炮打响后,剧团生意越来越好,她们觉得能容纳700多人的恩派亚剧院已容纳不了更多的观众了,于是当年我母亲就有了个非常大胆的想法,她竟然去借款7000元,将剧团的演出地从700多人的剧场移到可容纳1300人左右的瑞金剧场。当时有人形容他们为"小孩子戴大帽子",并怀疑去这样的大剧场是否可行。没有想到的是他们却越演越火,甚至一个戏连演几个月都是客满!像《白蛇传》也是连着三年每年都有上演,而且每年都有新的提升。他们不断地舍其糟粕、取其精华,让一部戏越改越好,最终成为精品。

毕老师曾经跟我讲过:"你母亲非常能干,她是一个操心的人,而我却是一个安乐王。但是我们俩分工配合得还是很好的。有时候剧团人员闹情绪了,你母亲就会耐心地去做思想工作,而我只顾保证演出,不会做思想工作。但如果你母亲需要去参加会议和重要活动时,那我就会说你放心去,我来坚守阵地,管好这个家。"毕老师称此为"一人参军,全家光荣"。一直到了晚年,毕老师和我们聊天的话题总还是有关越剧的走向。我记得她曾经对我们说:"除了剧团的正常公演,你们也一定要多参加社区的文化宣传活动,哪怕没有费用也要去,这样才能弘扬我们的越剧艺术,让人们知道我们的流派艺术还有人传唱……"这就是老一辈艺术家的心声。这是他们用一生创立的越剧流派艺术!

当年母辈们有一个黄金团队,三编三导加音乐作曲的组合,还有老生、老旦、花脸、小丑,等等,他们共同策划,齐心合力,合作抱团,才会越演越火,剧团蒸蒸日上。

今年,恰好是戚毕两位老师的流派艺术合作70周年。我们策划举办了"越剧戚毕艺术珠联璧合70载系列演出活动"来缅怀两位慈母恩师,同时感恩一代越剧宗师。

传戚毕,荐馨香,永流传

从艺40年来,尽管经历了风风雨雨,一路走来曲折艰辛,但我还是觉得传承意义非凡。感谢两位慈母恩师以及黄金团队的先生们为之毕生奋斗的越剧事业,如今这也是我们的事业!

现在我们这一代越剧演员也都已经到了退休的年龄了。几十年来,我已陆续录制出版了《玉堂春》《玉蜻蜓》《王老虎抢亲》《金缕曲》《血缘恩仇》全剧以及《慈母恩师梨园情》《越剧戚毕流派经典折子戏选段》"文·雅——傅幸文女承母业戚派艺术专辑"等CD、DVD音像制品;同时还参加策划并主演了《王老虎抢亲》《玉堂春》《龙凤花烛·四季衣》等几部越剧戚毕流派经典保留剧目,为越剧戚毕艺术留下了珍贵的资料;我积极参加各大媒体的录制传播并到东方财经频道、上海党校、徐汇图书馆、静安文化馆以及各社区文化中心做弘扬越剧流派艺术的宣传讲座;近几年来,我还先后收徒授艺,为越剧艺术的传承和发扬以及培养新人,做好承上启下的工作。

我们这一代是比较幸运的,不仅能欣赏到前辈越剧大师的舞台风采,还学到了前辈老师手把手传授给我们的多部经典作品。怎样把我们从前辈身上学到的东西传授给下一代学生们呢?我想还是要尽量把流派创始人的原唱给学生们多听,让新人们在前辈老师原汁原味的唱腔基础上,再根据自身条件去不断地努力研究,争取发挥得更好。这就像小孩子学走路一样,要一步一步来,如果不学会走路就去跑步,肯定是会摔跤的。

越剧的发源地是嵊州,嵊州的越剧普及程度比较高。越剧文化进校院这一点也做得很好,他们把唐诗宋词编成越剧的旋律,学生们在课堂上都学习越剧唱腔,这样的教学方法,让学生既记住了唐诗宋词,也了解了越剧流派唱腔。我觉得这是非常好的普及传播途径。

现在越剧艺术活动在各社区文化中心也不断丰富起来了,各个社区剧场都会有文化馆团队或者民间剧团爱好者的交流演出,而且民间团队中的演员普遍还是比较年轻的,戏曲艺术多样化的演出活动吸引了好多年轻白领来共同参与。蛮多民间剧团还排出了整台大戏上演,丰富了人们的业余生活,也给社区周边居民带来了休闲方便的文艺观摩。

越剧从1906年起步走到现在已经有115个年头了,如何继续走得更远更好,再多出精品?我个人认为,首先我们演员要有自己的演绎特色。就拿我们戚毕流派艺术来说,戚派艺术擅长悲旦,毕派艺术擅长轻喜剧。演员大多数都是本色演员,很难达到每部作品都成为精品。各位流派创始人都有自己个性化的表演特色,都有自己的成名作。从这一点来说,我觉得每个演员必须要根据自身的条件、扬长避短来打造自己的演绎风格。当然一剧之本以及整个创演人员的文化底蕴也很重要。越剧艺术要保持它的"美",不管是哪个流派的演绎,都要在唱腔音色、人物造型、头饰服装以及舞美灯光等方面,给人一种美轮美奂的越剧艺术特有的江南柔情风格。还有越剧要规范化,比如在语音、咬字、押韵等方面必须要准确规范起来。老一辈艺术家留下的精华不能丢,但是我们要不断地去芜存菁,与时俱进。

我很庆幸自己生长在越剧人家,从小耳濡目染,受到戏曲艺术的熏陶,而今成为了越剧艺术的传承者。

  感谢前辈大师们的敬业精神,感谢戚毕艺术黄金团队的先生们,给我们一代又一代传承者留下了宝贵的艺术财富!

  希望我们共同致敬前辈,传承经典,弘扬发展戏曲艺术,让中华民族艺术之花开得更加灿烂!

访谈人:袁嘉璐、郭心薇、费逸滢,2019级汉语言文学专业本科生。

潜心制泥,静待花开

钱 怡

讲述人：李耘萍
时间：2021年1月27日
地点：上海市黄浦区李耘萍大师工作室

李耘萍,女,1943年出生于浙江宁波,国家级非物质文化遗产代表性项目"印泥制作技艺(鲁庵印泥制作技艺)"区级传承人。1963年进入上海西泠印社做学徒,师从丁卓英学习"潜泉印泥"制作技艺;1974年至1986年任上海西泠印社厂长。1987年至2000年转任石泉印泥厂厂长;1988年在高式熊的指导下正式开始恢复"鲁庵印泥",并于2013年正式宣布鲁庵印泥复出。2001年成立上海耘萍工艺品有限公司,出任总经理。先后被评为中国文房四宝印泥艺术大师、中国艺术研究院中国篆刻艺术院研究员。其一生制泥无数,在众多书画金石家的支持鼓励下不断改革创新,推出多款定制印泥,受到海内外书画篆刻名家的高度评价,现在已经是印泥行业公认的权威。

初入上海西泠印社

我之所以接触印泥,与我的家庭出身有关,也可能是一种缘分。

"潜泉印泥"的第一代是我的太外公吴隐(字石泉)先生和太外婆孙锦女士两人创制的"钤印印泥",后又发展出"天字""地字""元字"等多个品种印泥。1904年,吴隐为了发扬西泠八家浙派印风,与叶铭(字品三)、丁仁(字辅之)、王禔(字福庵)在杭州西湖孤山吴、丁私宅筹建印学团体——西泠印社,第一任社长为吴昌硕先生。这一学术团体的成立,极大地推动了篆刻艺术的发展。吴隐不仅是杭州西泠印社的创始人之一,同年他还在沪创立了制作营销印泥及印谱的经济实体——上海西泠印社,正式向外推介销售潜泉印泥。按照现在的说法,吴隐就是潜泉印泥的祖师爷。

太外公的三子吴锦生过继给丁仁为继子,根据丁氏字辈排名,改名为"珑",字振平。吴振平自幼得到丁、吴两家真传,精通书画篆刻,制得一手好印谱。成年后吴振平与杭州水陆寺巷丁氏卓英结为连理。丁卓英是我三太外公的小女儿,我母亲丁秀娥是二太外公的孙女,故丁卓英同我母亲是姑侄关系。我理应称丁卓英为姑外婆,按氏族习惯,简称其为外婆,称吴振平为外公。结婚后,丁卓英在丁家犹如王熙凤在贾府,聪明好学,吃苦耐劳,操持家务。

吴隐生前立下"制泥技艺传子传媳不传女"的规矩,吴振平、丁卓英夫妻两人得以继承家传制泥秘法。1922年4月太外公吴隐病逝后,吴振平、丁卓英两人在照顾侍奉瘫痪在床的孙锦的同时,专心学习印泥制法。1934年,在丁卓英娘家兄长与侄儿的支持下,吴振平、丁卓英夫妇兴办"上海西泠印社潜泉印泥发行所"。"潜泉印泥"正式传至第二代。

新中国成立后至1956年,丁卓英作为上海西泠印社的私方代理人,积极配合国家的对私改造,"上海西泠印社"变成公私合营。1961年,丁卓英考虑到子女都对印泥不感兴趣,不愿继承,于是决定把祖传的"潜泉印泥"制作技艺献给国家。

丁卓英先从家族中物色人选,看上了我。我出生在一个庞大的家族中,有四个外公,我的外公是三外公,他在我母亲一岁多时就去世了,我外婆通过做裁缝把女儿养大,30多岁时就双目失明。当时大外公的儿子在上海开厂,条件比较好,由他负责出钱赡养我外婆,我母亲也在大外公家中长大。我外婆为人很硬气,从不吃软饭,虽然她双目失明,但丁家祠堂四周走道都是她扫的,家中烧火等事也都是她做的。那时女同志是不兴读书的,可我外婆竟还是供我母亲读到了小学四年级。我母亲结婚后有了我和我弟弟,后来,我父亲去世了,母亲的生活变得无依无靠。舅舅便劝她去上海谋一份工作,于是母亲拖儿带女,跟着舅舅一起来到上海,租了一间7.6平方米的亭子间,我们三个人就住在里面。母亲做裁缝活,有时也到卷烟厂打工维持我们一家三口的生活开销,还要供我们姐弟读书。

1962年,我在市九女中读高三,是班里的团支书。丁卓英知道我听话懂事,又很能吃苦,觉得我是个合适的人选,就让舅舅来给我做思想工作。母亲也问过我愿不愿意进西泠印社做工,但我一心想着考大学,并不愿意。丁卓英知情后就把我的情况汇报给胡铁生局长,胡局长派了上海工业美术服务部党支部书记应海珠来做我的思想工作。应书记以前做过社区工作,比较有经验,还和我母亲认识。但她并没有直接找我母亲,而是先联系我的班主任郑栋老师。当时班主任说的话对于学生是十分有分量的。我记得班主任对我说:"李耘萍,听说有人想招你到印泥厂里做工,你不肯啊?你想过没有,即使高中勉强可以读下去,你弟弟还要读书,你家的钱从哪来?再说业余也可以读书的,你有了工资一来可以帮你妈分挑一些生活担子,二来还有钱交自己的学费继续读书。"我被班主任说动了,因为我一直对家里的经济条件很清楚,母亲一个人挣钱养家不容易，连同学都知道我家的情况，他们每次来做客都会帮我一起干些零活儿补贴家用。于是我答应下这件事，但要求推迟到我高中毕业以后。应书记满心欢喜，连忙向胡局长汇报。于是胡局长就利用我高中毕业前的半年时间派人到上海手工业局相关部门和上海市劳动局给我办理了相关入职手续。

高中一毕业我就到上海西泠印社报到，专心学艺。

我住在5楼仓库外临时搭建的约4平方米的宿舍里，那里只有一张"床"——两条长板凳加三块木板。但我觉得很知足，相对于家中7.6平方米却要住三个人，这里已经很大很方便了。即使我周日白天回家，晚上还会回宿舍住。

艰苦的学徒生活

我的学艺生活是从学习盖章、修复印泥开始的。盖章是为了对印章、印泥和纸张有最基本的认识和感觉。印泥的修复则是非常让人增长见识的，各种流派的印泥，现存的、消亡的印泥都被送到我面前。什么样的印泥能够修复，什么样的印泥无法修复，印泥的主要原料是什么，碰到太干的印泥应该怎么处理……姑外婆的工作很忙，很多时候这些问题都需要我自己摸索答案。

之后要学的科目还有很多，例如如何分辨艾叶的好坏，怎么采摘艾叶，如何从艾叶中抽取艾纤维，如何用手感去分辨艾绒的好坏，如何将艾绒分档使用；如何晒油，如何体验油脂的成熟度；如何辨认朱砂的好坏，如何配料，如何使用台式研磨机研细色浆，研细过程中有哪些注意事项，如何布局艾绒纤维进入色浆，等等。

最后一个学习阶段是捶拉印泥。这是印泥制作的最后一个工序，也是最讲究手势技巧的工序。由于难学，不只是外婆，就连白天在文化出版社工作的外公也经常在晚上抽空指导我。他们言传身教，手把手纠正我的操作姿势，如何挥锤，如何轻重有序地分开艾纤维，慢慢吸足泥浆，使其最终成为细腻而有光泽的泥团。

我这个人有"一根筋"的毛病，要么不做，一旦认准了，就会全身心投入。每天我两眼一睁就开工，实在很困才睡一小会儿，那时没有上班八小时这种概念，一天到晚就是钻在印泥里。好在吃饭的事不用发愁，一天三顿可以在大楼里的联合食堂解决。

按规矩，学徒做两年即可满师，可我整整花了两年半。一方面是要学的技艺实在太多，另一方面是做学徒不能光学不干活。当时厂里除了我和师姐，都是上了岁数的人。累活、脏活自然落到我们头上，晒油、炼油、研朱、制绒、制泥、装缸都是我和师姐两个人做的。且同外界打交道的工作由我一个人承担，原材料是我从外面骑黄鱼车拉回来，成品也是由我送到别人单位、批发商手里。有时印泥要批发到外地，我就要一直骑到上海北郊站托运。由于长期骑黄鱼车，我的小腿很粗壮，模样活脱脱一个沧桑的农民工，经常有人惊讶地问我："你是崇明农民的后代返城的吗？"

两年半时间在忙忙碌碌中匆匆过去了，我也在外公外婆的指导下满师结业了。不久，我被正式通知成为潜泉印泥第三代传人。

风雨飘摇坚守初心

我和师姐都是1963年进厂的，做学徒期间，我在宿舍里看了很多印谱，从此开始对印泥有所感触。外婆曾对我说："李耘萍，你这一代是有知识的一代，你记住不要埋头做，要想想怎么改革，把潜泉印泥制作技艺的科学道理摸索出来，这样才能融会贯通。你要和书画家保持密切的联系，去拜访一些书画家，看他们如何使用,有什么要求,多积累,多请教!"

那时单位也没有什么生意,书画家们都闭门不出。十年间在外公外婆的指引下我遍访书画家,从这些前辈身上学到了许多,也领悟了许多,很多人成了我一生的良师益友。

首站是吴朴堂先生。初次见面,他就找来一尺见方的巨大石章教我如何盖大章,让我第一次感受到金石的磅礴之力和艺术的魅力。

而后是陈巨来先生。陈巨来钤一方印的时间特别长,我看着真是吃力。他用指肚蘸泥,非常严格细致地完成上泥后,再把章侧面残留的印泥擦拭得干干净净,方才落款。印面效果非常利落、精准,着实让人佩服。他手把手教我用手指指肚蘸泥完成蝇头细朱文小章的钤印的技巧。

接下来是高式熊先生。高老是上海西泠印社的常客,在外婆介绍下,我与他熟悉起来。高老不仅热情好客,而且随和,一点大名家的架子都没有。我常拿新研制的印泥样品向高老求教,他每次都认真地翻拌、钤印,在纸上标上日期、气温、干湿度。重复若干次后,他一般会告诉我这款印泥存在的问题,以及需要改进的地方,还常常鼓励我与他一起讨论。如果印泥十分好用,他也会说:"行了!可以了!"

由于与高老深感投缘,我常去高老家吃饭,聊印泥的趣事,逐渐成了"忘年交",变得无话不说。有时候他会当着众多书画家的面指着我说:"她是一个印泥疯子。她的生活除了印泥没第二个东西。她就是为印泥而生,又为印泥而活着的人。""她倒像是个搞科研的料,一头钻进去不知道回头,实在不像个做生意的人。"他虽如此讲,但总是全力支持我,建议我不仅要遍访上海的书画篆名家,而且要走向全中国,"每个书画篆名家对印泥都有各自不同的需求,你可不能做井底之蛙啊"。于是,我出差北京,在荣宝斋的介绍下,结识了北京众多书画名家,且与启功、李可染等先生结下了深厚的师生情。

拜访启功先生时,他住在小乘巷的小屋里。老人家知道我来,特地到大门口迎接,见到我后风趣地说:"我可是'牛鬼蛇神',你怎么还敢来?"我笑着说:"启老,我是来向您请教的,尤其是想向您请教印泥使用上的要求。"言后我将高老为他刻的印章恭敬献上,并附上一盒我精心为他准备的印泥。启老高兴得连声说:"想不到你和高老还是亲戚,那太好了!"我忙说:"高老是我的老师,他对我开发的许多新品印泥都进行了实质性的指导。"他连声说好好好,接着非常认真地跟我说:"书画作品没有好的印文相配,就不能被称为真正的艺术品。而好的印文必须要有优质的印泥。"那天我们相谈甚欢,谈了很多。后来,他怕我不得要领,还专门写了一封信给我,系统地阐述了高质量印泥对书画作品的重要作用以及他对印泥的要求。

李可染先生是水墨画大师,原来他一直用朱砂印泥落款。一次他让我整修一缸朱砂印泥,我按照他的指导整修完毕后,还特意准备了一盒朱磦印泥赠送给他。我认为水墨画本来就偏暗,朱砂又是深色的,便推荐他用朱磦印泥试试看。试用之后,画面亮堂了许多,从此之后他就专门定做朱磦印泥。李老十分满意,托人送给我一幅书法——《凝于神》——以资鼓励。

胡铁生局长也是上海西泠印社的常客,也是我的老领导,我的另一位"忘年交"。与胡局长相熟后,我也常去他家。但无论在社里,还是在他家里,我们都遵守一个原则——不谈政治。谈的无非两个:如何提高印泥质量,如何加强管理、促进生产。他曾说过:"这场'革命'让我有时间好好练一下书法,再学一些篆刻。"诚如胡局长所言，他趁这段空前"闲"的时间，努力练书法、篆刻，不仅成了著名的书法家，还被西泠印社吸纳为社员。之后，他还奇迹般地刻了一整套题为《长征》的印章，现有手拓印谱留存于世。

他还给我们下了一道不成文的规定，他要买印泥或修印泥都得收钱。他来上海西泠印社从不派手下工作人员代理，总是亲自前来。他来的时候也从没乘坐过他的公务车。他与上海西泠印社的往来，贯穿整个"文化大革命"时期从未间断。

在一系列的拜访过程中，我逐渐意识到各个书画篆刻家，尤其是成了名的书画篆刻家的作品已经形成个性，而对印文、印泥的要求也颇有个性，于是我逐渐形成了根据客户对印泥不同性能、不同颜色需求定制不同特制印泥的发展新思路。也正是由于众多书画篆刻前辈的悉心指导和帮助，我才得以逐渐成长，更加热爱我的事业，自觉自愿地全身心投入，成了众人眼中的"泥痴"。

忙碌求知的日子总过得很快，不知不觉"文化大革命"进入尾声。我的"牛鬼蛇神"老师们纷纷被解放，恢复名誉，他们的作品又重新回到人们的视线中。被打倒的"走资派"也被一一平反，重新走上领导岗位，1974年，我被提升为"上海西泠印社"的厂长。

我上任没几天，就接到局和公司通知，在抓革命的同时必须抓好生产。于是我花了近十年的时间为印泥工艺每道工序量身定做了相应的质量标准和操作规则，并起草了培训教材。但要这些标准、规则得以贯彻，首先就要让所有职工了解印泥的重要性。于是，20世纪80年代我邀请高老给我们的职工上课，以提高职工的业务素质。高老听后，一口答应。他有呼必应，从不收取任何费用。高老讲的是印泥质量的好坏与书画艺术作品的关系。高质量的印泥就能钤出好的印文，优美、清晰、鲜明的印文是艺术作品不可或缺的组成部分，它应起到画龙点睛增色增辉的作用。如果缺少印文或配上有遗憾的印文,那作品就不能被称为一幅真正的艺术品,或至少是不够完美的作品。同时,光有好的印泥,如果没有正确的使用方法和严格的保养方法,也会事与愿违。

高老一个人上课太辛苦,于是他又请来韩天衡先生一起做我们的"免费老师"。韩先生几次骑单车到上海西泠印社,为职工系统地讲述了中国三千余年书画篆刻发展史和各流派艺术形成过程及其特点。韩老师特别强调篆刻艺术的表达必须依赖于高质量的印泥,无论哪个流派的篆刻艺术特点都需要通过印文向人们详细表达,名家的高超刀法更得用高质量的印泥钤出的奇妙印文来向人们展示。

通过这一系列的培训课,把印泥的标准、做法、每一道工序的具体要求都讲得清清楚楚。这也让"泥工们"意识到印泥不光是糊口的营生,更是关系民族文化的重大事业。

这次培训学习,最终以考试形式来测试每个员工的理解程度。当时的上海西泠印社,虽说是国营体制,其实只是个不折不扣的小规模作坊。从原材料采购、生产到半成品、成品的产出都在作坊内完成。几乎每一个职工都没有固定岗位,按照生产进度、任务安排随时准备换岗操作。这就要求每个员工都需要熟悉每道工序的工艺要求、操作方法,以及相应的责任要求和奖惩条例。这对文化程度普遍偏低的大多数职工来说并非易事。但职工的热情很高,学习与钻研的劲头也很足,几乎所有的职工都通过了最后的考核。

培训考核结束后,我趁热打铁,接连颁布了《潜泉印泥生产工艺流程》《潜泉印泥质量标准》《潜泉印泥生产岗位责任制》等一系列企业生产管理文件,明确定义各个质量岗位的责任要求和考评奖惩办法,严把质量生命线,为上海西泠印社成为中国第一大书画印泥制造现代企业打下了坚实的基础。

我记得新中国成立前上海西泠印社年销售额是 1 万多元，我进厂那年年销售额也只有 5 万余元，到了 60 年代中期年销售额超过了 20 万元，后期就达到了 30 万元。到我 1987 年离开上海西泠印社的时候，销量已经突破了百万元。

结缘鲁庵印泥

1987 年，上海工艺美术品服务部成立了以吴隐先生的字"石泉"的谐音为厂名的"石泉印泥厂"。我被上级领导调离上海西泠印社，转任"石泉印泥厂"厂长，落址上海市静安区石门二路 266 弄内。后厂址迁至上海市长宁区江苏路 791 弄 47 号内。自 1987 年至 2000 年期间，出品的印泥产品以注册商标"石泉"为名。

一下子离开工作 20 多年的上海西泠印社，我一度心灰意冷。后来我渐渐想通，这也许是一个更好的契机。我决心不再拘泥于潜泉单个流派，转而研究其他流派的印泥，借此拓展思路，融会贯通。

在之后的十几年中，我为书画家先后研制了一系列印泥，具有"鲁庵印泥"之特色的"高式熊印泥"，吴长邺先生用"美丽红印泥"之恢复版"缶庐印泥"，韩天衡先生乐用的"豆庐印泥"。还根据不同地域特点，开发了适合中国北方书画篆刻特征的"荣宝印泥"，适合海派书画篆刻特点的"朵云印泥"，适合日本书画篆刻风格的"大观印泥""朱雀印泥""月光印泥""樱花印泥""假名印泥"等一系列印泥新产品。

我首先挑战的就是鲁庵印泥。早在 20 世纪 70 年代末，我就得知高式熊先生是鲁庵印泥的传人，手头保有张鲁庵先生最珍视的秘方和实物印泥。30 年来，高老为完成张鲁庵先生的临终所托,一心想将这一技艺献给国家,却四处碰壁。1988年,我对高老提出想尝试做其他流派印泥时,高老当即就将鲁庵印泥的47、48、49号三种配方抄给了我,让我试制鲁庵印泥。高老的"爽快"让我有些意外,惊喜之余我匆忙投入鲁庵印泥制作中,但问题很快就来了。

我按照配方做出鲁庵印泥给高老试用,他总觉得不对劲。现存鲁庵印泥打起来比我做的印泥上章快,更为轻薄;而我做的印泥比较厚实、粘。张鲁庵先生祖上是开张同泰药店的,他使用的都是上好的朱砂,艾绒是他从漳州买来的,用的油是蓖麻油。我和高老推测问题就出在蓖麻油上。张鲁庵先生留下的配方中只写了"日晒蓖麻油"这几个字,但对如何制作没有留下任何资料。潜泉印泥制作技艺核心源于混合油,优点是成油较快,印文厚度好、立体感强,缺点是冬夏软硬度变化较大。张鲁庵用纯蓖麻油制印油理论上能克服这个问题,因为蓖麻油作为航天用油,油性稳定,黏度变化对温度很不敏感。但正因为蓖麻油对温度的不敏感性和强抗氧化性,通过常规日晒的方法几乎很难使它的黏度与厚度达到制泥要求。我打听到荣宝斋有自民国时期就挂在屋檐底下的老蓖麻油,就讨来一瓶,却发现离鲁庵印泥的标准还相差很远。

五年时间过去了,而"日晒蓖麻油"的难题一直没有解决。在高式熊的指导下,用混合油制成的鲁庵印泥虽然在大多数性能上都已达标,但离真正的鲁庵印泥始终差"最后一口气"。此时高老提议先把这个版本的印泥推向市场试试,既可以看看市场的反应,也可以筹措一些继续研究的经费。这个版本的印泥不能叫鲁庵印泥,一来鲁庵印泥从不销售,二来这个印泥还没达到鲁庵印泥的标准。于是我们以高式熊的名字命名为"式熊印泥"。在定下产品外包装后,我就赶去商标局注册商标。不想这个商标被老东家上海西泠印社早两天注册了。高老得知后，马上说："好吧，那我把我的姓也给你，就叫'高式熊印泥'。"我又跑去商标局注册，这次终于成功了。1993年"高式熊印泥"正式推向市场，在国内及日本得到了很好的口碑。它标志着鲁庵印泥的复出向前迈进了一大步。

在高式熊先生的奔走呼吁下，经过上海市静安区文物史料部门的深度挖掘，鲁庵印泥终于绽放新的生机。2008年6月，上海鲁庵印泥入选第二批国家级非物质文化遗产项目，成为"国宝"。2009年6月，高式熊被正式命名为上海鲁庵印泥制作技艺的代表性传承人。与此同时，鲁庵印泥的核心技术日晒蓖麻油的研究工作仍在不断探索中。

我受到荣宝斋的启发，在油场里吊了一瓶实验用日晒蓖麻油，已经在日光下暴晒了五年多。由于黏度一直不达标，所以开始用空气泵给它通氧，试图加快其反应速度，但一直没有效果。一年夏天，我像往常一样到公司的油场里观察油脂情况，这次观察中，我意外发现油发生了变化。我马上取了部分油，依照鲁庵印泥配方做了些样品印泥，发现弹性很足，在极热和极冷测试中也表现十分优秀。

但我知道目前为止都只是经验，没有数据的支撑，仍无法得出科学的结论。于是我一头钻入实验室，对日晒蓖麻油和石泉印泥的标准伏油在不同温度下进行黏度测试与对比。结果发现在20—30℃的常温下，日晒蓖麻油的黏度与标准伏油的黏度相差无几；随着温度的降低，日晒蓖麻油的黏度变化较小；在10℃左右基本上是标准伏油黏度的一半，到了0℃几乎只有标准伏油黏度的三分之一上下了。而这些黏度数据与张鲁庵先生所制"鲁庵印泥"所用印油测得的黏度测试数据大致相仿。至此，我悬了十多年的心才放了下来，那一年是2011年。

而当时用纯日晒蓖麻油制成的鲁庵印泥还处在实验成功阶段，日晒蓖麻油也仅剩下 100 克左右，甚至不够做几盒样品印泥。在这种情况下，我想到了 30 年前自己做的仿真器。我马上找来读自动化控制专业的儿子田旭峰，让他参照当年自己的简易设计稿，添加适宜的加热、加压、紫外照射及通气设备，再加上必要的安保和自动化监控装置。终于在 2012 年建成新的仿真器，并产出第一批 50 公斤左右的合格人造日晒蓖麻油。

2012 年我和儿子拿着新试制的鲁庵印泥样品送给高式熊先生指点，高老试用后十分满意，于是亲自赶赴杭州向张鲁庵之子张永敏报喜。张永敏对鲁庵印泥能够恢复成功深感高兴，他说自己虽然是化工教授，但对印泥一窍不通，也不感兴趣，可根据父亲的意思按高伯伯的主张处置，只有一点，鲁庵印泥是不卖的。大家商量一致后，2012 年 6 月，高式熊和张永敏将鲁庵印泥秘方捐赠给国家，并正式创办"国宝鲁庵印泥制作技艺传习所"。

2013 年 1 月，我被高式熊收为徒弟，正式作为鲁庵印泥第三代传人参与鲁庵印泥相关复出工作，并兼任国宝鲁庵印泥制作技艺传习所副所长。3 月，传习所召开鲁庵印泥专家鉴定会，书画印鉴赏大家韩天衡、上海博物馆研究员孙慰祖、上海市收藏协会会长吴少华、上海市非物质文化遗产保护工作专家委员会副主任陈勤建等专家现场试用我试制的鲁庵印泥，并给出了肯定的鉴定结论。大家都反映颜色很好，印文也准，跟当初的鲁庵印泥在品质上属于一个档次。同时也提出了一些意见，例如泥团稍微硬了点、弹性稍显不够、上色有点慢等。鉴定会结束后，我对配方进行了进一步调整。至 2014 年，国宝鲁庵印泥的恢复工作全部完成。为了遵从张鲁庵先生的遗愿，国宝鲁庵印泥并未上市销售，制成的印泥全部用于传习所培训教育、制作印谱以及礼品馈赠。

恢复鲁庵印泥的工作对我的印泥制艺发展大有帮助,通过不断的试验和研究,我进一步扩大了思路,提高了印泥的质量。

薪火相传艺永续

2000年,我从石泉印泥厂退休后,印泥厂随即解体。原"石泉"品牌被上级单位卖于上海西泠印社,该品牌被弃之不用,彻底退出市场。十几年筚路蓝缕、艰苦奋斗的成果化为乌有,让我心痛不已。当时几个书画家用惯了我制的印泥,希望我能继续从业,于是在书画篆刻界朋友们的鼎力支持下,翌年,我创办了上海耘萍工艺品有限公司,决心倾全力打造第三代书画印泥产品——耘萍石泉印泥。

当时我儿子田旭峰在日本从事软件开发、自动化控制工作,我年纪大了,就把他叫回国出任公司董事长,我出任总经理。在儿子的帮助下,我们一面进行生产经营,一面加紧科研,建立新的产品标准,加快产品开发的步伐。在十几年内将新产品推向市场并获得成功,新产品销售量甚至超过了曾经在上海西泠印社和石泉印泥厂开发产品的总和。

日本的书法篆刻界人才济济,由于日本生产的"朱肉"印泥容易褪色,加上日本又没有制作印泥的专门工厂,所以每年都从中国进口大量印泥。他们希望能制作出一款"鲜艳、清淡、有沉着感"的日本专用印泥。丁仁(号鹤庐)的孙女、吴隐的外孙女丁如霞在日本从事文化艺术交流活动,她专门就此事来联系我。她一下发动了二三十位日本书法家、篆刻家,我做好印泥后寄给他们试用,来回往复,经过三年的研究开发,五次样品试制终于定局,我们成功研发出"鹤泉印泥",专门出口日本市场。另外,日本著名女书画家北室南苑女士找到我,她提出想要用印章作画,用印章敲出一棵树、一朵花,于是我做出了"十彩印泥"。鹤泉印泥和十彩印泥,这两款应日本书画界、篆刻界朋友们的要求定制的印泥在日本一经上市,就受到一片赞誉。

2010年我打算退休,希望儿子或儿媳来传承技艺,所以儿子田旭峰就做了我的徒弟学习技艺,儿媳妇也支持他的事业。我已经是个"老古董",现在公司控制、统计都用电脑操作,大大加快了速度,这是我以前想也不敢想的。但不管怎么创新,质量标准是绝对不能变的,标准的门槛必须要坚守住。所以我们每一道工序的精细度,每一种原料的标准都有限制和讲究。我要求儿子恪守这个标准。我现在别的不管,就负责牢牢把守住质量关卡,质量不过关的产品在我这必须要退回去。

2013年,中国艺术研究院中国篆刻艺术院院长骆芃芃打电话邀请我做中国艺术研究院中国篆刻艺术院研究员。我不会刻印章,字也写得不好,一再推辞,可骆院长回答:"就因为你会做印泥,为篆刻服务,所以我们非常需要你。"曾经我也想过学习写字、刻图章,高老对我说:"你给我把印泥做好,不要一心二用做几样事情,学得三不精。把印泥做好就是你的本分,不要今天想字写得好,明天想图章要刻得好。"从此我一门心思做印泥,没想到今天成为了中国篆刻艺术院的研究员。

在印泥的传承推广与持续发展问题上,我感到从未有过的危机。

2020年我在鲁庵印泥传习所上课,介绍如何正确使用和保养书画印泥。报名的人大部分都是学习篆刻的,还有一些书画家。这些使用书画印泥的人,也有相当数量不辨印泥好坏,对正确使用和保养书画印泥几乎一无所知。好几个人拿印泥来找我修复,我看他们使用印泥前就"叮叮当当"地敲,把印泥敲得稀烂,不知道印泥其实是要拌的。印泥的正确使用和保养非常重要,学会正确使用印泥、保养得好,印泥就可以用四五十年之久,一般的印泥使用期限也有十年左右。所以印泥产业是做不大的,只能做得精。

虽然国宝鲁庵印泥制作技艺传习所的建立在一定程度上促进了传统书画印泥的宣传和教育,但对手艺人的培养问题仍是一筹莫展,主要原因就在于人才的短缺,现在肯吃苦的年轻人实在太少了。做印泥毕竟是手工,技术难度大,习艺周期长,特别是辛劳的工序,如朱砂研磨、油料加工、搋拉入绒等工艺,有哪个小青年愿意耐下性子跟你学习?现在的青年们生活条件太好了,从没有吃过苦。不像我们那时候,懵懵懂懂地就干上了,一干就是一辈子。现在的小青年工作前先要看看工资高不高、条件舒不舒服。我们这一辈人从来没想过这些问题。这次我总算招到一个年轻人,是一个做艾绒的老职工的外孙,希望他能坚持下去。

我一生在印泥上花费了无数心血,做了三件大事。第一是对艾绒寻根,并进行改革;第二是对油脂进行分析,完成了一项科研;第三是对印泥进行"定制化改革"。从事了50多年的制泥工作,我总结下来就是四个字"知足常乐"。我知足了,所以我既不需要发财,也不需要考虑很多,无论面对再大的困难,我都只管做好我的印泥。

访谈人:钱怡,2019级汉语言文学专业本科生。

附　未收录作品存目

《西洋外表下的"中国心"》

访谈人：丁芷钰，2017级汉语言文学专业本科生。

受访人：陈凤平　上海市非物质文化遗产传承谱系第三代传承人　上海凯司令股份有限公司技术总监。

《铮铮铁骨不畏寒，"花棍"非遗代代传》

访谈人：徐嘉，2017级汉语言文学专业本科生。

受访人：打花棍传承人　查天培、朝阳中学校长　王隶

《悠悠戚毕魂，蛙声传春芳》

访谈人：何莘雨，2019级汉语言文学专业本科生。

受访人：上海市非物质文化遗产"戚毕越剧流派表演艺术"毕派第四代传承人　丁小蛙

《一针一线绣出时代风采》

访谈人：钱玥莹，2017级汉语言文学专业本科生；温世林、严语，2019级汉语言文学专业本科生。

受访人："鸿翔女装制作工艺"第三代传承人　陈健

《一件事，一辈子——海派时尚与匠心传承》

访谈人：费逸滢，2019级汉语言文学专业本科生。

受访人：亨生奉帮裁缝技艺第四代传承人　肖文浩

《一缕画魂传世家，一抹水彩绘时代》
访谈人： 张杏莲，2017级汉语言文学专业本科生。
受访人： "擦笔水彩年画技法"传承人　杭鸣时

《陪伴岁月的坚持，陪伴时光的传承》
访谈人： 温世林，2017级汉语言文学专业本科生；钱玥莹、严语，2019级汉语言文学专业本科生。
受访人： 上海市非物质文化遗产代表性项目"耍石担石锁市级传承人"　上海市静安区石担石锁协会会长　刘海

《石氏伤科——百年传承医者仁心》
访谈人： 刘庄婉婷，2017级汉语言文学专业本科生。
受访人： "石氏伤科"代表性传承人　周承扬

《手格其物而后知至——访"象牙篾丝编织技艺"非遗传承人陈海龙先生》
访谈人： 邹应菊，2017级汉语言文学专业本科生。
受访人： "象牙篾丝编织技艺"非遗传承人　陈海龙

《爱上了，就是一辈子》
访谈人： 徐喆怡，2019级汉语言文学专业本科生。
受访人： 越剧毕派小生演员　杨童华

《半生缘起,百年匠心》

访谈人:张杏莲,2017级汉语言文学专业本科生。

受访人:非物质文化遗产"龙凤旗袍制作技艺"第三代传承人　徐永良

《几经沧桑绿杨村,砥砺创新守初心》

访谈人:唐沁雨,2019级汉语言文学专业本科生。

受访人:川扬菜肴制作技艺第一代传人　李兴福

《立丰的"温度"》

访谈人:唐倩薇,2018级汉语言文学专业本科生。

受访人:立丰干肉制品加工技艺的第五代非遗传承人　尹正伟

八 书评

《余事勿取》：移民时代与时代遗民

丁思璐：幽深的水道

20世纪末至21世纪初，中国发生了翻天覆地的变化，在这一历史进程中，人口也发生了大规模的流动迁徙，城市化与移民浪潮共同构成了时代的强音。

《余事勿取》的故事正是在这样的背景环境下发生的，摒弃了情绪的抒发，魏思孝用了大量闲笔描绘了人物的来历和故事，勾连起流动的图景，零度记录角色的行动，在人物的移动、交互中不断扩大迁移的广度和社会的景深。

移动是一个双向概念，迁出地的空虚与挣扎成为新时代乡土文学的主题。人口洼地、外来文化入侵，原住民无论是出于对过去生活的眷恋和依赖，还是对未知与陌生的惧怕，往往会不自觉地抓住原有熟悉的文化以摆脱面临的冲击感和无助性，却徒留他们失落的历史地位。从这个角度来说，卫华邦、侯军、卫学金都是时代的遗民。

卫华邦是书中最明显地具备遗民特质的人。他与时代总是擦肩而过：进塑料厂却遇上环保整治被迫失业，买了骡车而放弃拖拉机，想要卖掉闲置的柴油机却又赌气拒绝，习惯去小卖铺买东西而对超市商场敬而远之。他活得辛苦，但仍然保留着淳朴善良的乡土气质：他会宽慰关停的工厂老板，骡子受惊会检讨自己，劝外甥别用不新鲜的菜做生意……从辛留村大事记可以看到，现代化制度及基础设施建设改变着乡村的生产生活方式，齐鲁地区的传统农村宗法社会看似已经开始有松散和解体的趋势,但乡村的话语体系和文化模式仍然支配着人的命运。猛然遭受冲击的人常常会寄希望于古老稳定的东西,卫学金甚至期望玄学的力量能够指点未来,他去花钱算命换来的只有51岁寿命的批语始终横亘在卫学金的生命中。

侯军则很早就发觉了自己的格格不入。"以前,侯军觉得自己是被遗弃的",精神混乱砍人的母亲、早逝的父亲、年幼的妹妹构成了侯军仅有的家庭生活。侯军的精神世界是敏感而脆弱的,在QQ空间里他写下"一个人与一个时代的战争""失恋不一定是坏事,可能是你下一个幸福的开始",昭示着他对摆脱自身遗弃状况的渴望。因此他对于爱欲有着近乎疯狂地迷恋和无法满足的渴求,他对卖淫女邓蓉一见钟情,为她"赎身",带她见自己的妹妹,布置爱巢,一起旅游,他试图用假性的婚姻状态逃离孤独空虚的处境。他尝试进入现代生活。但现代生活的虚无和颓废气质又进一步加剧了侯军内心的裂痕,使他丧失了对生活与生命最基本的敬畏,朋友王立昌的葬礼在他看来如同乐子,他草率地杀人又随便地自杀。原生家庭赋予的天真与残忍、社会生活的难以融入,使侯军成为了时代的问题青年、社会秩序的局外人、精神世界的失落者。

卫学金的儿子卫华邦走出了农村、进入现代社会,作为大学生前途光明,作为卫家子孙光宗耀祖,但其实他仍然脱不开遗民的身份。命运的无力感已沉淀在卫氏家族中,即使卫华邦未来飞黄腾达,卫家也永远在下边坠着:卫华邦羞于吐露自己窘迫的家境,却不得不骗父亲打钱好让前女友堕胎;前往外地闯荡却毫无成就,最终回到乡村按部就班地结婚生子;蜗居在村里的老房子,寄希望于拆迁分房却每每落空。卫华邦代表着更为现代的青年危机,他如同坠入生活的深崖,但却被崖底的大网柔软地兜住,摔不死,也爬不上去,他只能挣扎,不能前进。

《余事勿取》就像一段幽深的水道,永不休止的水浪推动着河床上的小石,有的随波前往他方,有的相撞碎裂,更多的则是沉入柔软无声的淤泥里。那些变革者、冒险家固然代表了时代发展的主要方向,但仍然有大批的人遗留在历史舞台上,他们也仍在表演,却已无人问津。

温婉沁:虚弱的零余者

魏思孝笔下,2007年12月6日,黄历上危险程度迫近于"诸事不宜"的日子,侯军稀里糊涂地伤人致死,成了一起刑事案件的凶手,卫学金则稀里糊涂地成了他的被害人。

生于20世纪50年代的卫学金,是"零余"的辛留村中的"零余"的农民。父母离世,大哥出走,儿女离家,家中仅有妻子为伴。忠厚老实的个性并没有让他的日子好过些,在他最后的日子里,失业、人际矛盾、患癌等灾难性事件接踵而至,而他在临终前忽然意识到了自己这辈子,就是一个"被逐渐抛弃的过程"。

卫学金是虚弱的零余者。廖技术员来他家暂住,将就睡在逼仄的沙发上,卫学金却连把女婿房里唯一一台电扇拿来招待技术员的权力也没有。在女婿面前,他没有尊严,在廖技术员面前,他更为鄙薄。没有人把他当作"人"来看待,卖掉骡子后他自己成了骡子,一条看家的大狼狗都比他健硕、精神。当他无意识地将自己和动物比较,并由衷认为自己不如一个畜生时,已然放弃了自己作为人最后的尊严。卫学金的"零余"体验也并没有激起多大的波澜,不过是在环卫工面前点燃荒草,没多久,火又自己熄灭了——他的反抗也是如此孱弱。

魏思孝的《余事勿取》多陈述少抒情，笔力是冷峻的，却隐约漫上了无力与空虚。小说的语言与其组成的言语共同升起一层虚弱的网，笼罩着书中的人物与书外的读者。在尼采对他之后两个世纪的预言下，西方确已被虚无的精神支配。虚无主义作为抗击超感觉偶像的武器，最终又失去了对抗自己的能力。尼采的虚无有两极：积极虚无主义意味着精神权力提高到以往的目标无法与之相抗；消极虚无主义则表示精神权力的衰落，创造意义与价值的力量的缺席，最终丧失了信仰。消极的虚无主义沉入现代，沉入人群，成为一种感觉上的虚弱的蔓生。

从卫学金到侯军到卫华邦，似乎就是一条由虚弱迈向虚无的路。卫学金是衰老、无能的，他孱弱的病体和不知前路何在的迷茫造成了他的多余和灭亡。而侯军则是浮躁、自私而平庸的，最终也只能浸泡在被遗弃感与虚无感里，理所当然地蹉跎时日。卫华邦看似拥有更大的空间、更多的选择，但他对自己来路的遮掩又是一种变相的虚无，那些所谓的上升空间和充满希望的未来，只不过让卫华邦为迎合他者的认同屡屡买单。

精神力量的衰落使人们丧失自我控制和自我约束的能力，也失去了确立目标、理由和信念的能量。年轻人为无法拥有和保持主体性而焦虑，却亦无力替自己负责，只能从众把精神根基安放在看似坚固实则更为摇晃的幻影之上。于是，语词代替人本身，成为了超感觉偶像陨落之后支配新一代人的力量。为了成为"绝对正确"的一部分而攀附"流量"；为了名正言顺地"躺平"，便替追寻意义与价值的人扣上"内卷"的帽子；在社交圈精心装扮自己的人设，却忽略了经营现实生活……不易察觉的虚无感已经趁虚而入，会在某些十分平常的时刻，把我们变成卫华邦、侯军和卫学金。

因此，卫华邦、侯军与卫学金，三人朝着不同的方向走着，却殊途同归。无力于反抗虚无的侯军也无力于修正自己的命运;没能成功驱散虚无的卫华邦放弃了追寻自己的出口,或许也将成为又一个衰老而困惑的卫学金。

彭秋豪:法制规则与"关系"文化

《余事勿取》故事主体在 21 世纪初,作者对社会治理问题的关注贯穿全书的脉络。小说给读者更多的可能性,魏思孝讲述的故事,提供的正是法制不健全的社会中,法律意识淡薄的普通人走上犯罪道路的可能性。

《余事勿取》中辛留村的历史背景是这样的:一个人口从来没有超过一千人的小村庄,三十多年间入狱十几人,死刑三人,自杀九人,意外死亡数据不详。作者将大量的特例聚集到一个极小的空间中,让人不禁好奇,这样的一个"非自然村落"的文化与社会根源,究竟是什么? 魏思孝用了大量的笔墨来描写书中人物淡薄的法律意识。邓蓉受侯军虐待后未曾报警,只想要杀掉侯军;侯军砍伤人被警察带走,在他和村民眼中竟是某种"履历";社会青年向李青收取保护费,李青也选择私下复仇;李道广死后,父母孩子的性命则相继受到威胁,吴永林报警使王立昌被拘留三天,他出来后就把吴永林家的电视机和茶几砸了。作者抓住了社会治理的核心理念:法制,也同样抓住了基层乡村的核心观念:关系。书中人物的命运都是在这二者的博弈上逐渐展开。

许桂英的吉星旅馆设有暗娼,生意的存续全靠她原来同事在公安局工作的儿子在扫黄之前能通个气,然而一次声势浩大的扫黄行动使吉星旅馆关门。魏思孝对许桂英命运轨迹的设计,用一个角色的际遇使读者切实感受到时代洪流中的社会治理问题,启发读者对人情与法制的思考。卫学军和卫学金兄弟的厂房污染严重，又不愿意花钱装环保设备，只寄希望于请客打听消息和托人找关系。两个故事本质关注的是同一个主题，我们的法制落实在怎样的层面上？灰色地带的人物、产业显然更表现了法制在落实中的某种复杂性。

  侯军这一角色的人生更是魏思孝对规则和关系这一对照组的充分表达。侯军童年时期不被关爱，他的"关系"是缺失的。他对爱的渴望因此转变为对关系的渴求，演变为常人完全无法接受的控制欲，和祈求他人认同的自卑感。因此他选择了好控制的邓蓉和能够认同他的王立昌和李道广。同时，他无人照管的童年也同样让他缺少规则的概念，他的恶更多是一种无意识。侯军的杀人行为是非主观的，他和李道广把一个人脱光绑在冬天的树林里，又因为懒惰而不去看一眼，他的无知、无感、无意志在这个荒诞的杀人事件中达到高潮。

  落网之前的侯军和李道广走在和平路上，李道广说，怎么这里都关门了，这个老板背景挺硬的。作品中常常出现的类似话语，构成了魏思孝笔下乡村生活的基本概念，强大的乡土传统在这里仿佛一道大网，"关系"二字是这张网中所有人唯一的"常识"。他们身处现代社会、现代生活，他们已经在现代性中处处碰壁，但他们仍然不能理解"关系"之外的社会结构，更无法理解法律、规则乃至法制社会对每一个人的意义。"余事"对于书中的人物而言究竟意味着什么，是什么在指引着人物一步步在"关系"的语境中迈向灭亡，这是魏思孝留给当代底层叙事的一个答案。

作者简介：丁思璐、温婉沁、彭秋豪，2018级汉语言文学专业本科生。

来源：《文艺报》2021年9月15日

人生是一场漫长的"北上"旅途

叶紫欣

故事中的不少人物都对运河怀有深厚的感情,首先,外国友人小波罗爱运河,是因为爱运河所代表的东方文明。他坚持北上去追寻运河的源头,在船上每天都拿着笔用意大利语记录运河的水文状况和在运河上的见闻。不幸的是他刚刚感受到运河的生命力,爱上了运河,就因病死在运河上。这种"开始即结束"的遗憾是令人惋惜的,但是他给后代人留下的运河记载的价值却是永恒不朽的。从小波罗身上我们看到他对文明的热爱是不分国别的,作者以"异域人"视角描述中国的文明,赋予中国文明新的理解,建立了一种鲜明的东方形象。其次,船民邵秉义将运河当成自己的命。他传承老祖宗的家业,一辈子都在水上跑。后来儿子要离开水上去岸上成家立业,他不反对,但是自己坚决不离开。他告诉儿子:"咱们家是船民,上了岸、上了天也是船民,邵家祖祖辈辈就是船民"。他在儿子的婚礼上将"罗盘"郑重地交给儿子。罗盘作为祖宗留下的交代,能够让一个家族的传统延续世世代代。最后,是周海阔和谢平遥,他们都以自己的方式默默坚守着信仰。周海阔的"小博物馆"客栈选址都在运河边上,每一家客栈只收藏当地的"老物件",这些老物件曾经都深深参与了当地的历史发展、日常生活和精神构建,可说是本地生活细节的简史。谢平遥则想拍一部运河的纪录片,把运河上保留着的历史碎片记录下来,传承下去。他们两人我都深感敬佩，因为历史的"现实化"和"可视化"在他们身上都变成了事实，这在"一切向钱看"而疲于奔命的当下是难得而可贵的。他们以自己的努力与实干，试图填补人们精神上的虚无和空洞，试图留住甚至重建我们曾经信仰的文明。一种文明如果失去了它自身的视角而一味从其他视角寻找出路，那文明就可能失去独有的特质；如果家庭的概念已经淡化甚至消解，那它承载的文明也只能留在博物馆中，留在纪录片里，如何建立自身的文化与文明认同，可能才是徐则臣通过《北上》最想给出的答案。

朱思锐

在《北上》里，有一个概念是被反复提及且贯穿始终的，那就是终点、源头或者说是来路。在文中，它是存在具体指代的："源头"是小波罗一行人北上之旅的最终目的地，是如谢仰止这样的"运河之子"心心念念要找到的地方，但同时，我认为它更有一种被抽离出来的、更为抽象的深层含义。源头和终点，同样不只是运河的一端，也不只是祖辈们打下的基石，更是我们这一辈人所坚持的事业的出发点和结束点，是谢望和为运河专家坚守本心的故事深深动容时脱口而出的"不忘初心、方得始终"里的"始终"。要如何才算是做到了"不忘初心，方得始终"呢？《北上》里穿"短袖汗衫"的孙过程，一开始出现时，每一个眼神、每一句话语，无不彰显着他对洋人恨不得杀之为快的心理；但后来遇到曾经的义和拳同伴时，他却替曾深恶痛绝的"洋妖"辩护道："洋人也有好坏。"这并非是背叛了"初心"，北上一旅，对孙过程而言更像是一场重新认识他人、也重新面对真正的自己的修行。事实上，痛恨洋人并非他所谓的初心，心地善良才是。在所有故事的源头，在面对间接害死他家人的赵家人时，他不仅选择了放下恩怨放对方一马，甚至还赠予钱财。为避难加入小波罗一行人之后，他也渐渐放下了原先由于家人被杀的仇恨而产生的对外国人的偏见，这是他的成长。运河之子们一生总与运河纠缠在一起，这是文本所赐予的奇妙的缘分，但这也是他们与生俱来的命运。我们每个人其实也有自己的天赋和与之而来的使命，人生也就是一场漫长的"北上"旅途。我们一路遇到新的风景，也一路收获着全新的自己，但愿行至终点时，我们都能如这个故事中的大多数角色一般，依然记得来时的路：不废这江河浩荡，万古不绝；不毁这平生漂泊，一路逆流。

唐倩薇

《北上》最让我感触深厚的是"融合"，这样的融合既是人生层面的，又是文化层面的。《北上》中有一个核心角色小波罗，他豁达、乐观，有小幽默，也有忧郁的时刻。他喜欢模仿中国味，但总是不地道，就算被别人暗暗嘲笑，他也依然自得其乐，很潇洒，很逍遥。在小波罗临死之际，他才真正感受到运河的激昂蓬勃的生命力。他躺在船舱里，日夜聆听运河波涛，他的呼吸和这条河保持了相同的节奏，这时他才真正地融入了运河，就像一粒溶质溶解在恒久流动的水中。而小波罗的弟弟费德尔的人生又是另一种不同的"融合"。最开始，他才是小波罗自称的那个真正的运河专家，喜爱运河的人，但在他收获了爱情之后，似乎开始真正地融入了中国的生活，他的妻子是中国人，生活方式也是中国式的。他与意大利同胞叙旧，别人却误认为他是"正儿八经的中国人"。但马福德的心灵深处仍然是费德尔：要分家的思想，从未生锈的枪和子弹，孤注一掷的复仇。这是他灵魂深处中的意大利。费德尔、谢平遥、孙过程、周义彦、邵常来的后代最后因为《大河谭》交汇。考古专家、节目制作人、画家、客栈经营者、跑船人，几个经济水平、教育背景、思考方式与生活习惯都不相同的人或家庭，最后因为一条共同的运河融合在了一起。小波罗本来无意于运河，但生死存亡的经历让运河与他的脉搏相连了；弟弟本来最热爱运河，但他爱的寄托从运河变成了一个人。而他们的故友乃至自己的后代，也持续不断地陷入这种融合的状态里。

郑沁辰

　　《北上》的故事读出的不仅有运河在历史沧海桑田之下的兴衰，更多也更值得回味的是书中人物相对于浩荡运河之下的渺小所带来的感慨。"小人物"既是群体中的某一个，也是群体中的每一个。小波罗穷极一生，想要追寻偶像马可·波罗的足迹。一个洋人举手投足间却深刻融进了中国文化，奈何对运河产生情意之时却已病入膏肓。此后，只有相机、星盘和纸张记得他的故事；大火在教堂烧起来的时候，孙过路对孙过程说："走，是为了回来"，奈何故人至死尚不得一个安详的归宿，也只被孙过程一人铭记；邵秉义与邵星池世代靠水吃水，却被现代化席卷压得透不过气，和万千船家的叹息一样淹没在科技的轰鸣声中，无人共情；马福德守着得来不易的爱情隐居乡村，却落得"被日军荼毒"而无能为力；谢望和在蝇营狗苟的现代都市和逼仄的生活重压下，仍然选择坚持自己的初心，不论结局成败，都不过是时代洪流中奋斗青年的缩影而已。"小人物"是脆弱而无力的，但这并不代表他们的故事是无意义的。小波罗渴望通过归属于中国文化之中，追随自己的一生所想探求的理想；孙家兄弟渴望归家，回到曾经属于自己的心安之处；

邵家父子,他们心底的归属是河流与跑船,那是流淌在他们血液中的存在方式;马福30年相爱相守的如玉,是他和世界的唯一联系,是他异乡的唯一归属,是他的生命之光;谢望和对于《大河谭》的执着,是一份对于运河、对于身世的宏大情感,是归属,也是归根。"人生天地间,忽如远行客",书中的角色或多或少随着运河挣扎着、彷徨着、抵抗着,也爱着。正如现今城市化进程中的"北上"与"南下",时代之大,人之小,人们背井离乡,似是夜幕下的一瞬光影,带着自己或许已经无从感知的过往与文化使命,蜂拥到霓虹映照的纸醉金迷下,想求得的也不过是小波罗那样的"梦想"、又或者是孙过程兄弟俩为了"家"的"闯劲"、是邵家世代以来的"执念"、是马福德对于美好的"追求"、抑或是谢望和孙宴临那样的"情怀"。然而,又有多少人消磨到最后还记得,还尚存一息执念?无论如何,我们不能忘了归根。

汪佳源

北上,不仅是地理之北,更是精神之北、心灵之北。一条河,四代人,将彼此的命运都牢牢地联结在了一起,跨越时空,串起几个家族之间的秘史,回溯了小人物在大背景下的点点滴滴。在这部体量庞大、格局恢弘的长篇作品中,徐则臣先将人物全部放置在同一个时空中,再通过时间点和章节的分割,将每个人物及其家族的主线剥离开来,独立成章。但无论是谢平遥家族,还是孙过程家族,抑或是邵常来家族、马德福家族,他们在百年中的发展变化都与运河有着密不可分的关系,并且最终都与他们的祖先当年一样,生活的轨迹与运河的脉络逐渐于年岁的流逝中合而为一。整部小说值得关注的,除了徐则臣精心铺排的情节结构与世世代代传承的主题，还有章节《北上（二）》的结尾——废漕令的颁布与小波罗的离世仅仅相隔10日，他们与运河的兴盛衰亡同起同落，甚至同生共死，这样的羁绊也深深地融进了后代们的血液中，刻在了后代们的心头上。上上下下的水，顺水，逆水，起起落落，随风流转，因势赋形，亦如人的生命，起起伏伏，情势多变，顺逆交错。但往往一个看似细微的事件，亦能够触动那条命运的绳。行船日常生活的定格，罗盘的被卖，《大河谭》的拍摄，将这几位看似毫无交集的人联系在了一起，成为了他们之间坚韧的纽带，构造出了当代的运河诗篇，正如同百年以前，他们各自的祖先那样。1901年，他们的祖先因运河而相遇，2014年，他们因运河而相聚。

臧雨晴

1901年，一群不同来历不同出身的人，怀着各自的故事，相遇在运河，一路北上。路上有快乐和安宁，有躲不开的麻烦，有悲伤和无奈，还有在变动混乱的大环境下的不安和心思。简直有点江湖气，角色都是小人物，史书上留不下姓名，却各显神通身怀绝技，人物鲜明可爱至极，跌宕起伏的这一程路，水连绵相伴。2014年6月，这支北上小分队的传奇成员的后代们阴差阳错汇聚一堂，那根让小波罗深深执着的手杖之谜被解开，2014年的故事，这条未来之河，似乎终于要和113年前的那河水汇合了。但是最后一章的叙述者谢望和，却来了一句"我要把所有人的故事都串起来"，这看上去，是把吸引人的北上之旅的故事归为《大河谭》里的一笔，这一段传奇似乎被盖棺定论为虚构的了。2012年、2014年的故事，都是第三部时的当事人亲身经历的，但是除了费德尔的事例还有迹可循，北上（一）（二）里角色的经历已经湮灭在时间中，2014年的只言片语还原不了全貌。1901年的内容，可以理解为是谢望和等人虚构出来的历史，也可以理解为是上帝视角的作者讲述的"真实"。可如果北上只是后人们在《大河谭》里虚构的故事，那么，为什么书名叫《北上》而不叫《大河谭》？为什么开头和结尾都是费德尔的那封信，而不是以谢望和的《大河谭》和结尾相呼应？而费德尔的信又是北上的引子。整本书，虽然北上只是占了一部分，但是它从始至终都是全书的核心。所以无论"北上"在作者的设定中，是后人虚构的故事，还是作者叙述的真实，它的这种历史性、它所具有的价值，便是它的真实。小说本就是虚构的，又嵌套一层虚构，反而更是构建了真实。谢望和说："一条河活起来，一段历史就有了逆流而上的可能，穿梭在水上的那些我们的先祖，面目也便有了愈加清晰的希望。"就算"北上"的故事是谢望和虚构的，而这段虚构的历史所反映出的真实性，塑造了人与运河水乳交融的关系。大运河最终申遗成功的喜讯，给角色带来的不仅是《大河谭》的投资，还是运河的文化历史意义得到的重视，使运河不再独立地存在于个人的记忆里成为个人的一生，反而超脱而出，连贯起所有枝杈，就像它本来的那样，复活了百年前的故事，复活了百年前的河水，时空在运河之上流动不已。北上对于《北上》，让我想起北上第二章里的运河蜃景。那欢天喜地的《驻堤歌》，究竟是真实存在于某处，还只是一场空的幻觉？也许就像这次北上，讲述它的过程里，这段历史就在虚构中活了起来。这当是2014年的运河之子们看见的蜃景，是我们读者从虚构的小说中发掘出来的，对于运河的真实赞歌。

作者：叶紫欣、朱思锐、唐倩薇、郑沁辰、汪佳源、臧雨晴，2018级汉语言文学专业本科生。

来源：《文艺报》2019年11月22日

且逢且尽莎翁酒

陈　昕

莎翁的作品里处处有酒。

《哈姆莱特》中，丹麦王每次喝下一杯葡萄美酒，"铜鼓和喇叭便吹打起来"，欢祝万寿。《亨利四世》里，野猪头酒店充斥着酒香，亲王在酒店"跟三四个饭桶在六七十个酒桶中间聊天"。在《麦克白》中，牛乳酒则是麦克白夫人加了毒药的亡命之水……这些酒，时而让人沉醉，时而使人清醒，时而甜蜜，时而苦涩。酒，以水的状态流淌，以火的性格燃烧，这是酒的魅力，亦是莎剧的魅力。

学习莎翁、阅读莎翁、体会莎翁，给我的感觉亦如饮酒，心灵在平静的流淌中骤然点亮。连选两学期文学院张薇老师的《莎士比亚精读》和《莎士比亚读书会》，阅读了近二十篇莎翁作品，更是感受到了阅读过程中激情之花被点燃并绽放的过程。

所谓平静，大抵在于精心细读文本的收获。与别的课程不同的是，张薇老师的莎士比亚课程紧紧扣住文本，虽然一周一篇的要求看似强制，但我确实是在老师的"逼迫"下克服了自身的惰性，在浮躁的周遭静下心来，阅读那些酣畅淋漓的文字。于是，就在这样的力气中，柳暗花明、峰回路转，我才能平静下来，看见那些躺在书页间的文字颉颃、翻飞，描摹出从不曾见过的画卷；还有那些文本背后的真相、历史之中的文学，在这里复活，那时候，我只觉得那个世界"是一个秘密，我怀着喜悦和激动千方百计要解开这个秘密"。读历史剧，历史在我的眼前缓缓展开，福斯塔夫、亲王哈尔，在这些鲜活的人物形象中我感悟文字中记载的历史重量；读悲剧，我的心情沉淀下来，去思考是否痛苦才是生命的真谛，是否一切终究如罗密欧与朱丽叶般化作虚无；看喜剧，我在感受嬉闹的同时也在疑惑建立在夏洛克身上的荒唐是否也夹杂了种族歧视带来的不幸。阅读的意义大抵如此，褪去浮躁，能够享受到文字带来的最本真、最简单的快乐，恰如美酒入喉，顺畅丝滑，回味无穷。

所谓燃烧，便在于课程中随时被点燃的激情。在文本，亦在课堂。莎翁的文字中，酒从未缺席，酒代表着狂欢，是喜剧的狂欢，更是悲剧的狂欢，酒使哈姆雷特压抑而焦躁，也能使罗密欧在陷入抑郁的下一秒就会重归狂喜。大量被酒香浸润的庆典存在于莎剧中，然而大多庆典都不是为了渲染鼎沸人声，相反，这些碰杯是垂死前犹有的一搏，昭示着正在逼近的危险：阴谋和苦难粉墨登场，我们要迎来暗无天日的时代。而我们跟随莎翁所感受到的，亦是同样的狂欢，在烈酒中我们更能体会皆大欢喜的快乐，仲夏夜之梦的美满，麦克白的悲壮而长存。在文字中感受，在阅读中呐喊。课堂上亦是如此，同学们对于剧作中疑点的思考你来我往，思想碰撞，更可谓是一场思想上的燃烧。而角色朗读更是如此，老师所设计的这种方式，使得大家代入角色之中去体悟，在角色的唇枪舌战中发现戏剧的真正魅力。

对莎士比亚课程的感悟，大抵如此，在阅读文本中收获平静的力量，愿意静下心来去看书，去思考，而与此同时，收获自己对于文学、文字的激情，点燃被日常琐碎压抑的心情，跟随莎翁与张老师，一同痛饮这杯甘美的酒。

课程终究是短暂的，在这段时间里，看似阅读了诸多作品，然而我深知,莎翁永远读不完,课程也是上不尽的,然而课时总是有限,庆幸当初出于兴趣选了这门课,更荣幸连选两学期,冬季学期课程将近,我只好感慨一声"向来缘浅,奈何情深"!也罢,且逢且尽这樽莎翁酒,毕竟这酒韵味无穷!

作者:陈昕,2018级汉语言文学专业本科生。
来源:上海大学校报 2021 年 4 月 30 日

附　未收录作品存目

《高卢战记译笺·第一卷》,华东师范大学出版社,2015年版。
译者：顾枝鹰,2011年汉语言文学专业本科生。

《心理学的故事(精编普及版)》,陕西师范大学出版社,2015年版。
译者之一：王梦迪,2012年汉语言文学专业本科生。

后　记

许道军

　　很早就想对中文系学生"摸个底"：我们的中文系学生，尤其是本科生，现在还爱不爱文学了，还会不会写了，还在写吗？虽然上海大学中文系师生一直有热爱文学、坚持创作的传统，从"老"上海大学算起，丁玲、施蛰存、戴厚英、葛红兵、谭旭东、肖水等等，这一根线绵延不绝，但是今天又如何呢？在几次学科评估、"一流专业"申报填表过程中，我们都做过这样的工作，可惜由于时间缘故，总感觉搜集工作意犹未尽。所有人都知道，中文系的学生应该热爱文学、应该要坚持文学创作，但是当他们真这样做的时候，在就业、学术研究、学科建设导向的今天，他们的创作成果似乎又非常不重要，只能作为"佐证"存在，毕竟，各种表格中，都没有提供能够展示这些成就的地方。这种导向有必要商榷，也需要反思。就算文学创作不算中文系学生尤其是汉语言文学专业学生的核心竞争力，但亲身体验文学创作过程，对文学欣赏、文学研究也大有裨益。只有亲身经历这种过程，才会理解作家们创作的艰辛，才会领悟文学中那么多的"思想""情感""历史背景""社会现实"等等信息如何转化为结构、形式、形象、"图景""缝隙""悖论"，才会领悟一个想法、一个构思、一种理念如何化为有血有肉的作品。否则，干巴巴的研究文学，跟研究一段木头有什么区别呢？

　　这个想法由来已久，执行起来却十分迅速。2022 年 10 月份中文学科会议上提出了这个想法，曾军教授、黄景春教授、谭旭东教授、张永禄教授等领导非常支持，而且明确指出，这次只"摸底"本科生的创作，且面向两个专业的所有学生，不限于创意写作学科。我接受了这个任务，但同时有几个担忧。第一，我们学生创作的量如何，够不够一本"集子"？第二，这样的文字有地方出版吗？第三，搜集工作时间短任务重，能不能按时完成任务，能不能得到同学们的理解和支持，毕竟有大部分同学已经毕业了，都有各自的工作。

令人欣喜的是，这些顾虑很快就被打消了。上海大学出版社江振新老师欣然支持，迅速草拟了一个十分"友善"的合同，还提供了一个重要的思路，"作品选"改为"作品精选"，题目迅速上档次了。要知道，这之前我还求助谭旭东教授，请他帮助联系出版社，我也四处打探。在这个过程中，我们把"精选"作品集的信息转发到各二级学科，请求他们提供线索，尤其是提供已经毕业很久的学生的作品信息。二级学科也纷纷响应，张薇教授还亲自发来了学生作品文档。我们成立了作品收集和"精选"小组，谭旭东、吕永林、汪雨萌、肖水（黄潇）等老师作为核心成员参加，因为他们在这几年辅导本科生发表了许多作品，大大提振了上海大学本科生创作的热情。创意写作博士研究生张杏莲、硕士研究生李昔潞、邓冰冰、程倚飞等承担了大部分联络作者和搜集作品的工作，而且一遍遍地统筹稿件。据她们的反馈，成果非常喜人，我们搜集的作品字数居然将近五十万字，大大超过了合同上的二十万字上限。这个结果固然令人喜出望外，但又带来新的烦恼：看来真的非得"精选"不可了！几经折腾之后，谭旭东教授建议：这次只收录文学作品，学术论文我们放到下一部集子中。同时，限于字数，这次未收录的作品，我们做一个存目，稍息遗憾。

这次征稿之所以如此顺利，成果如此"丰硕"，除了得益于我们中文系学生的勤奋，还要感谢另一个"大户"——竺剑（现任上海大学医学院党委书记），几年前他做文学院党委书记的时候，带领文学院师生做了大量上海市非遗资料的搜集与整理工作，其中中文系本科生参与了整整一个集子的访谈整理工作。这无疑是一件极为有意义的工作，同时也给我们的学生提供了一个"练手"的好机会。

在书稿的搜集与整理的过程中，我们对一些文章略作了文字调整。要感谢上述提及的各位老师、同学，还要感谢给予我们积极回应的作者，他们是顾枝鹰、王梦迪、景庆宜、徐小冰、李骏飞、徐嘉、邹应菊等同学，他们永远是上海大学中文系的骄傲。最后要感谢上海大学出版社以及具体负责这本集子的江振新、刘强先生和袁苇鸣女士，他们做了大量的统稿和编辑工作。

2022 年 12 月 19 日星期一